STEFANIE GREGG /
PAUL SCHENKE

Blutvilla

EXPLOSIVE MISCHUNG Hauptkommissar Sven Fricke lebt für seine Arbeit. Wie immer konzentriert er sich ganz auf seinen neuen Fall: Die reiche Johanna Krogmann wurde erschlagen in ihrer Villa in der Nähe von Kiel aufgefunden. Schnell wird klar, dass es an Verdächtigen nicht mangelt: Die Putzfrau, die die Ermordete fand, war kurz zuvor von ihr entlassen worden. Das halbe Dorf Flintbek litt unter den skrupellosen Machenschaften der Millionärin, und sogar der ermittelnde Polizist vor Ort hatte ein Verhältnis mit der Toten, bevor sie ihn eiskalt abservierte. Nicht einmal ihre Schwester Sabine ist gut auf das Opfer zu sprechen. Und dann ist da auch noch die zuständige Staatsanwältin Elena Karinoglous ? sehr attraktiv, aber in ihrer Arbeitsweise so ganz anders als Fricke. Nicht nur der Fall, auch die Beziehung zwischen den beiden birgt ordentlich Zündstoff …

© Angelika Bardehle

Stefanie Gregg, geboren 1970 in Erlangen, lebt in der Nähe von München. Sie studierte Philosophie, Kunstgeschichte, Germanistik und Theaterwissenschaften. Nach beruflichen Stationen bei Bertelsmann und bei der Unternehmensberatung A. T. Kearney hat sie mehrere Fachbücher sowie Krimis, Kurzgeschichten und Romane veröffentlicht. Ihr erfolgreicher Roman »Duft nach Weiß« beim Pendragon-Verlag sowie die Roadnovel »Mein schönster schlimmster Sommer« beim Aufbau-Verlag werden im In-und Ausland gelesen. Mehrfach wurde die Autorin mit Literaturpreisen ausgezeichnet. Sie ist Mitglied im Autorenverband DAS SYNDIKAT und im Netzwerk der Krimiautorinnen MÖRDERISCHE SCHWESTERN.

© Monika Rauer

Paul Schenke, geboren 1966 in Moers, lebt in Hannover. Seine Lehrtätigkeit als Religionswissenschaftler hat er mittlerweile für das Schreiben aufgegeben. Tagsüber schläft und lebt er, nachts schreibt er. Seine weiteren Interessensgebiete sind tiefer gehende Diskussionen über den Wahrheitsgehalt der Bibel und seine Tätigkeit als Freimaurer. Ganz Freimaurer, sieht er seine Berufung in der Verpflichtung zu Freiheit, Gleichheit, Brüderlichkeit, Toleranz und Humanität – was man seinen Krimis nur dadurch ansieht, dass letztlich das Gute siegt.

STEFANIE GREGG / PAUL SCHENKE

Blutvilla

Kriminalroman

GMEINER SPANNUNG

Personen und Handlung sind frei erfunden.
Ähnlichkeiten mit lebenden oder toten Personen
sind rein zufällig und nicht beabsichtigt.

Besuchen Sie uns im Internet:
www.gmeiner-verlag.de

Im Ehnried 5, 88605 Meßkirch
Telefon 07575/2095-0
info@gmeiner-verlag.de

1. Auflage 2017

Lektorat: Susanne Tachlinski
Herstellung: Mirjam Hecht
Umschlaggestaltung: U.O.R.G. Lutz Eberle, Stuttgart
unter Verwendung eines Fotos von: © Lutz Eberle
Druck: CPI books GmbH, Leck
Printed in Germany
ISBN 978-3-8392-2119-8

Ein Kiel-Roman für meine so sehr geliebte
verstorbene Tante
Lonny Less,
Vorsitzende des Senats
am Schleswig-Holsteinischen Oberlandesgericht in
Kiel

Stefanie Gregg

PROLOG

1965. Flintbek. Ein kleines, idyllisches Dorf in der Nähe von Kiel.

Der Krieg war längst beendet und die Alliierten hatten Europa von den Nazis befreit. Die Deutschen hatten es geschafft, ihr Land wiederaufzubauen.

Ernst Krogmann stand an einem sonnigen Augusttag vor seiner Fabrik, betrachtete die Gebäude und dachte an die Vergangenheit zurück. Seine Familie hatte im Krieg Glück gehabt, denn ihr Werk lag abseits der Großstadt Kiel und war zu unwichtig für die englischen Bomber gewesen. Dennoch war das Hauptgebäude damals stark beschädigt worden.

Trotzdem stahl sich beim Anblick des zerstörten Mauerwerks jedes Mal ein zufriedenes Lächeln auf Ernsts Lippen. Sein Vater, Kurt Krogmann, war der Gründer der Fabrik gewesen. Da Kurt kein Parteimitglied war, hatte ihm die Wehrmacht auch keine Aufträge erteilt und der Umsatz der Fabrik war eingebrochen. Kurt jedoch war das gleichgültig, denn er wollte nicht, dass »sein Papier« missbraucht wird, um die Propagandaschriften der Nazis zu verteilen. Man ließ ihn in Ruhe, bis 1943 ein führendes Parteimitglied in Kiel auf ihn aufmerksam wurde und seine Fabrik als »Kriegswichtige Produktionsstätte« einstufte. Nun sollten sie also Papier für die Partei herstellen. Kurzerhand entschloss sich Kurt Krogmann, den wichtigsten Produktionsabschnitt seiner Fabrik in die Luft zu sprengen. Nur eine lange Nacht hatte er gebraucht, um zu überlegen. Am frühen Morgen hatte er es getan, mit dem Schießpulver, das er als passionierter Jäger immer zu Hause hatte. Es war ein gigantisches Feuerwerk gewesen. Später behauptete er einfach, er hätte französische Partisanen auf dem Gelände gesehen, bevor die Explosion stattfand.

Nun also stand der Sohn des Gründers vor der einst blühenden Fabrik und lachte trotz des Anblicks von Schutt in sich hinein. Er war stolz auf seinen Vater, der sich der rechten Ideologie nie gebeugt hatte, stolz darauf, auf eine Vergangenheit zurückblicken zu können, in der man in seiner Familie keine Verbindung mit dem Naziregime hatte finden können. Nach Kriegsende hatte ihm das sehr geholfen. Eine Zeit lang war er der einzige Papierfabrikant in ganz Norddeutschland gewesen.

Für Ernst war es selbstverständlich, die Firma wieder neu aufzubauen, und das Kapital spielte dabei keine Rolle. Kurt Krogmann wurde mit dem Beginn der Operation Barbarossa, dem Überfall der deutschen Wehrmacht auf die Sowjetunion, schnell klar, dass es für ein Hitlerdeutschland keine Zukunft gab. Niemand legte sich mit Amerika und Russland gleichzeitig an. Daher kaufte er für seine Reichsmark Gold. So viel er bekommen konnte, denn eines Tages taugten seine Reichsmark nur noch dazu, den Ofen mit ihnen zu befeuern. Gold aber hatte schon immer einen beständigen Wert gehabt. Und genau darauf würde Ernst jetzt zurückgreifen.

Auch bei der Durchsuchung der SS in der Krogmann-Villa war das Gold der Familie unentdeckt geblieben. Ernst Krogmann hatte es vor einem Monat aus dem Molfsee gehoben. Sein Vater hatte ihm das Versteck vor drei

Monaten auf dem Sterbebett verraten. Er hatte ihm dabei nicht erklären müssen, wo genau er danach suchen musste. Ernst kannte die Lieblingsstelle am See, an der sein Vater jeden Sonntag in der Früh seine Angel auswarf.

Für Ernst stellte sich damals eher die Frage, woher er Arbeiter bekommen sollte, um die Fabrik wiederaufzubauen. Er fand seine Arbeiter im Dorf, denn die ausgebombten Einwohner Kiels wurden hier in den sogenannten Finnenhäusern – schnell errichtete Holzhäuser – untergebracht. Hier gab es also noch genug arbeitsfähige und arbeitswillige Männer, die bereit waren, gegen guten Lohn aus der brachliegenden Fabrik eine Stätte zu erschaffen, die Arbeit und Zukunft bot. Auch einige Frauen trugen zum Wiederaufbau bei. Wer sich beteiligte, erreichte nach wenigen Jahren einen gewissen Wohlstand. Als die Flüchtlinge Flintbek wieder verließen, stand mit den Finnenhäusern genug Wohnraum für die Arbeiter der aufblühenden Fabrik zur Verfügung. Krogmann führte eine Kantine ein, die den ortsansässigen Metzger überzeugte, sein Schlachthaus zu erweitern, und den Bäcker, seine Backstube zu vergrößern. Das Gasthaus ließ er ein paar Fremdenzimmer mehr bereithalten, indem er kurzerhand dessen Anbau erweiterte. Auch die anliegenden schleswig-holsteinischen Landwirte brachten nun einen Teil ihrer Ernte in die Fabrik. Jetzt konnten sie ihre Kartoffeln, Rüben und sonstiges Gemüse zu einem anständigen Preis verkaufen, ohne Transportkosten für weite Wege zu haben. Flintbek blühte auf, zusammen mit den Krogmann-Werken.

1955 war die Fabrik schließlich doppelt so groß, und dank ihr erlebte das Dorf tatsächlich den von Krogmann versprochenen Wohlstand. Die Bürger Flintbeks waren in der Lage, sich ein Häuschen zu bauen, sogar einmal im Jahr in den Urlaub zu fahren. Noch bevor die neu gegründete Bundesrepublik unter Erhard das Wirtschaftswunder erlebte, war dieses bereits in Flintbek zu spüren. Bald besaß jeder Zweite ein Auto, meist den heißbegehrten VW, und die Tankstelle erweiterte von zwei auf vier Zapfsäulen. Die Einwohnerzahl wuchs rasch. Dies war ebenso Ernst Krogmann zu verdanken, der in Windeseile hinter seiner Fabrik eine Siedlung von fast 50 Sechsfamilienhäusern errichten ließ und einige der Finnenhäuser für seine Arbeiter aufkaufte. Schnell sprach es sich herum, dass Krogmann nicht nur gute Löhne zahlte, sondern auch Zulieferer fair vergütete.

Ernst Krogmann starb im Alter von 83 Jahren an Herzversagen. Seine wunderschöne Frau Françoise, die er aus einem Frankreichurlaub vor 40 Jahren mitgebracht hatte und die den Einwohnern Flintbeks immer unerreichbar und verehrungswürdig erschien, war bereits ein Jahr zuvor gestorben.

Wenig später traten seine beiden Töchter Johanna und Sabine Krogmann ihr Erbe an und wurden Eigentümer der Papierfabrik in Flintbek.

Eine neue Ära bei den Krogmann-Werken begann.

KAPITEL 1

»Kann ich dir irgendwie helfen?«, fragte Sabine ihre Schwester, die vor ihrem Lieblingsrosenstrauch im Garten hinter der Villa stand. Die junge Frau sah sich um. Sie kannte jede Rose, jeden Baum und jeden Busch, jeden der roten Backsteine in der großen, alten Villa im norddeutschen Stil. Hier war sie zusammen mit Johanna und ihren Eltern aufgewachsen. Es war eine schöne Kindheit gewesen. Bis ihre Mutter starb und Johanna zu Hause ihren Platz eingenommen hatte, wenn ihr Vater in der Fabrik war. Johanna machte ihren Job gut. Sie war zwar nicht besonders nett zum Hauspersonal, aber zu ihrer Schwester war sie stets liebevoll gewesen. Bis der erste Mann ins Spiel kam. Sabine brachte ihn eines Tages einfach mit nach Hause, während Johanna in Kiel shoppen war. Der Junge war schwer beeindruckt gewesen von der großen Villa und dem Pool und natürlich von der hübschen Sabine.

Als Johanna wenig später unerwartet den Garten betreten hatte, war er gerade dabei gewesen, ihrer Schwester den Knoten ihres Bikinioberteils zu öffnen. Johanna schrie den unbekannten Jungen an, er solle augenblicklich das Grundstück verlassen, sonst würde sie die Hunde loslassen. Sie hielten gar keine Hunde, doch Sabine war so geschockt, dass sie ihrer Schwester nicht widersprach. Der Junge rannte, so schnell er konnte, in seiner Badehose den Weg zum Tor hinunter und war verschwunden.

Jeans, T-Shirt und Schuhe ließ er zurück. Seine Kleidung hatte er nie wieder abgeholt.

Schon damals war Johanna das Ansehen der Familie Krogmann wichtig gewesen. Sabine hatte eine ordentliche Strafpredigt erhalten, sich vor dem Personal so freizügig mit einem Jungen zu vergnügen.

Ihrem Vater gegenüber verschwieg Johanna den Vorfall, und schon bald geriet er in Vergessenheit.

Allerdings nicht bei Sabine. Sie war nämlich zum ersten Mal richtig verliebt gewesen. Und der Junge sprach seit diesem Tag kein Wort mehr mit ihr.

»Wie willst du mir denn helfen?«, entgegnete Johanna schroff auf Sabines Frage.

Sabine überhörte den ruppigen Ton ihrer Schwester und dachte vielmehr darüber nach, wie es wohl in diesem Moment in ihr aussehen mochte. Vor einer Stunde hatte Manfred Hegewisch, der Dorfpolizist, die Villa verlassen. Er hatte mitgeteilt, dass Thomas Eggerstedt, Johannas Ehemann, wahrscheinlich bei einem Drachenflug ums Leben gekommen sei.

»Er sagte doch nur, dass er *wahrscheinlich* abgestürzt ist«, versuchte Sabine ihrer Schwester Trost zu spenden.

Johanna drehte sich verärgert um und sah Sabine zornig an: »Sag mal, bist du bescheuert? Er sagte, sie hätten seinen Drachen total zerfetzt an einer Bergwand hängend gefunden. An einer Schlucht von fast 400 Metern. Unten ein Fluss mit einer reißenden Strömung. Du beherrscht doch das Einmaleins, oder? Warum wird man wohl seine Leiche nicht gefunden haben? Glaubst du, er schmettert gegen eine Bergwand, fällt dann 400 Meter tief in einen Fluss, schlägt womöglich bis dahin auf den einen oder anderen Bergvorsprung auf und läuft jetzt seelenruhig irgendwo in Mexiko herum, auf der Suche nach einer Tasse Tee? Wie hieß das Nest doch gleich?«

»Valle de Bravo. Das ist ein Gebiet«, antwortete Sabine kleinlaut.

»Na, bravo! Das ist ein Gebiet«, äffte Johanna ihre Schwester verächtlich nach.

Johanna war nicht traurig. Sie versuchte erst gar nicht, traurig zu wirken. Eigentlich war sie eher verärgert darüber, dass ihr Schwiegervater, der mit Thomas in Mexiko gewesen war, sie nicht angerufen und von dem Unfall unterrichtet hatte.

»Ich versuche doch nur, dir zu helfen«, flüsterte Sabine, senkte ihren Kopf und setzte sich auf einen der vier Gartenstühle aus Teakholz.

»Du? Mir helfen? Ich bin dir doch scheißegal. Wo warst du denn die ganze Zeit? Segeln in Schilksee! Hast dich herumgetrieben und warst nur damit beschäftigt, Geld auszugeben und dich in immer anderen Betten zu rekeln. Und wenn du jetzt traurig bist, dann nur, weil Thomas verunglückt ist. Nicht etwa, weil ich meinen Mann verloren habe. Du warst doch schon immer scharf auf ihn, aber ich verrate dir was: Er war so was von scheiße im Bett. Ja, hättest du nicht gedacht, was? Oder hast du es etwa schon selbst herausgefunden?«, schrie Johanna.

Sabine sprang vom Stuhl auf, lief rot an vor Wut und wollte zurückschreien, wurde aber von ihrer Schwester mit einer energischen Handbewegung davon abgehalten.

»Sag nichts. Hau einfach ab. Ich will dich nicht mehr sehen. Geh Geld ausgeben, segeln oder mach für irgendeinen Kerl die Beine breit«, sagte Johanna jetzt in einem ruhigen, aber drohenden Ton.

Sabine sah ihre Schwester noch einige Sekunden lang an, atmete tief ein und entschloss sich, die Worte, die ihr auf der Zunge lagen, für sich zu behalten. Sie drehte sich um und lief den kleinen Gartenweg hinter dem Haus entlang zurück. Innerlich kochte sie vor Wut. Gerade ihre Schwester musste von Geld reden. Sie wusste genau, dass Johanna sie betrogen hatte. Während die nämlich in der Villa wohnte, musste sich Sabine mit einem Taschengeld zufriedengeben. Selbst jetzt, wo Johanna doch eigentlich trauern sollte, beleidigte sie ihre Schwester noch.

Auf dem Weg zu ihrem Auto kam ihr die Putzfrau, Franziska Jabusch, in Begleitung eines älteren Mannes entgegen. Sabine grüßte, indem sie mit dem Kopf nickte, stieg in ihr Mercedes Cabriolet, fuhr durch das Haupttor und schließlich die Hauptstraße entlang aus dem Dorf hinaus.

Johanna setzte sich auf den Stuhl, auf dem zuvor Sabine gesessen hatte, und sah sich die Blütenpracht ihres Rosenstocks genauer an.

»Ich sagte, du sollst abhauen«, schrie sie, als sie hinter sich Schritte hörte.

»Entschuldigung, Frau Krogmann-Eggerstedt«, antwortete Franziska Jabusch.

Die Frau war etwa im gleichen Alter wie Johanna und vor zwei Jahren als Putzhilfe eingestellt worden. Eine einfache kleine Annonce hatte im Regionalanzeiger gestanden. Als Franziska damals anrief, wusste sie nicht, dass Johanna Krogmann dahintersteckte. Es meldete sich der Personalchef der Papierwerke und bestellte sie noch am selben Tag zur Fabrik. Man ließ sie eine Stunde auf dem Flur warten, bis sie abgeholt wurde und schließlich im Büro von Johanna Krogmann stand. Franziska mochte die arrogante Art nicht, mit der die Unternehmerin ihr gegenübertrat, aber die Bezahlung stimmte. Es war letztlich das Geld, das sie überzeugt hatte, in Johanna Krogmanns Villa zu putzen.

Johanna drehte sich um und sah Franziska neben einem älteren Mann vor dem Gartentisch stehen. »Ja? Was wollen Sie?«, fragte sie hörbar genervt.

»Das ist mein Vater, Friedrich Jabusch. Er wollte mit Ihnen reden«, sagte Franziska und nickte ihrem Vater zu.

»Jetzt? Was soll das? Warum nehmen Sie einfach fremde Menschen mit auf mein Grundstück?«

Franziska hatte in den zwei Jahren viel ertragen müssen. Immer wenn sich etwas nicht dort befand, wo Johanna meinte, es hingelegt zu haben, bezichtigte sie ihre Putzfrau des Diebstahls. Mehr als einmal kontrollierte sie die Handtasche ihrer Angestellten. Sie entschuldigte sich nicht einmal dafür. Ihren ergebnislosen Verdacht kommentierte sie dann mit einem »Noch mal Glück gehabt«. Aber es war kein Glück. Franziska war stets ordentlich und gewissenhaft. Auch wenn Johanna ihre Geldbörse auf dem Küchentisch hatte liegen lassen, konnte sie sicher sein, dass Franziska nicht einen Cent herausnahm. Dennoch – das lag in der Natur von Johanna Krogmann – vertraute sie niemandem.

Nun aber reichten Franziska Jabusch die stetigen Demütigungen ihrer Arbeitgeberin: »Mein Vater versucht seit drei Wochen, einen Termin bei Ihnen zu bekommen. Ständig weisen Sie ihn ab. Jetzt hören Sie sich an, was er zu sagen hat.«

Johanna traute ihren Ohren nicht, war aber für Sekunden zu geschockt, um spontan zu reagieren.

Friedrich Jabusch ging um den Tisch herum und stellte sich schließlich vor sie hin: »Ich habe damals mit diesen Händen«, begann er und hob sie direkt vor Johannas Augen, die erschrocken zurückwich, »alles hier aufgebaut. Ich habe den Betrieb Ihres Vaters – Gott hab ihn selig – zusammen mit den Bewohnern des Dorfes groß werden lassen. Dafür versprach er uns Arbeit und Wohlstand. Ihr Vater hat sein Versprechen gehalten. Ich habe ein Haus gebaut. Ebenfalls mit diesen Händen. Stück für Stück, nachdem ich Feierabend hatte. Alle hier im Dorf haben sich darauf eingestellt, einen sicheren Arbeitsplatz in der Fabrik zu haben. Aber jetzt ersetzen Sie uns durch Maschinen, Roboter und polnische Zeitarbeiter. Was soll aus unseren Häusern werden? Was aus den Investitionen der Gewerbetreibenden im Dorf? Und vor vier Wochen drohte mir mein Bankberater, mein Haus zu übernehmen. Für keinen einzigen Cent.«

»Ja, ich habe Interesse an Ihrem Haus. Ich beauftragte die Bank, Ihnen ein Angebot zu machen. Was wollen Sie denn? Ich löse Ihre Schulden aus, und Sie kommen mit null dabei heraus. Ist Ihnen lieber, dass man Ihr Haus zwangsversteigert und Sie anschließend in einer Mietwohnung hausen und einen Berg voll Schulden haben?«, konterte Johanna. Sie ließ sich nicht von Jabuschs hartem, vorwurfsvollem Ton einschüchtern.

»Die Häuser rechts und links von meinem gehören Ihnen ja bereits. Ich weiß, warum Sie meines auch noch wollen. Sie werden die Gebäude abreißen und dort Ihre Kläranlage erweitern!« Friedrich Jabuschs Stimme zitterte vor Zorn.

»Herr Jabusch, was ich mit meinem Eigentum mache, kann Ihnen egal sein. Nehmen Sie das Angebot an oder lassen Sie es. Ganz gleich, wie Sie sich entscheiden, ich werde das Haus bekommen. Sie können sich übrigens mit Ihrer ab sofort arbeitslosen Tochter schon mal nach einer Wohnung umsehen. Jetzt verlassen Sie beide mein Grundstück, und ich verzichte darauf, die Polizei zu holen«, forderte Johanna, griff sich das Mobiltelefon vom Tisch und zeigte damit in die Richtung, aus der der Mann mit Franziska gekommen war.

»Wissen Sie was?«, Friedrich Jabuschs Stimme war nach wie vor laut, »es ist der falsche Mensch gestorben. Nicht Ihr Vater hätte sterben sollen, sondern Sie! Polizei? Ich werde Ihnen …«, schrie er, machte einen weiteren Schritt auf Johanna zu und hob seinen rechten Arm.

Franziska war schneller bei ihrem Vater, als dass er Johanna hätte schlagen können. Sie hielt den Arm ihres Vaters fest, umklammerte ihn und ging langsam mit ihm den kleinen Gartenweg zurück. Kurz bevor sie um das Haus bog, drehte sie sich noch einmal um und rief: »Das wird Ihnen noch leidtun. Das schwöre ich Ihnen.«

KAPITEL 2

Sabine fuhr das Cabriodach zurück und stieg in ihren Mercedes SLK. Sie würde wirklich in ihren Segelklub nach Schilksee fahren. Dort eine Runde mit ihrem Boot drehen und sich dabei etwas von dieser Auseinandersetzung beruhigen. Es war verflixt heiß, aber der Fahrtwind auf der A215 kühlte ihre von der Aufregung geröteten Wangen. Der salzige Meeresduft, der heute wieder einmal von der nahen Kieler Förde in der Luft lag, beruhigte sie etwas, sobald sie sich Kiel näherte. Ihre Schwester war ihr ein Rätsel. Niemals hätte sie gedacht, dass Johanna so kalt auf den Tod ihres Mannes reagieren würde. Sie war immer davon ausgegangen, sie hätte ihn wirklich geliebt.

»Er war scheiße im Bett«, hatte sie gesagt und dann: »Oder hast du das schon selbst herausgefunden?«

Sabine lief es bei der Erinnerung an diese Worte eiskalt den Rücken hinunter. Eigentlich konnte sie sich diesen Vorwurf nicht erklären. Die beiden erschienen doch nach außen hin immer als das perfekte Paar: schön, klug, erfolgreich, charmant – und immer nett zueinander. Na ja, vielleicht in letzter Zeit doch eher höflich. Ja, er war kühler zu ihr gewesen als früher! Hatten die beiden sich auseinandergelebt, ohne dass irgendjemand das richtig bemerkt hatte? Nie, nie hätte Sabine es für möglich gehalten, dass der Tod von Thomas ihre Schwester gar nicht wirklich berührte. Thomas, der schöne Thomas, sexy Thomas, Super-Thomas! Sabine war er schon immer zu schön, zu glatt gewesen. Aber sie hätte erwartet, dass ihre Schwester fast zusammenbricht – natürlich, im letzten Moment hätte sie die Contenance bewahrt. Johanna behielt immer die Contenance. Auch als ihr Vater gestorben war. Sabine selbst war völlig außer sich gewesen, hatte tagelang nur noch geheult. Johanna hatte sich nur kurz eine Träne verdrückt und war dann an ihr großes Werk gegangen: die Firma. Beinahe so, als ob sie sich seit Jahren auf diesen Tag vorbereitet hätte. Bereits am nächsten Morgen zog sie in Papas Büro ein, schmiss den alten Bürostuhl fort, kaufte einen neuen Designersessel und ließ dann jede Führungskraft einzeln zu sich kommen. Sabine hatte nie verstanden, wie sie es gemacht hatte, aber ab da waren ihr alle hörig, warteten nur auf einen Wink von ihr, folgten emsig jeder Idee. Und was für Ideen sie hatte! Rationalisierung bei allen Arbeitsabläufen, dann kamen gewaltige Investitionen in den Maschinenpark – sie setzte wohl einen Großteil des Vermögens dafür ein, aber es lohnte sich bald. Schnell waren die Krogmann-Werke in ganz Deutschland bekannt für die gleichmäßigsten Papiersorten, vor allem aber für eine überpünktliche Auslieferung. Sabine erinnerte sich noch, wie sie alle zusammen mit Champagner angestoßen hatten, als der erste Großauftrag aus Russland gekommen war. »Wir schätzen Ihre deutsche Wertarbeit«, hatten die Russen geschrieben.

Eigentlich hatte Sabine sich fast mehr darüber gefreut als Johanna, die das wohl schon eingeplant hatte.

Und wo war ihr eigenes Leben in dieser Zeit hingegangen? Sie hatte auch irgendwann mit dem Weinen aufgehört, obwohl sie noch oft an ihren Paps dachte. Sie war es auch, die fast jede Woche ans Grab ging. Aber ja, sie hatte auch ihre Freiheit genossen. Paps' Regiment war streng gewesen. Bevor sie 18 war, hatte sie nie länger als bis 22 Uhr aus dem Haus gedurft. Und nun war sie frei. Sabine kaufte sich ihren silbernen Flitzer und genoss einfach das Leben. Vielleicht war sie nicht eine solch klassische Schönheit wie ihre große, schlanke Schwester, aber, oh ja, die Männer standen auf ihre Kurven. Sie war sexy! Und sie liebte das leichte Leben. Als ihre Schwester ihr großzügig anbot, lebenslang monatlich 20.000 Euro von ihr zu bekommen, fand sie das mehr als großzügig. Endlich genug Zeit und Geld für das Segeln in Schilksee. Dafür auf alle weiteren Einkünfte aus der Firma und den Immobilien zu verzichten, war doch eine Selbstverständlichkeit. Johanna tat da noch, als ob die Firma kaum zu retten sei, kurz vor der Schließung stehe.

Erst als ihre Schwester einen Mercedes E, einen Porsche und einen Jeep – Letzteren nur zum Spaß – in der Garage stehen hatte, waren ihr die ersten Zweifel gekommen, ob das ein guter Deal gewesen war. Langsam, Schritt für Schritt, als ihre Schwester die Firma weiter und weiter ausbaute, wurde ihr klar, dass sie von ihr über den Tisch gezogen worden war. Als sie Johanna vor etwa einem halben Jahr darauf anzusprechen gewagt hatte, war diese völlig durchgedreht, beschimpfte und beleidigte Sabine. Dann stellte sie ihr einen Scheck in Höhe von 100.000 Euro aus, und die kleine Schwester war ruhiggestellt.

Sabine fuhr in die Tiefgarage und parkte dort ihren Flitzer. Sie wollte erst schnell nach Hause und sich umziehen, bevor sie weiter in den Segelklub fuhr. Liebevoll strich sie über die geschwungenen Kotflügel, als sie ausgestiegen war. Zugegeben, es war ein kleiner Mercedes, aber sie liebte ihr schickes Cabrio. Sie nahm den Aufzug und drehte den Schlüssel im obersten Schloss um, damit der Lift sie direkt in ihr Penthouse fuhr. Oben schmiss sie zuerst einmal ihre Tasche auf das Flurtischchen – das gehalten wurde von einem überdimensionalen schwarzen Totenschädel. Kurz zögerte sie bei diesem Anblick. Sonst fand sie diesen Tisch immer supercool, heute irgendwie makaber. Thomas tot, vielleicht tot, aller Wahrscheinlichkeit nach tot, tot.

Dann zog sie die weiße verschwitzte Seidenbluse und den Spitzen-BH aus. Im Flur zum Bad den grauen Kostümrock und das winzige Höschen. Was für ein Tag. Sie hätte jetzt Lust! Verflixt, aber sie war alleine in der Wohnung, ganz alleine. Sie ging unter die Dusche und ließ eiskaltes Wasser auf sich niederprasseln. Thomas tot. Johanna kaum traurig. Und dann diese Vorwürfe. Und sie war so verdammt alleine in ihrem Appartement.

Vielleicht fände sie ja gleich im Segelklub noch einen netten Segler …

KAPITEL 3

»Lesen Sie denn keine Zeitung?«, hörte er die Staatsanwältin Elena Karinoglous entnervt durch den Lautsprecher der Freisprechanlage.

Sven Fricke, Hauptkommissar der Mordkommission Kiel, saß in seinem schwarzen Dienst-BMW und war auf dem Weg nach Flintbek. Er lachte. Er lachte immer, wenn er mit der Staatsanwältin zu tun hatte. Er liebte es, sie auf die Palme zu bringen. Und sie liebte es, wenn er etwas von ihr brauchte, wie etwa Durchsuchungsbefehle, und sie ihm sagen musste, dass es keine ausreichenden Gründe dafür gab. Sie liebte natürlich nicht das Verhindern der Durchsuchung an sich, sondern das Gesicht, das Fricke machte, wenn er zornig wurde und gleichzeitig wusste, dass ihm all sein Zorn nichts half.

»Ach, kommen Sie. Natürlich lese ich Zeitung. Stellen Sie mich mal nicht als ungebildet hin«, antwortete der Kommissar und steckte sich den letzten Happen des Hamburgers, den er sich auf dem Weg zum Tatort an einem Imbiss gekauft hatte, in den Mund.

»Klar lesen Sie Zeitung. Die Bild-Zeitung wahrscheinlich, und da auch nur die Sportseiten. Ich bin sicher, Sie kennen von den letzten 100 Ausgaben alle Bilder des Seite-drei-Mädchens, oder?«, höhnte sie. »Die Kieler Nachrichten würden da zur Abwechslung mal ganz guttun.«

Buddha! Fricke versuchte, sich auf sein geistiges Vorbild zu besinnen, denn dies war wieder einer der Momente, in denen er Gelassenheit brauchte. Eine Menge Gelassenheit. Er wusste, dass die Staatsanwältin selbst für Buddha eine große Herausforderung war.

Als er gerade antworten wollte, setzte die Karinoglous noch eins drauf: »Hey, ich kann es durchs Telefon hören, wenn Sie mit den Augen rollen. Nur dass Sie das wissen. Was schmatzen Sie eigentlich so? Essen Sie etwa, während Sie mit mir telefonieren?«

»Ja – was dagegen? Seien Sie ehrlich, Sie wünschen sich doch jetzt hier auf den Beifahrersitz, um mir dabei Gesellschaft zu leisten. Geben Sie es ruhig zu«, parierte er und musste schon wieder lachen. Gar nicht so einfach mit vollem Mund.

»Ich habe kein Wort verstanden«, log sie und zog offensichtlich empört die Luft ein. »Also, Johanna Krogmann-Eggerstedt war, zusammen mit ihrer Schwester Sabine, Erbin der Papierwerke Krogmann. Dass Sie davon noch nichts gehört haben, ist mir unverständlich. Der Frau gehört fast eine Kleinstadt. Sie ist so ziemlich die reichste Frau im Umkreis von einigen Hundert Kilometern. Außerdem war sie eine überaus attraktive Blondine. Das ist doch Ihr Beuteschema. Da fällt mir ein, sie war ja gar nicht auf Seite drei der Bild-Zeitung und hat auch nie im Tor des SSG Rot Schwarz Kiel gestanden. Daher kennen Sie die Frau vermutlich wirklich nicht. Und sie kommt wohl auch aus ganz anderen Kreisen als Sie.«

Fricke rollte jetzt tatsächlich mit den Augen und ertappte sich dann dabei, erschrocken auf den Lautsprecher am Armaturenbrett zu sehen. Glaubte er jetzt etwa wirklich, dass sie ihn mit den Augen rollen hören konnte? »Sie machen mich verrückt, nur dass Sie es wissen«, antwortete er schließlich auf ihre Schimpftirade.

Buddha war nicht da, oder er drang nicht mehr zu ihm durch. So viele Jahre hatte er auf seine Lehren gehört und sie erlernt und nun stellte eine Frau das alles infrage. Fricke war sich sicher, hätte die Staatsanwältin zu Buddhas Zeiten gelebt, hätte der das Handtuch geschmissen und man hätte nie mehr etwas von dem »kleinen Dicken« gehört.

Jetzt war sie es, die lachte. »Fricke, Sie *sind* verrückt. Aber das waren Sie schon, bevor Sie das erste Mal bei mir im Gerichtsgebäude standen.«

»Wenn Sie das wissen, sollten Sie da nicht etwas sensibler mit mir umgehen?«, fragte Fricke und grinste.

»Das wollen Sie in Wirklichkeit doch gar nicht! Aber was Sensibilität angeht, die legen Sie bitte bei diesem Fall an den Tag. Wenn Sie am Tatort eintreffen, werden Sie sicher schon von der Presse begrüßt. Sie werden alle da sein. Stellen Sie sich darauf ein. Haben Sie ein gebügeltes Hemd an?«

»Es ist gebügelt, ja. Allerdings auf meine Art. Sie würden es sicher nicht als gebügelt durchgehen lassen. Sie merken schon, ich brauche dringend eine Frau an meiner Seite.«

»Die Ihre Hemden bügelt?«, fragte die Staatsanwältin empört und machte eine kurze Pause, in der nun sie es war, die mit den Augen rollte, dessen war sich Fricke sicher. Anschließend wiederholte sie noch einmal den Hinweis auf Funk, Fernsehen und Zeitungen.

»Dann schalten Sie mal den Fernseher ein. Wenn ich eine Kamera sehe, werde ich Ihnen ein Luftküsschen zuwerfen. Würde Ihnen das gefallen?«, fragte er, denn er hatte gerade, nachdem er in die Hauptstraße eingebogen war, Blaulichter und die Kamerawagen der Regionalsender gesehen. Die Kieler Nachrichten waren auch schon da.

»Lassen Sie den Unsinn! Und wehe, Sie schmatzen mir noch einmal was am Telefon vor. Es ist jetzt 9 Uhr. Ich will Sie heute Nachmittag noch in meinem Büro sehen und erwarte, dass Sie mir Bericht erstatten«, antwortete die Staatsanwältin und beendete das Telefonat, ohne sich von ihm zu verabschieden.

»Du mich auch«, murmelte Fricke seinem Handy entgegen.

Mit Schrittgeschwindigkeit fuhr er auf den Pulk von Fahrzeugen zu, während er gleichzeitig das Seitenfenster herunterließ und sein Blaulicht auf das Autodach stellte. Vor dem Absperrband hielt er an. Ein uniformierter Beamter kam auf ihn zu, sah sich den Dienstausweis an, den Fricke ihm hinhielt, löste ein Stück des Absperrbandes und winkte den Kommissar in seinem Wagen heran. Vor dem offen stehenden Haupttor zum Anwesen der Krogmanns machten ihm zwei Polizisten Platz, damit er den Weg zum Haus befahren konnte. Die Leute von Presse und Fernsehen ließen ihn zum Glück in Ruhe.

Hinter dem Wagen des Gerichtsmediziners hielt Fricke auch sein Auto an und stieg aus. Als er sich auf den Weg zum Hauseingang machte, kam ihm der Arzt bereits entgegen. Karsten Mohr, Kiels leitender Gerichtsmediziner, und Sven Fricke kannten sich seit Jahren und hatten schon einige Male zusammengearbeitet.

»Hallo, Sven. Dein Fall?«, fragte Mohr, lief zum Kastenwagen, öffnete die Seitentür und stellte seinen Metallkoffer hinein.

»Jipp. Was kannst du mir erzählen?«, fragte Sven, während er mit ihm zurück zum Wagen lief.

»Johanna Krogmann-Eggerstedt, 42 Jahre, und, mein lieber Schwan, selten so eine hübsche Leiche gesehen. Sie liegt im Flur auf dem Boden. Ihr ist mehrmals mit einer Eisenstange, die der Täter am Tatort zurückgelassen hat, gegen den Kopf geschlagen worden.«

»Todeszeitpunkt? Weißt du, ob wir Fingerabdrücke haben?«, fragte Fricke, ohne auf die Bemerkung von der hübschen Leiche einzugehen.

»Zwischen 3 Uhr und 4 Uhr heute Morgen. Keine Fingerabdrücke, soweit ich weiß. Frag da mal besser die Jungs von der Spurensicherung«, antwortete Mohr.

»Wer hat sie gefunden?«

»Ich glaube, die Putzfrau, weiß es aber nicht genau. Du hast heute Nachmittag noch den Obduktionsbefund auf dem Tisch liegen«, antwortete Mohr und wollte gerade auf den Fahrersitz des Mercedes Sprinter steigen, als Fricke antwortete: »Schick ihn zur Staatsanwaltschaft. Frau Karinoglous.«

Mohr drehte sich zu Fricke um und fragte: »Die kleine, hübsche Griechin?«

Fricke lachte: »Ja, aber lass sie bloß nicht hören, dass du sie klein nennst. Wie groß mag sie sein? 1,40?«

»1,60 ist sie ganz sicher, und komm schon, Junge, du bist 39. Halt dich ran«, entgegnete Mohr, setzte sich schließlich ins Fahrzeug, startete den Motor und fuhr winkend an Fricke vorbei.

Der sah dem Wagen hinterher und dachte darüber nach, was sein Kollege gesagt hatte. Ja, er war 39 Jahre alt. Einmal war es bereits in die Hose gegangen mit einer Beziehung. Mohr hatte recht. Er sollte tatsächlich ein wenig daran arbeiten, Elena zu gefallen. Sie war bissig, aber zweifellos attraktiv.

Fricke war stets davon besessen, seine Fälle lösen zu wollen. Während seiner Laufbahn schaffte er eine Aufklärungsquote von 98 Prozent. Er wusste, je mehr er sich in einen Fall verbiss, desto sicherer war es, den oder die Schuldigen zu fassen. Das konnte er in dem Maße allerdings nur, weil er Single war. Weil zu Hause niemand auf ihn wartete. Er brauchte kein schlechtes Gewissen zu haben, wenn er länger im Büro blieb. Daran war damals wohl auch seine Ehe gescheitert. Seine Frau hatte sich die Wärme, die sie brauchte, bei einem anderen Mann gesucht. Im Grunde verstand er sie. Im Grunde aber verstand er auch sich, denn er liebte seinen Job. Die Vorstellung, mit seiner Frau auf dem Sofa zu liegen, während ein Mörder frei herumlief, konnte er nicht ertragen. Daran zu denken, dass sich der Mörder, während er seelenruhig im Kino saß, ein weiteres Opfer suchte und er das hätte verhindern können, machte ihn wahnsinnig. So gesehen war es gut, dass er alleine lebte.

Aber da gab es noch Elena. Eigentlich wäre sie die perfekte Frau für ihn. Auch sie kniete sich in ihre Fälle, und er war sich sicher, dass sie ein perfektes Paar abgäben. Zumindest beruflich. Aber privat? Er war nicht der Mann, der zu ihrem Stil passte, dennoch glaubte er zu wissen, dass sie ihn trotzdem anziehend fand. Er zankte sich gerne mit ihr. Irgendwie machte es ihm Spaß. Manchmal jedoch lockte sie ihn dermaßen aus der Reserve, dass er sie am liebsten geohrfeigt hätte. Um dann seine innere Ruhe wiederzufinden, besann er sich auf Buddha, zu dem er schon vor einiger Zeit gefunden hatte.

Seit er vor etwa zehn Jahren ein Disziplinarverfahren angehängt bekommen hatte, weil er während einer Befragung einen Beschuldigten zusammengeschlagen hatte, wusste er, dass ihm eine aufgezwungene Achtsamkeitstherapie nicht weiterhalf. Im Übrigen wurde aus dem Beschuldigten, der die Eltern des minderjährigen Mädchens verhöhnte, das er über mehrere Tage missbraucht hatte, ein Angeklagter, der 15 Jahre Knast bekam. Nach diesem Vorfall hatte er in der Religion Gelassenheit gesucht. Zunächst besuchte er an zwei aufeinanderfolgenden Sonntagen den Gottesdienst einer Baptistengemeinde. Aber nachdem er sich nicht damit anfreunden konnte, dass Gott dort als ein Wesen betrachtet wurde, das zwischen den Menschen unterscheidet und nur die Christen retten wird, machte er schnell kehrt. Am selben Tag fand er dann eine Annonce in der Zeitung, in der es um die Reinheit mit sich selbst ging. So lebte er nun seit etwa neun Jahren im buddhistischen Glauben. Hier fand er das, was er suchte. Gelassenheit. Auch wenn Kollegen deshalb über ihn lachten, so war doch er es, der in den hektischsten Momenten dank Buddha Ruhe bewahrte. Diese Eigenschaft war es schließlich, die ihm zu seiner hohen Aufklärungsquote verhalf.

Einzig bei Elena Karinoglous hatte seine Gelassenheit ihn von Anfang an im Stich gelassen. Er wusste nicht, ob sie die Frau war, mit der er sich ein Leben vorstellen wollte. Er hatte jedoch in diesem Moment beschlossen, dass er nicht versäumen wollte, es herauszufinden. Er lächelte bei diesen Überlegungen, schüttelte schließlich den Kopf, so als wolle er sich von den Gedanken an sie befreien, drehte sich um und steuerte zielstrebig auf den repräsentativen Hauseingang der Krogmann-Villa zu.

KAPITEL 4

»Fricke, Kripo Kiel«, stellte er sich einem Mann vor, der vor dem Leichnam von Johanna Krogmann stand.

»Guten Morgen. Mein Name ist Hegewisch. Manfred. Ich bin von der Polizeistation unten im Dorf«, antwortete der Mann, sah kurz hoch und starrte dann wieder auf die Tote.

Fricke mochte ihn nicht. Es gab im Grunde keinen Anlass dazu, ihn nicht zu mögen, aber irgendetwas gefiel ihm an dem Fremden nicht. Vielleicht war es sein schleimiger Tonfall oder die Art, wie er das Opfer ansah.

»Eine schöne Frau«, bemerkte Fricke.

»Allerdings. Das war sie. Schönheit und Hässlichkeit liegen manchmal nah beieinander. In ihrem Fall besonders«, antwortete Hegewisch.

»Hässlichkeit?«, fragte Fricke verwundert.

»Ja, sie war eine schöne Frau, als sie noch lebte«, erwiderte Hegewisch etwas zu schnell.

»Ich finde, sie sieht auch jetzt noch hübsch aus«, stellte Fricke fest.

Hegewisch schenkte dem Kommissar nun seine volle Aufmerksamkeit und sah ihn an: »Oh, ich hab das nicht auf den Moment bezogen. Ich bezog es eher auf die Zeit, als sie noch lebte.«

»Verstehe. Sie kannten das Opfer gut, ja?«

»So gut, wie man jemanden kennt, den man kaum zu

Gesicht bekam. Man kriegt halt sehr viel mit«, antwortete Hegewisch.

Fricke hatte genug gesehen und bat Hegewisch, mit hinauszukommen. »Wer hat sie gefunden?«, fragte er, als sie vor der Tür angekommen waren, steckte sich eine Lucky Strike an und hielt Hegewisch ebenfalls die Schachtel hin.

»Nein, danke. Ich bin seit fünf Jahren clean. Man muss ja irgendwie in Form bleiben, auch wenn ich hier im Dorf recht wenig zu tun habe. Aber sollte mal der Notfall eintreten und ich muss jemanden verfolgen, möchte ich, dass meine Lunge da mitmacht.«

»Wer hat sie gefunden?«, wiederholte Fricke seine Frage so, dass Hegewisch verstand, dass es ihn nicht interessierte, warum er nicht mehr rauchte.

Der Dorfpolizist verzog das Gesicht und antwortete in einem eher unterkühlten Ton: »Die Putzfrau, Franziska Jabusch, hat sie gefunden. Arbeitet seit knapp zwei Jahren hier.«

»Ist auch besser so. Rauchen kann tödlich sein«, ging Fricke nun doch auf das Thema Rauchen ein. Es tat ihm leid, dass er Hegewisch so negativ gegenübergetreten war. Im Grunde war es gar nicht seine Art, aber heute war er genervt. Genervt davon, dass es um eine schöne Frau ging. Denn ganz hinten in seinem Kopf rief eine Stimme sofort wieder den Namen der Staatsanwältin. »Kann ich die Putzfrau sprechen?«

»Nein. Sie hat einen Schock und ist vor zehn Minuten mit unserem Doc hier in die Klinik gefahren. Ich glaube, nach Kiel. Aber ein Kollege hat sie kurz vernommen. Er wird Ihnen den Bericht heute noch rüberschicken«, versicherte Hegewisch.

»Okay. Dann erzählen Sie mir etwas über das Opfer. Wer hatte ein Motiv? Jemand aus dem Dorf?«, fragte Fricke und inhalierte einen tiefen Zug seiner Zigarette.

»Mir fällt niemand aus dem Dorf ein, der kein Motiv hätte. Frau Krogmann, oder besser Krogmann-Eggerstedt, war nicht sehr beliebt hier. Von dem Moment an, als sie die Fabrik übernahm, wurde alles anders – und nicht besser für die Leute aus Flintbek. Alles fing damit an, dass plötzlich täglich ein Kühllaster das Mittagessen in kleinen Aluschalen brachte. Unser Metzger wurde sein Fleisch nicht mehr los. Unsere Landwirte konnten ihr Gemüse wieder mitnehmen, und selbst das Brot kaufte sie irgendwo in Kiel billig ein, sodass unser Bäcker seine Maschinen wieder veräußern musste, die er sich extra für die Fabrik zugelegt hatte. Nicht zu vergessen, die Leute, die in der Fabrik arbeiteten und durch Roboter ersetzt wurden. Das Häuschen, welches die meisten von ihnen sich angesichts eines sicheren Jobs in der Fabrik gebaut hatten, konnten sie vergessen. Oft blieb ihnen nur der Umzug in die Siedlung, die ebenfalls der Krogmann gehörte, und dann hob sie die Mieten an, die früher unter ihrem Vater immer sehr günstig gewesen waren. Im Dorf hat man sie nie gesehen, nicht in Kleinflintbek, nicht in Großflintbek, nicht in Voorde. Sie hat nicht einen einzigen Euro hier ausgegeben. Selbst der von ihrem Vater finanzierte Anbau im Gasthaus für zwölf Fremdenzimmer musste geschlossen werden. Der Gastwirt hat sie oft verflucht!«, erzählte Hegewisch.

Fricke entging nicht der missmutige Tonfall in seiner Stimme. Er fragte sich, warum der Mann plötzlich so negativ über das Opfer sprach. Sein starrer Blick auf die Tote zuvor und der Hinweis, dass sie einst schön gewesen war, hatten eher schwärmerisch gewirkt.

»Puh. Das sind eine Menge Leute. Wo fange ich am besten an? Beim Metzger?«, grübelte Fricke laut.

»Ich würde sagen, beim Bürgermeister«, antwortete Hegewisch, »ich kann vorfahren, und Sie folgen.«

Fricke stimmte zu, nahm das Angebot an und folgte schließlich Hegewischs Streifenwagen, der zehn Minuten später am Dorfrand vor einer Villa zum Stehen kam.

»Hier wohnt Bürgermeister Eggerstedt«, erklärte Hegewisch, nachdem er ausgestiegen war und nun mit Fricke vor dessen Wagen stand.

»Eggerstedt?«, begann Fricke, den der Name stutzig machte. »Hieß das Opfer nicht …«

»Ganz genau«, unterbrach Hegewisch ihn. Sie heiratete den Sohn des Bürgermeisters. Thomas Eggerstedt, der übrigens vor wenigen Tagen beim Drachenfliegen in Mexiko ums Leben gekommen ist.«

»Wenn das Opfer keinen Bezug zum Dorf hatte, wie kommt es, dass sie den Sohn des Bürgermeisters heiratete?«, fragte Fricke und steckte sich eine weitere Zigarette an, während er beeindruckt zur Villa sah.

»Der Bürgermeister war der Einzige, der die Krogmann ein wenig ärgern konnte. Sie bezog zum Beispiel Frischwasser aus dem Molfsee. Eggerstedt kam ihr mit irgendwelchen ökologischen Bestimmungen, was die Klärung des Wassers betraf. Also baute sie eine Kläranlage. Als die Fabrik größer wurde, schaffte ihre Kläranlage die Menge Wasser nicht mehr. Es war aber auch kein Platz, eine größere Anlage zu bauen. Also musste sie sich irgendwie mit dem Bürgermeister einigen. Wie Sie sehen, wohnt er nicht gerade in einem Zweimannzelt«, spottete Hegewisch.

»Sie hat ihn bestochen?«, fragte Fricke erstaunt.

»Das würde ich so nicht sagen. Nein. Er erklärte kurzerhand das Grundstück gegenüber der Fabrik zum Bauland. Also hat die Krogmann ihr neues Klärwerk dort gebaut.«

»Das ist Bestechung«, gab Fricke entrüstet von sich.

»Können Sie so nennen, wenn Sie es beweisen können«, erklärte Hegewisch.

»Und sein Sohn? Wie kam es dann zur Hochzeit?«

»Eines Tages tauchte ein Mann vom Bundesamt für Gewässerkunde auf und stellte fest, dass der Spiegel des Sees immer weiter zurückging. Er begrenzte die Wasserentnahme der Fabrik. Um das fehlende Wasser aus dem Rammsee zur Fabrik zu pumpen, bedurfte es einiger Genehmigungen, da die Rohre über Privatgrundstücke liefen. Eggerstedt wehrte sich. Er wollte sein schönes Dorfbild nicht mit Rohren verschandeln. Thomas Eggerstedt verhandelte mit der Krogmann. Die machte dann den genialen Schachzug, den Sohn des Bürgermeisters zu heiraten, und der wiederum wollte es sich nicht mit seinem Sohn verscherzen. Was soll ich sagen? Die Rohre wurden gelegt. Seit der Heirat hatte sie dann auch vor dem Bürgermeister Ruhe.«

»Ganz schön gerissen«, bemerkte Fricke. »Was denken Sie? Liebten sie sich?«, fragte er, warf die Zigarette auf den Boden und trat sie aus. Den mahnenden Blick Hegewischs auf die ausgetretene Zigarettenkippe nahm er dabei nicht wahr.

»Liebe? Die Krogmann? Ich glaube, sie war gar nicht imstande, überhaupt irgendjemanden zu lieben. Aber wer weiß? Auf jeden Fall hatte sie nun einen Mann, den sie vorzeigen konnte. Thomas sah gut aus. Ein Sonnyboy. Immer gut gelaunt und von Frauen umgeben. Er, so denke ich, war zufrieden. Sie finanzierte ihm sein Drachenfliegen und hatte ihn dafür wochenlang vom Hals. Thomas war viel unterwegs in der Welt.«

»Gab es sonst keine Männer in ihrem Leben?«, hakte Fricke nach.

»Nein. Ihr Vater war der einzige Mann. Dann gibt es nur noch die Schwester Sabine, die im Nachbarort wohnt«, schüttelte Hegewisch den Kopf.

»Auch so hübsch?«

»Sie ist hübsch, ja. Zwar nicht so wie ihre Schwester, aber doch, Sabine ist schon ansehnlich. Sie ist übrigens ganz anders. Immer nett und freundlich. Sie taucht auch öfter mal mit Freundinnen im Gasthaus auf. Sie wurde ebenfalls von Johanna über den Tisch gezogen. Die verkaufte ihr das Erbe nämlich als marode und bankrott, bot ihr aber an, es aus eigener Tasche wieder hochzuziehen. Wenn Sabine das Risiko, welches dadurch bestand, nicht mit eingehen wollte, würde sie ihr monatlich Geld überweisen. Eine nette Summe wohl, aber lang nicht so viel wert wie die ihr zustehenden Anteile an der Firma. Sabine schimpfte oft im Gasthaus über ihre Schwester.«

»Motiv also?«

»Na ja. Jetzt, wo Thomas tot ist, wird sie alles erben. Das sollte Motiv genug sein. Aber ich traue ihr das nicht zu. Ich denke, sie ist schon informiert und auf dem Weg hierher.«

Fricke nickte. Er bat Hegewisch, auf ihn zu warten, um ihn anschließend wieder zum Tatort zu begleiten, und näherte sich der Haustür der Bürgermeister-Villa. Es war eine Prunkvilla im norddeutschen Stil, sie hatte zwei Etagen und war mit einigen Erkern versehen. Das Gemäuer bestand aus altem Backstein und ließ eher vermuten, hier wohnte ein Großindustrieller oder ein Filmstar. Ein Bürgermeister, der sein Vermögen so offen zeigte, sollte sich nicht wundern, wenn man ihm unterstellte, dass man ihn kaufen konnte.

Hegewisch blickte dem Kommissar hinterher und beobachtete, wie die Tür geöffnet wurde und die Haushälterin darin erschien. Die beiden unterhielten sich kurz miteinander, bis Fricke schließlich wieder zu ihm zurückkehrte.

»Eggerstedt ist in Mexiko«, erklärte er. »Sagten Sie nicht, sein Sohn sei dort verunglückt?«

Hegewisch nickte: »Dann wird er ihn wohl begleitet haben. Oder er klärt dort den Formalkram nach dem tödlichen Unfall.«

»Okay, versuchen Sie, ihn zu erreichen, und holen Sie ihn sobald wie möglich her. Lassen Sie uns jetzt zum Krogmann-Anwesen zurückfahren. Vielleicht ist die Schwester ja inzwischen dort«, schlug Fricke vor, stieg eilig in seinen Wagen und brauste davon.

Am Tatort angekommen, sahen sie gerade noch die beiden Wagen der Spurensicherung vom Grundstück fahren. Ansonsten befanden sich nur noch drei Streifenwagen, eine Handvoll uniformierte Polizisten und der Leichenwagen der Gerichtsmedizin auf dem Anwesen. Vor dem Gebäude standen zwei Männer, die nicht sehr freundlich aussahen.

Fricke hielt seinen Wagen hinter ihnen an, stieg aus und nickte zur Begrüßung.

»Sind Sie der leitende Beamte hier?«, fragte der Ältere der beiden.

»Ja, der bin ich«, antwortete der Kommissar, »Fricke, mein Name, angenehm, die Herren.«

»Die Spurensicherung ist durch, der Gerichtsmediziner ebenfalls und wir stehen uns die Beine in den Bauch. Können wir die Tote jetzt mitnehmen oder was?«, keifte der Jüngere, ohne sich ebenfalls vorzustellen.

Fricke überging seine unhöfliche Art geflissentlich. »Ja, machen Sie das«, nickte er. »Ist zufällig eine Frau zwischenzeitlich hier aufgetaucht? Ihre Schwester?«

Der Mann sah Fricke verständnislos an, wechselte einen kurzen Blick mit seinem Kollegen und wandte sich schließlich wieder dem Kommissar zu: »Wie, meine Schwester? Was soll meine Schwester denn hier?«, fragte er verwirrt.

»Die Schwester des Opfers meine ich. Herrje!«

»Hier war keine Frau, und die Schwester kenne ich nicht. Also, wir nehmen den Leichnam jetzt mit und bringen ihn in die Gerichtsmedizin nach Kiel«, antwortete der Mann, winkte seinem Kollegen zu, ihm zu folgen, und verschwand mit ihm im Inneren des Hauses.

Hegewisch, der inzwischen ebenfalls angekommen war, stand nun hinter Fricke und hatte den letzten Teil des Gesprächs mitverfolgt. »Ich habe auf dem Weg gerade mit meinem Kollegen telefoniert. Wir können Sabine Krogmann nicht erreichen, versuchen es aber weiter.«

Fricke nickte und sah auf die Uhr. »Mhh … halb zwölf gleich. Ich fahre jetzt zurück nach Kiel. Wenn Sie die Schwester haben, geben Sie ihr meine Nummer. Sie soll mich anrufen«, forderte er Hegewisch auf und überreichte ihm seine Visitenkarte, nachdem er auf der Rückseite seine Handynummer notiert hatte.

»Im Zeitalter von Handy und Co schaffen Sie es immer noch nicht, die Mobilnummer mit auf die Visitenkarte zu drucken?«, lachte Hegewisch.

Fricke lachte ebenfalls, zuckte mit den Schultern, stieg in seinen Dienstwagen und machte sich auf den Weg zurück nach Kiel.

Während der ganzen Fahrt freute er sich, gleich Elena gegenüberzustehen. Sollte er dem Hinweis des Gerichtsmediziners folgen? Sollte er sie tatsächlich zum Essen einladen? Er könnte den Fall vorschieben und erklären, bei einem gemeinsamen Essen mit ihr darüber reden zu wollen. Nein – Elena würde den Bericht sofort verlangen, und somit war dieser Vorwand hinfällig. Und wenn er sie einfach fragen würde, ob sie Interesse an ihm hätte? Nein, Elena würde das so direkt nicht zugeben. Er wusste genau, er würde sich ihr gegenüber bemühen müssen. Interesse zeigen reichte nicht. Charmant müsste er sein, ja, er war sicher, das erwartete sie. Wollten Frauen nicht alle wie eine Prinzessin erobert werden? Er war kein Prinz, aber er war ein Held, der gegen Drachen kämpfte. Seine Drachen besaßen zwei Beine, und mit der richtigen Knarre in der Hand konnten sie ebenfalls Feuer speien. Mit dieser Fähigkeit konnte er sie jedoch nicht beeindrucken. Immerhin kämpften sie gegen die gleichen Drachen. Er an der Front und sie im Hintergrund. Nein, sie müsste ihn schon so nehmen, wie er war. Er wollte sich nicht verstellen, denn das würde sie ganz schnell durchschauen.

KAPITEL 5

Elena war bereits zu Hause. Auf dem Tisch stand ein Glas Rotwein, und beim Italiener hatte sie sich gerade noch einen griechischen Salat mit extra viel Oliven geholt. Obwohl sie Stammkundin war, machte der italienische Besitzer sich jedes Mal wieder lustig: »Buonasera, signora! Bene – wieder eine nicht italienische Salat, sì?«

Danach scherzten sie hin und her. Sie mochte dieses italienische Geplänkel, ein völlig unverbindlicher Hauch von einem Flirt – mit dem untersetzten Pizzabäcker.

Und nun schaltete sie sich zum Salat den »Tatort« an, den sie am Vortag aufgenommen hatte. Wahrscheinlich sagte das alles über sie aus: griechischer Salat beim Italiener und »Tatort«. Ihr Vater hatte ihr nicht nur den griechischen Namen und den Hang zu südeuropäischem Essen mitgegeben, sondern in ihrem tiefsten Inneren auch eine ziemlich griechische Seele. Jeder, der sie mal in Rage erlebt hatte, wusste das. Aber darüber lagen viele Schichten deutscher Korrektheit von ihrer Mutter. Auf die Kriminserie freute sie sich jetzt richtig. Andererseits ärgerte sie sich auch oft darüber. Im Fernsehen war es einfach, die Täter zur Strecke zu bringen. Zumindest sah es für den Zuschauer so aus. Die Realität war allerdings sehr viel trockener und bestand aus mehr Papierkram als Action. Ebenso mochte sie nicht jeden Schauspieler, der einen Kommissar mimte. Dennoch konnte sie dabei entspannen, und ihr Ärger hielt sich stets in Grenzen. Immerhin war es nur ein Film. Also: Beine hoch legen, Salat mit Oliven essen, ein Glas Rotwein trinken.

Pünktlich mit der berühmten Titelmelodie klingelte ihr Telefon.

Oh nein. Nicht jetzt.

Sie betätigte die Pause-Taste auf ihrer Fernbedienung und zeichnete somit den restlichen Film auf ihrem Festplattenreceiver auf, sodass sie nach dem Telefonat weiterschauen konnte. Am Telefon musste ja nicht jeder mitbekommen, woraus ihre Abendunterhaltung bestand.

»Karinoglous«, meldete sie sich unwirsch.

»Ich esse gerade auch keinen Hamburger.«

»Fricke«, seufzte sie.

»Genau. Ich wünsche Ihnen einen wunderschönen Abend!«

»Das war er auch – bis jetzt!«

»Sie sind so gut zu mir.«

Sie beließ es bei einem Schnauben. »Und? Gibt es einen guten Grund für diesen Anruf am Feierabend?«

»Einen sehr guten.«

»Dann lassen Sie hören.«

»Am Telefon?«

»Wollen Sie lieber Rauchzeichen geben oder Trommeln schlagen?«

Fricke lachte auf. *Buddha*, dachte er. Jetzt brauchte er wieder eine ordentliche Portion Gelassenheit. Er wollte sich nicht auf ihre Streitereien einlassen, also überging er ihre Bemerkung geflissentlich und fragte stattdessen: »Ist noch was von der Pizza übrig?«

»Ich esse keine Pizza! Auch wenn ich gerade beim Italiener war. Moment mal … woher wissen Sie …«, wurde sie stutzig.

»Ich habe bei Ihnen geklingelt, aber Sie schienen nicht da zu sein. Also habe ich vor Ihrer Tür im Auto noch ein paar Telefonate geführt, und siehe da, wenig später wankte eine riesige Mitnahmetüte aus dem Italiener. Dann habe ich genauer hingesehen und plötzlich Sie dahinter erkannt. Puh. Und ich dachte schon, die Tüte hätte Beine …«, antwortete er und ärgerte sich sogleich darüber, einen Scherz bezüglich ihrer Größe gemacht zu haben.

»Herr Fricke, ich schwöre Ihnen, wenn ich jemals einen Haftbefehl gegen Sie ausstellen muss, dann ist es mir egal, ob es Beweise gibt. Ich werde ihn blanko unterschreiben«, zischte sie.

»Ach, kommen Sie. Ich finde Sie doch unter anderem so anziehend, gerade weil Sie so klei…, ähm, ich meine … Also, was ist nun? Können wir ein paar Takte über den Fall sprechen? Öffnen Sie mir die Tür, oder soll ich morgen ins Gericht kommen?«

Fricke wusste ganz genau, dass sie ihn hereinlassen würde. Sie war da nicht anders als er. Wenn es um einen aktuellen Fall ging, gab es einfach keine falsche Uhrzeit und ein Privatleben schon gar nicht.

»Na gut, dann kommen Sie halt hoch. Geben Sie mir zehn Minuten, dann dürfen Sie klingeln«, antwortete sie und legte auf.

Fluchend rannte sie ins Badezimmer, zog sich schnell den Lidschatten nach und bürstete sich ihr langes, widerspenstiges, dunkles Haar. Gerade als sie die Bürste weglegen wollte, klingelte es bereits.

»Hatte ich nicht gesagt, zehn Minuten? Mein Gott, hilf mir, ihn nicht zu töten«, murmelte sie, lief zur Wohnungstür und betätigte den Türöffner.

Während Fricke immer zwei Stufen auf einmal nahm,

um in die erste Etage zu gelangen, überlegte die Staatsanwältin, wie sie ihm gegenübertreten sollte. Weiterhin unterkühlt oder vielleicht doch ein bisschen freundlich? Aber wenn sie zu abrupt freundlich zu ihm war, würde ihn das nur verwirren. Außerdem könnte er das, hier bei ihr privat zu Hause, auch missverstehen. Der Kommissar musste etwa in ihrem Alter sein und, das konnte sie nicht leugnen, er sah gut aus mit seinen 1,90. Sport schien er ebenfalls zu treiben, bei dem Oberkörper. Dass er immer mit etwas zerzausten Haaren und mit ungebügelten Hemden daherkam, gab ihm durchaus einen Marlboro-Man-Charme. Er wusste ganz genau, dass er eine Wirkung auf Frauen hatte. – Also, lieber kühl bleiben.

Als er plötzlich vor ihr stand, machte sich unvermittelt Freude in ihr breit. Spontan beschloss sie, ihn mit einem Lächeln und etwas mehr Offenheit als sonst zu begrüßen, doch er kam ihr zuvor.

»Guten Abend, Frau Staatsanwältin. Sie sehen aus, als wären Sie auf netten Besuch eingestellt gewesen und nicht auf einen Feierabend auf der Couch. Haben Sie mich etwa erwartet?«, platzte es aus dem Kommissar heraus, und er zwang sich, sie nicht allzu offensichtlich anzustarren, denn er musste wieder einmal feststellen, dass sie einfach umwerfend aussah.

Diese Bemerkung reichte bereits, um die guten Vorsätze der Staatsanwältin augenblicklich wieder über Bord zu werfen. Dieser Fricke sollte sich bloß nicht zu viel auf seine Wirkung einbilden. »Wenn ich jemanden weder erwartet noch erwünscht habe, dann Sie. Und, wahrscheinlich im Gegensatz zu Ihnen, bin ich nicht der Jogginganzug-Typ, auch und gerade nicht nach Feierabend«, fiel ihre Antwort deshalb gewohnt spitz aus.

Ihm entging nicht, dass sie die obersten zwei Knöpfe ihrer Bluse geöffnet hatte und somit den Blick auf ein sehr schönes Dekolleté freigab. Er wusste, dass sie nur nicht daran gedacht hatte, sie zu schließen, denn er sah sie sonst stets eher zugeknöpft. Oder hatte sie den weiteren Knopf vielleicht doch absichtlich geöffnet? Für ihn? Er hatte Mühe, sich jetzt nicht allzu sehr von ihrem Ausschnitt ablenken zu lassen, und hoffte, dass sie es im Laufe des Abends auch nicht bemerken würde.

»Und – weil ich nämlich meinen Feierabend ganz sicher nicht mit Ihnen verbringen möchte und vielleicht auch noch eine Verabredung habe, bitte ich Sie, sich kurzzufassen«, fuhr sie fort und wollte ihn gerade auffordern hereinzukommen, als er bereits an ihr vorbeilief, direkt ins Wohnzimmer, und sich auf das Sofa setzte.

»Ein Date? Und da holen Sie sich vorher etwas zu essen und öffnen alleine eine Flasche Wein? Ich dachte, bei einem Date isst man eher gemeinsam? Außerdem sind Sie doch gar nicht imstande, eine Beziehung zu führen.« Fricke zog fragend die Augenbrauen hoch.

»Herr Fricke. Ich habe weder ein Date – das haben Teenager und wünschen sich vielleicht mittelalte Herren – noch habe ich etwas von einer Beziehung gesagt, ich sprach von einer Verabredung. Ich bitte Sie!«, entgegnete sie pointiert und setzte sich ihm gegenüber in den Sessel.

Die Bemerkung mit der Beziehung hätte er sein lassen sollen. Die hatte sie getroffen. Er nahm sich vor, ein wenig freundlicher vorzugehen, aber ihr herablassender Ton ärgerte ihn. Es kratzte an seinem Ego, dass sie ihn wie einen pubertären Teenager hinstellte. Ein Date war ein Date. Aber nein, Frau Eisblock hatte keine Dates. Sie lebte wohl noch im vorigen Jahrhundert. Er wollte ihr sagen, dass man Verabredungen im heutigen Zeitalter nun einmal »Dates« nannte, verkniff sich das jedoch. *Buddha*. Ja, Buddha musste ihm ganz schön oft zur Seite springen, um ihn davon abzuhalten, sie nicht einfach übers Knie zu legen.

»Was bitten?«, ging er nun auf Ihre Entgegnung ein. »Um eine Erklärung? Sie sind von morgens an im Gericht und ich wette, sogar der Hausmeister verlässt abends noch vor Ihnen das Gebäude. Selbst am Wochenende sind Sie dort und arbeiten. Und wenn ich mir Ihren Schreibtisch hier ansehe, dann weiß ich, dass Sie auch zu Hause noch weiterarbeiten. Was wollen Sie da bitte mit einem Kerl? Es sei denn, Sie legen sich einen zu, der so tickt wie Sie und mit dem Sie vielleicht an einem Fall zusammen …«

Sie lachte spöttisch und unterbrach ihn: »Und da dachten Sie natürlich an sich. Wie fürsorglich von Ihnen! Ich mag …« Sie machte bewusst eine Pause nach den letzten, plötzlich ganz sanft gesprochenen Worten und genoss seinen erstaunten Blick, mit dem er sie nun erwartungsvoll und gespannt ansah, »… Männer, die gebügelte Hemden tragen – und leider habe ich Sie noch nie in einem solchen gesehen.«

Während er lachte, betrachtete sie ihn. Sie hielt ihn für einen ausgezeichneten Ermittler. Den besten, mit dem sie je zu tun gehabt hatte. Sogar in der kurzen Zeit, die er sich nun in ihrem Wohnzimmer aufhielt, hatte er alle für ihn interessanten Details gescannt. Das Essen, die Flasche Rotwein, den Schreibtisch – und zog daraus seine anschließende Schlussfolgerung, die der Wahrheit entsprach. Sich selbst musste sie dagegen eingestehen, dass der Kommissar sogar und gerade in seinem verknitterten

Hemd eine ausgesprochen gute Figur machte. Sie ertappte sich plötzlich dabei, sich zu fragen, wie er wohl küssen mochte, schüttelte sofort erschrocken den Kopf darüber, beugte sich schnell vor und forderte ihn schließlich auf, vom Krogmann-Fall zu berichten.

Fricke erzählte, was er bisher ermitteln konnte und von Hegewisch erfahren hatte. Ebenso erwähnte er den Prachtbau des Bürgermeisters und seine Vermutung, dass dieser mit Bestechungsgeldern finanziert worden war, was ihm aber anscheinend keiner nachweisen konnte. Sollte dieser Umstand jedoch wichtig für das Verfahren sein, würde er jeden einzelnen Backstein des Hauses aus dem Mauerwerk schlagen, um zu sehen, ob Krogmanngeld dranhing.

»Da kommen eine Menge Verdächtige zusammen, würde ich sagen«, folgerte die Staatsanwältin. »Zumindest eine Menge Menschen, die ein Motiv für einen Mord an Johanna Krogmann hätten. Wie sieht es mit Alibis aus?«, fragte sie und blickte auf ihr Weinglas. »Entschuldigung, wie unhöflich. Möchten Sie etwas trinken? Wein, Bier oder Wasser?«

Fricke verneinte. »Danke. Die Schwester der Toten hat mich heute angerufen und kommt morgen früh ins Präsidium. Ich habe sie bereits nach letzter Nacht gefragt. Sie war gestern Abend um 20 Uhr in einem Restaurant hier in Kiel und anschließend bis heute Morgen um sechs in der Diskothek ›Luna‹.«

»Haben Sie das überprüft? Im Restaurant und in der Diskothek?«

»Ich habe zuvor im Internet geforscht und ein Bild von ihr gefunden. Ich habe es ausgedruckt und einem Kollegen gegeben. Der hat das Alibi überprüft, und es ist bestätigt. Sie hat in der Diskothek sogar noch einem Typen eine Szene gemacht und wäre fast rausgeflogen.«

Die Staatsanwältin nickte: »Wie praktisch, eine erinnerungswürdige Szene zu machen, oder? Genau das, was sie jetzt braucht. Dass man sich an sie erinnert.«

Fricke nickte ebenfalls. »Stimmt.« Daran hatte er nicht gedacht, aber richtig, wenn man ein Alibi nur vorschieben wollte, dann machte man erst recht auf sich aufmerksam. Er musste nachforschen, ob Sabine Krogmann der Typ Mensch war, der öfter mal eine öffentliche Szene hinlegte. Schmunzelnd beobachtete er die kleine Griechin. Typisch Frau, sofort zu vermuten, dass eine andere nur etwas vorspielte. Aber das war in diesem Fall wirklich nicht auszuschließen.

»Überprüfen Sie die genauen Zeiten. Wann soll sie die Szene gemacht haben? Welche Gäste können sich zu welcher genauen Zeit an sie erinnern? Wie lange braucht man für den Weg von der Disco zum Haus der Eggerstedt? Vielleicht war sie ja zwischendurch mal kurz verschwunden.«

Fricke mochte ihren Befehlston nicht. Sie brauchte ihm nicht zu sagen, wie er seine Arbeit machen sollte. *Er* war der Ermittler. Er hätte auch ohne ihre Instruktionen genau diese Vorgehensweise gewählt. Denn sie hatte recht. Aber sollte er jetzt seinem Ärger über ihre Gängelung freien Lauf lassen? Nein, er entschied sich, darüber hinwegzusehen.

»Also, ich werde Sabine Krogmann morgen um 8 Uhr vernehmen und dann anschließend nach Flintbek fahren und mit den Dorfbewohnern reden«, antwortete Fricke, stand auf und gab Elena die Hand. »Ich wünschte, ich könnte sagen, danke für das Essen, den Wein und den schönen Abend und fragen, was es morgen zum Frühstück gibt, aber leider muss ich jetzt schlafen gehen. Es war ein langer Tag und er ist um 6 Uhr früh zu Ende. Wir müssen also unser Date auf einen anderen Tag verschieben. Melden Sie sich einfach bei mir.«

Sie konnte sich ein Schmunzeln nicht verkneifen. »Ich habe keine Dates.« Aber es klang nicht mehr so unwirsch wie am Anfang, fast ein wenig versöhnlich. Sie mochte seine Kleine-Jungen-Frechheiten. Ein wenig Underdog, aber nicht uncharmant.

»Natürlich, Karinoglous, natürlich!« Er salutierte vor ihr, einen militärischen Gruß nachahmend.

Sie musste immer noch lächeln, als sie die Haustür hinter ihm schloss. Er hatte Charme, da war etwas unter der frechen Fassade, das ihr gefiel. Mit einer Handbewegung in die Luft wischte sie ihre Gedanken fort und machte es sich wieder für ihren »Tatort« gemütlich.

Ein Druck auf die Pause-Taste und der Film lief weiter. Allerdings konnte sie sich nicht wirklich darauf konzentrieren, denn immer wieder stahl sich Frickes Bild vor ihr inneres Auge.

Sie musste erneut schmunzeln. Dieses Hemd, das er trug: Es war zwar sauber, aber dafür so zerknittert, dass selbst ein Hochleistungs-Bügeleisen es nicht mehr hätte glätten können. Warum nur ließ er sich so gehen? War er denn kein bisschen eitel? Er flirtete mit ihr, auf seine raue Art. Aber sie wusste nicht, ob er nur Gefallen an ihr fand, weil sie gut aussah, die Unberührbare spielte und er sie als Herausforderung sah, oder ob er ein ernsthaftes Interesse an ihr hatte. Wie wäre der Tag nach einer Nacht mit ihm? Würde sie überhaupt eine Nacht mit ihm wollen? Oder sogar mehr? Sie seufzte. Was brachte es, darüber nachzudenken, was Fricke wohl von ihr wollte, wenn sie selbst es umgekehrt noch nicht einmal wusste.

Selbst als sie versuchte, ihre Gedanken auf den aktuellen Fall zu lenken und darüber nachzudenken, was der Kommissar ihr eben darüber berichtet hatte, gelang ihr das nur kurzfristig. Der »Tatort« war inzwischen ebenfalls vorbei, ohne dass sie wirklich hingesehen hatte. Auch der Salat stand noch unberührt vor ihr auf dem Couchtisch. Sie schaltete den Fernseher aus und beschloss, ins Bett zu gehen. Die kalte Dusche sollte heute ausfallen. Sie genoss die Vorstellung, Fricke würde jetzt im Schlafzimmer auf sie warten. Nur Fricke. Kein Fall, den sie besprechen mussten.

Während Elena bereits schlief, saß Fricke als einer der wenigen Gäste im »Wirtshaus«. »Das Wirtshaus in Kiel« am Europaplatz konnte man in zehn Minuten zu Fuß von der Kriminalpolizeistelle in der Blumenstraße aus erreichen und war damit sozusagen das Stammlokal des Präsidiums. Meist fanden sich hier nur die Singles unter den Kollegen ein, auf die zu Hause niemand wartete.

»Hallo, Sven«, begrüßte ihn eine ihm vertraute Stimme.

»Hallo, Julia«, grüßte Fricke zurück, ohne aufzusehen. Er starrte auf sein Bierglas und versuchte, seine Gedanken zu sortieren.

Julia Schwertfeger war Kommissarin bei der Sitte. Vor etwa einem Jahr hatten Fricke und sie ein Verhältnis miteinander gehabt. Es dauerte ganze zwei Wochen, bis sie ihm sagte, sie hätte einen anderen kennengelernt. Einen Anwalt. Sie spekulierte sogar darauf, ihren Job an den Nagel zu hängen und einen auf Hausfrau und Mutter zu machen. Sie hatte sich mit ihrem Neuen bereits über

Kinder unterhalten. Ein halbes Jahr danach hatte sie vor Frickes Schreibtisch gestanden und wollte ihn zum Essen einladen. Als er sie auf den Anwalt ansprach, winkte sie verschämt ab und erklärte ihm, dass der sich wohl eine Jüngere geangelt hatte. Eine Praktikantin seiner Kanzlei. Julia war Ende 30 und äußerst attraktiv. Fast jeder im Präsidium war hinter ihr her, und Fricke vermutete, dass es auch fast jeder geschafft hatte, mit ihr eine Nacht zu verbringen. Geredet hatte nie jemand darüber, aber das war ihm auch egal.

»So spät noch auf den Beinen? Was lässt dich nicht schlafen?«, fragte sie und setzte sich auf den Barhocker neben ihn. Sie bestellte für beide ein Guinness und drehte sich ihm zu.

»Weiß nicht. Bin einfach wach«, antwortete er und starrte weiterhin auf sein Bierglas, das noch halb gefüllt war. Er wusste genau, was ihn nicht schlafen ließ. Es waren die Gedanken an Elena, an Johanna Krogmann und an den Bürgermeister von Flintbek.

»Ja, das kenne ich«, murmelte sie und strich ihm sanft über den Arm.

Es tat gut, wieder einmal auf diese Art berührt zu werden. In Fricke löste die zärtliche Geste Sehnsucht aus. Sie war die falsche Frau, aber immerhin war sie eine. Und sie war alleine.

»Wollen wir austrinken und dann zu dir fahren?«, fragte Fricke daher unvermittelt, ohne vorher abgeklärt zu haben, ob sie momentan womöglich in einer festen Beziehung war.

»Eine gute Idee«, antwortete sie.

Sie bezahlten ihre Rechnung und verließen gegen 2 Uhr das »Wirtshaus«. Das war es unter anderem, was Fricke an ihr so mochte. Sie war unkompliziert. Es brauchte kein gemeinsames Essen, keinen Kinobesuch und keine Blumen. Es brauchte einfach nur die Frage, auf die sie beide die Antwort wussten. Aber es war andererseits genau diese Unkompliziertheit, die ihn lange Zeit nicht wieder in ihre Arme getrieben hatte. Denn das ließ ihn vermuten, andere Männer könnten es auch leicht bei ihr haben. Dennoch wusste er, dass Julia einfach nur fliehen wollte. Fliehen aus dem Job und aus der Einsamkeit, und wenn sich beides miteinander verbinden ließ, war sie weg. Wie damals, als sie sich für den Anwalt entschied.

Eine halbe Stunde später saß Fricke auf ihrem Bett. Julia kam aus dem Badezimmer und lächelte. Sie war nackt. Fricke sah nur kurz hin und starrte dann wieder auf den Fleck, der sich auf dem Teppich vor ihrem Bett befand. Kurz überlegte er, was das für ein Fleck war, bis ihm eines klar wurde. Wenn er auf dem Bett einer schönen Frau saß, die nackt war und Sex mit ihm wollte, und er sich für diesen Fleck interessierte, war er hier falsch.

»Ich bestell mir jetzt ein Taxi«, sagte er daher und starrte weiterhin auf den Teppich.

Julia glaubte, er würde einen Scherz machen, und kniete sich lächelnd vor ihn. »Oh, ich glaube, das möchtest du nicht wirklich.«

Er sah ihr zu, wie sie versuchte, den Gürtel zu lösen und den Knopf seiner Hose zu öffnen. Als sie schließlich seinen Reißverschluss herunterzog, stand er auf, zog den Reißverschluss wieder hoch, knöpfte die Hose zu, schloss den Gürtel und ging schweigend zur Wohnungstür.

Er verstand nicht mehr, was Julia ihm hinterherrief. Es war ihm auch egal. Dennoch verspürte er so etwas wie Ärger. Warum konnte er nicht mit ihr schlafen? Den letzten Sex hatte er vor drei Monaten gehabt. Es war ein One-Night-Stand mit einer Frau gewesen, deren Namen er nicht mal kannte, als er am Morgen ihre Wohnung verließ. Und nun hatte er kein Verlangen danach. Im Stillen verfluchte er Elena. Sie war es, die ihn daran hinderte, mit einer anderen Frau intim zu werden. Weil er ihre Stimme hörte, ständig. Er schüttelte noch den Kopf, als er zwei Straßen weiter in ein Taxi stieg, das dort parkte. Vielleicht wollte Elena ihn ja gar nicht. Und dafür verließ er eine schöne Frau, die nun nackt und alleine auf ihrem Bett lag.

»Weiber«, sagte Fricke auf dem Beifahrersitz und schüttelte abermals den Kopf.

»Kerle«, antwortete die Taxifahrerin und lächelte.

KAPITEL 6

Fricke hatte Sabine Krogmann für Dienstagmorgen in sein Büro bestellt, nachdem sie sich gestern auf der Polizeidienststelle telefonisch gemeldet hatte. Hegewisch hatte ihm berichtet, dass sie völlig aufgelöst gewesen war, als er ihr vom Tod ihrer Schwester Bericht erstattet hatte. Sie hatte immer wiederholt, dass ihre Schwester jetzt wohl Selbstmord verübt habe, nachdem sie ihren Ehemann verloren hatte. Fricke schüttelte den Kopf. Na ja, er kannte den Polizisten, der ihren Anruf entgegengenommen hatte. Der war im Übermitteln von Todesnachrichten katastrophal. Wahrscheinlich hatte sie zunächst kaum verstanden, dass ihre Schwester tot war. Fricke hoffte, dass sie es nun einigermaßen verdaut hatte. Hysterische Frauen waren nicht gerade seine Vorliebe. Nach einem vorsichtigen Klopfen öffnete sich die Tür einen Spalt breit und ein blonder Kopf schob sich vorsichtig in sein Zimmer.

»Bin ich hier richtig bei Hauptkommissar Fricke?«

Fricke nickte und winkte sie herein. Eigentlich hätte er antworten wollen: »Nein, der Name steht nur zum Spaß neben der Tür«, verkniff es sich aber.

Zögerlich näherte die junge Frau sich dem angebotenen Stuhl. Ein ganz anderer Typ als ihre Schwester. Kleiner, etwas rundlicher, wohlgeformt, wie Fricke sofort feststellte. Und sehr blond! Vielleicht künstlich. Wahrscheinlich künstlich. Als er ihr nun ins Gesicht sah, erkannte er doch eine gewisse Ähnlichkeit mit Johanna, diese markante Krogmann-Nase, die hatte sie auch.

»Ich bin Sabine Krogmann. Die Schwester …«, sie stockte. Offensichtlich brachte sie »der Toten« einfach nicht heraus.

Fricke bat sie, Platz zu nehmen, und öffnete ein Dokument auf seinem Computer.

»Frau Krogmann, erst mal mein Beileid. Ich weiß, dass das für Sie nicht ganz einfach ist, aber ich muss Sie leider zu einigen Details befragen.«

Sie nickte und fragte leise, wie ihre Schwester umgekommen sei. Der Beamte hätte ihr am Telefon keine Auskunft erteilen wollen und sie auf den nächsten Tag und auf Fricke verwiesen.

Er wusste nicht, ob er ihre Frage wirklich richtig verstanden hatte. Sollte Hegewisch tatsächlich geschwiegen und ihr nichts von den näheren Umständen erzählt haben, die zum Tod ihrer Schwester geführt hatten? Er beschloss, diesen Gedanken festzuhalten, sie aber nicht darauf anzusprechen.

Fricke erzählte ihr von der Eisenstange und beobachtete sie dabei genau. Aufrichtige Trauer sah anders aus.

Er wartete einen Moment und ließ sie im Glauben, er würde ihr die Bestürzung über den Vorfall abkaufen, bevor er sie fragte, ob sie mit der Aufzeichnung der Vernehmung einverstanden war, und betätigte nach ihrem Nicken die entsprechende Taste des Diktiergerätes.

Nachdem er ihre Personalien aufgenommen hatte, beugte er sich freundlich lächelnd zu ihr über den Tisch: »Was für ein Typ Mensch war Ihre Schwester? Können Sie sie mir beschreiben?«

Sabine Krogmann lächelte scheu und blickte ihm dann

mit einem Augenaufschlag direkt ins Gesicht. Das war gekonnt, das war geübt. So etwas sah Fricke sofort.

»Sie wollen, dass ich Johanna beschreibe. Das ist nicht so einfach. Schwestern haben untereinander ein besonderes Verhältnis. Sie war meine große Schwester und ich habe immer zu ihr aufgesehen, ja, ich habe sie bewundert. Sie hatte immer alles im Griff. Schule, Studium, daneben Nummer eins der Tennisdamen in Kiel, natürlich im Nobelviertel, bei der Tennisgesellschaft Düsternbrook. Und jetzt auch noch die Firma, alles mit links. Na ja, bei solchen Erfolgsmenschen bleiben ab und an manche am Wegesrand liegen, wenn Sie wissen, was ich meine.«

Sie beugte sich nun ebenfalls vor und war ihm plötzlich sehr nahe. Zu nahe. Es gab einen üblichen Abstand zwischen Menschen. Der zu Polizeibeamten auf dem Revier war noch größer. Jetzt aber hatten sie einen deutlich zu kleinen. Sie roch gut, nach einem Parfum mit Blümchenduft. Fricke wusste genau, was sie meinte. Und er wusste genau, was sie da gerade tat. Was nicht hieß, dass es ihm nicht gefiel. Er konnte nicht sagen, wie er sich verhalten hätte, wenn Sabine Krogmann ihm im Pub begegnet wäre. Vielleicht wäre er mit zu ihr gegangen. Und dann? Wahrscheinlich wäre nichts geschehen und er wäre wieder nach Hause gefahren. Und warum? Weil sich die Gedanken an Elena nicht ausschalten ließen. Gerade als ihr Name in seinem Kopf auftauchte, öffnete sich die Tür und beide fuhren schuldbewusst um Millimeter auseinander.

Dennoch hatte Elena Karinoglous in Sekundenbruchteilen die Situation erfasst. Wie die zwei ein winziges bisschen zu nahe beieinander gewesen waren und wie sie ein winziges bisschen auseinandergefahren waren, als sie die Tür geöffnet hatte.

»Guten Morgen«, wandte sie sich an Sabine Krogmann und streckte ihr die Hand hin, »ich bin die zuständige Staatsanwältin und werde am Verhör teilnehmen.« Das Wort »Verhör« betonte sie dabei sehr bewusst. Hier sollten sich alle im Raum darüber im Klaren sein, zu welchem Anlass sie sich zusammengefunden hatten.

Fricke lehnte sich zurück und wies auf den dritten Stuhl im Raum. Sollte sie sich den mal ruhig selbst holen. Das würde sie wieder ein bisschen runterbringen, Frau Nasehoch. »Frau Krogmann war gerade dabei, eine Beschreibung ihrer Schwester zu geben«, erläuterte er ihr formvollendet.

»So«, entfuhr es Elena vielleicht ein wenig zu spitz. »Na, dann fahren Sie fort.« Aufmunternd blickte sie die hübsche Blondine an.

»Wo war ich jetzt stehen geblieben, ich weiß nicht mehr …?« Ein hilfesuchender Blick ging zu Fricke, der auch gleich einsprang: »Dass der ein oder andere auch mal am Wegesrand liegen blieb.«

»Na ja, so drastisch habe ich das auch wieder nicht gemeint. Sie war korrekt zu allen. Aber sie sah eben, wo Vorteile für die Firma zu holen waren. Und das ging manchmal auf die Kosten anderer.«

»Sie wollen uns damit sagen, dass Ihre Schwester einige Feinde hatte«, versuchte die Staatsanwältin klarzustellen.

»Ja. Na ja. Ich will hier niemanden speziell nennen. Nachher bekommt die Person noch wegen mir Ärger.«

»Na ja? Was soll das heißen, Frau Krogmann? Hatte ihre Schwester Feinde oder hatte sie keine? Werden Sie bitte deutlicher«, hakte die Staatsanwältin etwas genervt nach.

»Mein Gott, ja. Sicher gab es Menschen im Dorf, die ihr wahrscheinlich die Pest an den Hals wünschten«, erwiderte Sabine Krogmann nun ebenfalls gereizt.

Fricke machte unter dem Tisch eine Handbewegung zu Elena, die neben ihm saß, die ihr signalisieren sollte, den Ball flach zu halten.

Die Staatsanwältin lehnte sich zurück und verschränkte die Arme. Okay, bitte, dann überließ sie eben ihm das Feld – vorerst. Sie zeigte auf ihn, um anzudeuten, dass er die nächste Frage stellen könnte.

Wenn Elena nur nicht so hübsch wäre. Ihre Nähe machte ihn nervös. Fricke atmete tief durch und versuchte sich wieder zu sammeln.

»Sie dürfen hier ganz offen sein, Frau Krogmann«, er lächelte Sabine an und sie quittierte das wiederum mit einem Augenaufschlag. »Können Sie uns sagen, wen Sie für einen ernsthaften Feind Ihrer Schwester halten?«

»Also, ganz ehrlich, wenn ich da anfange, kann ich nicht mehr aufhören: den Bürgermeister, den Metzger, den Bäcker. Suchen Sie doch mal auf den Personallisten, wen sie alles rausgeschmissen hat. Und vergessen Sie bitte bloß nicht die, die sie eingestellt hat. Sie hat ihre Putzfrau behandelt wie ein Stück Dreck! Also, ich will jetzt nichts Schlechtes über meine Schwester sagen, aber sie war eine Meisterin darin, sich Feinde zu machen. Mein Gott, ich habe sie natürlich gemocht, sie war meine große Schwester. Zu mir war sie auch immer großzügig und meistens nett. Die Frage ist also nicht, wer hätte einen Grund gehabt, ihr das anzutun, sondern eher, wem traut man so etwas zu, nicht wahr?«

»Richtig. Im Moment muss die Frage allerdings so formuliert werden: Wem trauen *Sie* so etwas zu, Frau Krogmann. Sie haben doch sicher einen Verdacht, oder?«, forderte die Staatsanwältin Sabine heraus und beobachtete sie, wie vorhin Kommissar Fricke, ganz genau.

»Nein, ich will hier niemanden beschuldigen. Das müssen schon Sie herausfinden.«

»Manfred Hegewisch von der Polizeistation in Flintbek hat die gleichen Personen genannt«, erläuterte Fricke der Staatsanwältin.

»Hegewisch«, Sabine Krogmann lachte verächtlich, »der hat hoffentlich sich selbst auch gleich mit auf die Liste gesetzt!«

Fricke und Karinoglous sahen sie fragend an.

»Na ja, als Johanna jung war, ein Teenager, 16, 17, ich weiß es nicht mehr, da hat sie ihn einmal rangelassen. Und danach war ihr das wohl selber peinlich. Sie, die Fabrikantentochter, mit dem Polizeischüler. Sie hat ihn dann schnell wieder abserviert. Das war wohl der Punkt, an dem sie sich geschworen hat, keine Kontakte mehr zur Dorfbevölkerung zu pflegen. Und was meine Schwester sich vornimmt, das setzt sie auch um!«

»Und Herr Hegewisch war da … nachtragend?«, fragte die Staatsanwältin, vorsichtig nach dem richtigen Wort suchend.

»Nachtragend – so kann man es nennen«, Sabine lachte. »Zuerst war er stinksauer, hat sich öffentlich über sie aufgeregt und, sobald er sie sah, eine Hure genannt. Später ist er ihr noch lange winselnd hinterhergelaufen. Nicht nur eine Nacht habe ich ihn unten vor dem Fenster heulen gehört. ›Nachtragend‹ ist also sicher noch untertrieben!«

»So kann aus Liebe Hass werden«, fügte Fricke schmunzelnd hinzu.

»Welch philosophische Feststellung. Oder aus Sex unstillbares Verlangen. Ein Verlangen, das sich holt, was man nicht freiwillig bekommt.« Elena sah bei diesen Worten nicht einmal vom Block auf.

»Na, jetzt machen Sie aber mal halblang«, polterte Fricke. »Wer ist nicht schon einmal einem Schwarm hinterhergerannt? Also bitte! Das war schon immer so. Ob Jungs oder Männer. Ob Mädchen oder Frauen. Man rennt immer jemandem hinterher, irgendwie. Manchmal lohnt es sich sogar. So entstehen Beziehungen, Frau Staatsanwältin. Sie nennen es natürlich nicht ›hinterherrennen‹. Bei ihnen heißt es wahrscheinlich ›den Hof machen‹.« Es war ihm egal, dass Sabine Krogmann bei seinem Ausbruch grinste.

Karinoglous machte sich einige Notizen und ging nicht weiter auf seine Ausführungen ein. Fricke überließ ihr mit einer großzügigen Handbewegung die weitere Befragung. Beide wussten, dass es jetzt nur noch um Sabines Alibi ging. Den Standardkram wollte er also gnädigerweise ihr überlassen. Elena blitzte ihn mit ihren dunklen Augen an.

Fast schwarz, dachte er sich. Wenn sie wütend ist, sind ihre Augen fast schwarz. Er mochte dunkelhaarige Frauen. Na ja, er mochte alle hübschen Frauen. Auch so eine nette Blondine wie die Krogmann würde er nicht von der Bettkante schubsen. Aber, wenn er die Wahl hatte, bevorzugte er eher den rassigen Typ.

Elena würdigte ihn keines Blickes mehr. Aber sie war ja auch nur deshalb hier, weil sie diesem Blondinchen mit dem fadenscheinigen Alibi mal genau auf den Zahn fühlen wollte.

»Nun zu Ihrer Person«, ihre Blicke fixierten Sabine Krogmann, die den Dialog der beiden ganz genau verfolgt hatte. »Am Sonntagvormittag waren Sie noch bei Ihrer Schwester?«

»Ja.« Sabine nickte.

»Können Sie uns die genaue Uhrzeit nennen?«

»Tja, so gegen elf muss das gewesen sein. Und ziemlich genau um zwölf bin ich gegangen. Das weiß ich sicher. Neben der Standuhr, die gerade geschlagen hat, bin ich den Jabuschs begegnet.«

»Den Jabuschs?« Karinoglous, die wieder damit begonnen hatte, auf ihrem Block mitzuschreiben, sah erstaunt auf.

»Ja, der Putzfrau. Und ihrem Vater.«

»Was wollten die beiden bei ihrer Schwester?«

Fricke blätterte in der Akte, während er auf die Antwort wartete, bis er das Vernehmungsprotokoll des Beamten sah, das aus Flintbek herübergefaxt worden war. Er überflog es schnell und stellte fest, dass Franziska Jabusch nicht erwähnt hatte, dass sie am Vortag mit ihrem Vater bei Johanna Krogmann gewesen war.

»Ja, die Franziska wollte putzen, habe ich jedenfalls angenommen. Vielleicht hat der Vater ein paar Handwerkerarbeiten im Haus erledigt? Arbeit hat der ja jetzt keine mehr. Keine Ahnung. Fragen Sie die beiden.«

Die Blicke von Fricke und der Staatsanwältin trafen sich. Er nickte unmerklich.

»Danach sind Sie nicht mehr ins Haus zurückgekehrt?«

»Nein, bis jetzt nicht.«

»Hatten Sie nicht vielleicht das Bedürfnis, Ihre ermordete Schwester noch einmal zu sehen?« Elenas Stimme war nun ganz leise und scharf. Sowohl Fricke als auch der Krogmann fuhr ihr Tonfall durch Mark und Bein.

»Dazu hätte ich ja wohl wissen müssen, dass Johanna

ermordet worden ist, oder? Wenn Sie den Verdacht haben, ich hätte meine Schwester umgebracht, dann sagen Sie es doch frei heraus und reden nicht um den heißen Brei herum. Ich habe Ihnen bereits gesagt, wo ich mich aufgehalten habe!«, antwortete Sabine Krogmann schnippisch.

Die Staatsanwältin hob verteidigend die Hände: »Bitte, ich unterstelle Ihnen gar nichts. Ich versuche lediglich, wichtige Informationen von Ihnen zu erhalten.«

Sabine Krogmann musterte Elena von Kopf bis Fuß, verzog leicht angewidert die Mundwinkel und wendete sich schließlich wieder Fricke zu: »Sie sollten nicht glauben, dass ich nicht traurig bin. Aber ich kann kein Blut sehen. Und Hegewisch hat mir sogar am Telefon gesagt, dass es kein schöner Anblick sei und er mir nicht dazu raten könne, mir das anzutun. Ich weiß, wie meine Schwester ausgesehen hat, als sie noch im Leben stand. Dieses Bild will ich in Erinnerung behalten und nicht, wie sie mit eingeschlagenem Schädel in einer Schublade in der Totenkammer liegt.«

Fricke nickte in sich hinein. Er musste wirklich mal mit Hegewisch reden. Oder gleich mit allen eine Schulung machen, wie man Todesnachrichten überbringt. Dafür bräuchte er allerdings einen richtig guten Psychologen, nicht so einen schwafelnden Quacksalber. Er würde sich mal schlaumachen, wo er so einen herbekam.

In seine Gedanken versunken hatte er den Anschluss verpasst. Die Griechin fragte gerade nach den genauen Daten des Restaurant- und Diskobesuches. Laut Sabine Krogmann müsste alles lückenlos überprüfbar sein – das würde dann wohl wieder sein Job werden. Die Befragung machte die Karinoglous gut – sie formulierte exakt und scharf. Sabine Krogmann hatte Angst vor ihr, das konnte man merken. Und wenn die Menschen Angst hatten, machten sie Fehler. Er selbst war eher der joviale Kumpeltyp, der den Leuten beim Plaudern aus Versehen etwas aus der Nase zog. Beide Befragungsstrategien hatten etwas für sich.

»Und es gab einen«, Elena legte eine wirkungsvolle Pause ein, »Streit in der Diskothek ›Luna‹?«

»Ja, na ja, da hat ein Typ mal wieder seine Grenzen nicht gekannt. Nur weil ich mir von ihm einen Drink habe spendieren lassen und mit ihm getanzt habe, kann er mir ja nicht gleich an die Wäsche gehen, oder?« Zustimmung heischend blickte sie die Staatsanwältin an.

Karinoglous ging darauf nicht ein: »Was exakt hat er denn gemacht?«

»Mir unter den Rock gelangt, mich geküsst, mir an den Busen gegrapscht – muss ich das jetzt wirklich einzeln aufzählen?«

»Und das haben Sie alles zunächst mit sich machen lassen, bevor Sie sich lautstark zur Wehr gesetzt haben?«

»Wenn Sie das sagen, klingt es wie ein Vorwurf! Ich hab halt gedacht, er hört von selber damit auf. Ich fand ihn ja ganz nett. Wollte auch gerne noch mal mit ihm tanzen – das konnte er gut. Aber er war weiter zudringlich. Und dann bin ich eben laut geworden. Ich wusste mir einfach nicht mehr anders zu helfen!«

»Natürlich, Frau Krogmann. Das verstehe ich sehr gut«, meinte Elena mit einem leicht spöttischen Unterton.

Man konnte sehen, wie unangenehm Sabine Krogmann die gesamte Situation mittlerweile war.

»Wann hat der Streit ungefähr stattgefunden?«, die Frage kam so nebenbei, und die kühle Staatsanwältin sah dabei kaum von ihrem Notizblock auf.

»Um 3 Uhr«, antwortete die Blondine wie aus der Pistole geschossen.

Nun hob die Griechin doch ihren Blick und taxierte die mittlerweile unruhig gewordene Sabine mit ihren schwarzen Augen: »Ach, das wissen Sie ganz genau?«

»Ja.«

»Warum?«

»Weil ich auf die Uhr gesehen und überlegt habe, ob ich direkt nach Hause fahre, nachdem der Typ mich da so begrapscht hat.«

»Trugen Sie eine Armbanduhr?«

»Nein, ich hab's auf meinem Handy gesehen.«

»Und dieser Mann hat Sie also so gegen 3 Uhr bedrängt, ja? Also direkt, als Sie die Diskothek betreten haben? Und dann haben Sie auch sofort auf die Uhr geschaut?«, hakte die Staatsanwältin nach.

»Nein. Ich sagte bereits, dass ich zuvor mit ihm getanzt habe. Ich weiß nicht genau, wann ich dort angekommen bin. Ich weiß nur, dass ich um 3 Uhr definitiv dort war. Das war ihre Frage, das war meine Antwort.«

Sabine Krogmann schien sich auf das Gespräch vorbereitet zu haben und reagierte deshalb verärgert, dass ihr nun Fragen gestellt wurden, auf die sie nicht sofort antworten konnte beziehungsweise bei denen sie sich genau daran erinnern musste, was sie bereits ausgesagt hatte. Sie spürte, dass die Staatsanwältin sie in die Enge treiben wollte.

Karinoglous ging auf die Bemerkung der Befragten nicht weiter ein und hakte noch einmal nach: »Gibt es eine Uhr in dieser Diskothek?«

»Ich weiß es nicht so genau. Warum ist das wichtig? Ich sagte bereits, dass ich auf mein Handy gesehen habe, und dort wird die exakte Uhrzeit angezeigt.«

»Vielen Dank.« Damit stand die Staatsanwältin auf. Sie schickte einen kurzen, triumphierenden Blick zu Fricke und verließ anschließend den Raum.

»Einen Moment«, murmelte der Kommissar eine Sekunde später in Richtung Sabine Krogmann und lief Elena auf den Gang hinterher.

»Respekt. Das klang so, als ob sie sie einer Lüge überführt hätten«, eröffnete er draußen leise das Gespräch.

»Danke«, antwortete Elena leicht spöttisch.

»Aber vielleicht führe ich das nächste Mal das Verhör dann doch alleine«, schlug er vor.

Die Staatsanwältin sah ihn fragend an.

»Ich wollte mit ihr in den Vernehmungsraum. Dort befindet sich kein Tisch zwischen dem, der fragt, und dem, der antwortet. Ich will ihre Körpersprache studieren. Will sehen, ob sie nervös ist, schwitzt und so weiter. Der Stuhl dort hat außerdem keine Armlehnen, also muss sie was mit ihren Händen machen«, erklärte er.

»Steht nicht immer ein Tisch zwischen zwei Stühlen in einem Vernehmungszimmer?«, fragte sie ihn stirnrunzelnd.

»Nur im ›Tatort‹ oder schlecht gemachten Krimis. In der Realität gibt es im Vernehmungsraum keinen Tisch. Zumindest nicht in meinem«, antwortete er leicht verärgert.

»Na und? Wir haben doch, was wir wollten, oder?«

»Ja, aber …«

»Na also. Ach, was ich noch sagen wollte: Frau Krogmann bleibt trotz ihres Alibis als Verdächtige eingestuft und ich muss Sie hoffentlich nicht daran erinnern, dass Sie mit Beteiligten oder verdächtigen Personen, die in einen Fall verwickelt sind, in dem Sie ermitteln, keine privaten Kontakte zu pflegen haben, ja?«, ermahnte sie ihn und drehte sich um.

Buddha, bitte schenk mir Gelassenheit und lass mich ihr jetzt nicht hinterherlaufen, um sie gleich hier übers Knie zu legen. Buddha erhörte ihn nicht und ließ Fricke mit seiner Wut allein. »Kriege ich dafür noch ein formales Schreiben der Staatsanwaltschaft?«, rief er Elena hinterher, aber sie stöckelte auf ihren hohen Schuhen bereits den Gang entlang und winkte zur Antwort nur noch mal kurz bestätigend mit der Hand.

»Verdammt guter Abgang, Frau Nasehoch. Irgendwann, da sehe ich dich auch mal anders, meine Liebe.«

Obwohl er eigentlich sauer war, konnte er sich ein Lachen nicht verkneifen. Auch während des Verhörs fand er sie attraktiv. Sie schaffte es selbst hier, dass er sich vorstellte, er wäre allein mit ihr im Zimmer und weit und breit sei kein anderer Mensch.

Nachdem Fricke wieder hinter seinem Schreibtisch saß und Sabine Krogmann verabschiedete, nahm er die Kassette aus dem Tonbandgerät, ging ein Zimmer weiter und wollte der Schreibkraft das Band mit der Bitte geben, das Protokoll heute noch zu Papier zu bringen.

»Krank«, sagte der Kollege, der ihr gegenübersaß, als er bemerkte, wie Fricke verdutzt vor dem leeren Schreibtisch stand.

»Mann, dann mach ich den Scheiß halt selbst«, fluchte er, ging zurück zu seinem eigenen Schreibtisch, legte das Band wieder ins Gerät und begann, das Verhör schließlich selbst in den Computer zu tippen.

Er druckte die geschriebenen Seiten aus, ohne sie zuvor noch einmal gelesen zu haben, ging zum Faxgerät und gab die Nummer der Staatsanwältin ein. Während das

Gerät langsam die beiden Seiten einzog, ging er zurück, holte seine Dienstwaffe aus der Schreibtischschublade, warf sich seine Jacke über und befand sich fünf Minuten später im Auto auf dem Weg in die Gerichtsmedizin.

KAPITEL 7

Fricke parkte seinen Wagen gegen 12 Uhr auf dem Parkplatz des Universitätsklinikums Kiel, in dem das Institut für Rechtsmedizin untergebracht war. Er folgte dem Hinweisschild, das ihn in die Abteilung für forensische Medizin leitete, und sah sich dort nach Karsten Mohr um, konnte ihn jedoch nicht finden. Also fragte er einen vorbeilaufenden Angestellten nach dem leitenden Mediziner.

»Entschuldigen Sie bitte, ich suche Herrn Mohr.«

Der junge Mann, wahrscheinlich Student, sah ihn wenig begeistert an und antwortete in ermahnendem Ton: »Doktor.«

»Er ist beim Arzt? Was Ernstes?«, fragte Fricke besorgt.

»Nein«, erwiderte der Angestellte, »Doktor Mohr.«

»Ja, genau, den suche ich«, wiederholte Fricke und schüttelte den Kopf. Wollte oder konnte der Student ihn nicht verstehen?

»Zimmer 365«, murmelte der Student, schüttelte ebenfalls den Kopf und lief weiter in die Richtung, die er zuvor eingeschlagen hatte.

Fricke grübelte immer noch über das seltsame Gespräch, als er an Mohrs Zimmertür klopfte und, ohne auf ein »Herein« zu warten, diese gleich darauf öffnete.

Der Mediziner saß hinter seinem Schreibtisch, sah verärgert hoch, lächelte jedoch, als er Fricke erkannte: »Hey, Sven. Hier ist die Akte. Ich wollte sie dir gerade rüberschicken.«

»Ja, ich habe deinen Obduktionsbefund bereits gelesen. Danke, dass du ihn gestern noch gefaxt hast«, sagte Fricke und setzte sich auf den Stuhl vor Mohrs Schreibtisch.

»Fragen? Du kommst doch nicht her, weil du Sehnsucht nach mir hast. Dafür ist doch die kleine Griechin zuständig«, spöttelte sein Gegenüber.

»Ja, du hast recht. Leider gehören da zwei dazu … Aber lassen wir das jetzt mal sein. Sag mir bitte, dass du noch etwas hast. Bist du mit der Krogmann durch?«, fragte Fricke mit hoffnungsvollem Blick.

Mohr öffnete noch mal die Akte, las und murmelte vor sich hin: »Mhh … Schädelbasisfraktur. Knöcherne Strukturen der vorderen und mittleren Schädelgrube, an der Schädelbasis verletzt. Daher der Austritt von Blut und Gehirnflüssigkeit aus Nase und Ohren. Sonst keine außergewöhnlichen Befunde. Die Frau war kerngesund. Nicht die geringste Narbe. Sie hat wohl nie einen OP-Saal von innen gesehen.«

»Na toll. Also nichts«, kommentierte Fricke Mohrs Erklärungen.

»Ach, doch! Der Täter war in jedem Fall Linkshänder«, fiel dem Mediziner ein.

»Na, das ist doch was. Woher weißt du das?«

Mohr drehte die Akte herum, zeigte Fricke ein Röntgenbild und erklärte weiter: »Bei einem Rechtshänder würden die Frakturen von links oben nach rechts unten verlaufen. Hier ist es andersherum. Die Frakturen laufen von rechts oben nach links unten. Tut mir leid, mein Freund, mehr habe ich nicht.«

»Danke«, rief Fricke erfreut, nahm die Akte und verließ mit ihr das Klinikum. Er wollte gerade den Wagen starten, als sein Handy klingelte.

»Na, wenn da mal nicht jemand Sehnsucht hat. Vermissen Sie mich schon, obwohl wir uns vor einer Stunde erst gesehen haben?«, lachte er, nachdem er die Nummer auf dem Display der Staatsanwältin zugeordnet hatte.

»Das hätten Sie wohl gerne. Sind Sie schon auf dem Weg nach Flintbek?«, fragte sie.

»Ich bin eben ins Auto gestiegen und fahre gleich los. Ich könnte aber vorher noch bei Ihnen vorbeikommen, wenn Sie das möchten«, blieb er hartnäckig.

Sie ging nicht darauf ein, sondern erklärte ihm, dass sie nun ebenfalls nach Flintbek fahren würde, um bei dem Verhör von Hegewisch dabei zu sein. Fricke sollte in keinem Fall vorher anfangen, sondern auf sie warten. Sie vereinbarten als Treffpunkt die Krogmann-Villa. Anschließend beendete sie, ohne sich zu verabschieden, das Telefonat.

Fricke sah auf sein Handy und murmelte: »Und ob du Sehnsucht hast!«

KAPITEL 8

Gegen 14 Uhr bog Fricke in den Seitenweg zur Krogmann-Villa ein und sah dort schon die Staatsanwältin vor ihrem Volvo stehen. Gedankenversunken starrte sie auf den Boden vor ihren Füßen. Als sie Frickes heranfahrenden Wagen bemerkte, warf sie hastig ihre Zigarette auf die Erde, trat sie aus und blieb mit dem Fuß darauf stehen.

»Rauchen Sie etwa?«, rief der Kommissar ihr zu, nachdem er sein Auto geparkt hatte und ausgestiegen war. »Ich bin überrascht!«

»Nein. Das war eine Ausnahme-Zigarette. Und ich habe sie nicht mal komplett geraucht. Aber, hallo erst mal, Herr Fricke«, erwiderte Elena etwas mürrisch.

»Hey, Sie müssen sich doch nicht vor mir rechtfertigen«, hob er abwehrend die Hände und sah sie herausfordernd an.

»Fricke, ich könnte Sie …«

»Umarmen? Knuddeln? Küssen?«, lächelte er.

»Fahren Sie ins Dorf. Ich will mich hier einmal umsehen. Wenn Sie Hegewisch haben, rufen Sie mich an«, antwortete sie, drehte sich auf dem Absatz um und lief durch das geöffnete Haupttor auf die Villa zu.

Versonnen blickte er ihr nach. Alkohol, dem er das wohlig-warme Gefühl im Magen hätte zuschreiben können, hatte er keinen getrunken. Es lag eindeutig an Elenas Gegenwart. Er wäre ihr gerne nachgelaufen, hätte ihren Arm gepackt, sie umgedreht und einfach geküsst.

Ja, er ertappte sich dabei, sich zu fragen, wie ihre Lippen wohl schmeckten. Er hatte schon so oft mit ihr zu tun gehabt, und er musste sich eingestehen, dass er sie jedes Mal anziehend fand. Er genoss es, mit ihr in einem Raum zu sein. Seit gestern Abend wünschte er sich, mit ihr zusammen auf ihrem Sofa ein Glas Wein zu trinken, mit seinen Händen durch ihre Haare zu fahren und sie stundenlang zu küssen. Er hatte es sich lange nicht eingestehen wollen, aber inzwischen war es einfach nicht mehr zu leugnen. Ja, er war verliebt. Dennoch ärgerte er sich über den Befehlston, den sie wieder mal an den Tag legte. Sie führte sich auf, als sei sie hier der Chef. Er sollte ihr ein für alle Mal klarmachen, dass er der Ermittler war und durchaus etwas von seinem Job verstand. Er brauchte keine übereifrige Staatsanwältin, die ihm erklärte, wie er ihn zu machen hatte.

»Oh, Sie hier?«, riss ihn eine Stimme aus seinen Gedanken.

Erschrocken drehte er sich um und sah Hegewisch, wie er in Uniform vor seinem Streifenwagen stand. Offensichtlich war er so vertieft in sein Gespräch mit Elena gewesen, dass er Hegewisch weder heranfahren noch aussteigen gehört hatte.

»Hegewisch. Das ist ja ein Ding. Gerade wollte ich zu Ihnen. Was machen Sie hier?«

Während er langsam ein paar Schritte auf Fricke zu machte, erklärte der Dorfpolizist ihm, dass er das Haupttor schließen wolle. Wie zur Unterstützung seiner Worte schwang er dabei eine Kette in den Händen. Für Fricke hatte diese Geste etwas Bedrohliches. Einen Moment lang sah er in Hegewischs Augen etwas, das er nicht zu deuten wusste. Eher unauffällig ließ er die Hände seines Gegenübers mit der Kette nicht aus den Augen. Er konnte sich zwar nicht wirklich vorstellen, dass Hegewisch damit auf ihn losgehen wollte, aber es konnte nicht schaden, ein wenig Vorsicht walten zu lassen.

Die Staatsanwältin, die noch im Garten stand und alles genau betrachtet hatte, hatte Hegewischs Eintreffen auch bemerkt und war wieder zu den Männern gekommen.

»Guten Tag! Herr Hegewisch, nehme ich an?«, begrüßte sie ihn.

Hegewisch hielt erschrocken in seiner Bewegung inne, sah verwirrt von Fricke zur Staatsanwältin und nickte schließlich.

»Mein Name ist Karinoglous«, stellte die Griechin sich nun vor und reichte ihm die Hand. »Ich bin die leitende Staatsanwältin im Fall Krogmann.«

»Staatsanwaltschaft, hier?« Hegewisch lächelte verbindlich. »Der Tatort ist bereits gereinigt. Das Amtssiegel ist allerdings noch an der Tür. Wollen Sie sich das Haus ansehen?«

»Nein, wir wollten uns mit Ihnen unterhalten. Können wir das bei Ihnen auf dem Revier erledigen?«, fragte Fricke und stellte erleichtert fest, dass Hegewisch die Kette nun ruhig in der Hand hielt.

»Sicher. Ich fahre vor, Sie beide folgen«, antwortete der Polizist nach wie vor lächelnd, stieg in den Streifenwagen und wartete, bis Fricke und Elena ebenfalls in ihren Autos saßen.

Nach zehnminütiger Fahrt ins Dorf nahm Hegewisch schließlich hinter seinem Schreibtisch auf der Wache Platz, Fricke hatte es sich auf einem der davor postierten Besucherstühle bequem gemacht. Die Staatsanwältin hatte sich kurz zuvor damit entschuldigt, noch etwas nachlesen zu müssen, und Fricke darum gebeten, auf sie zu warten.

Nach weiteren zehn Minuten entschuldigte auch Fricke sich und fragte Hegewisch nach der Toilette. Er ging den Flur entlang, öffnete die Tür mit der Aufschrift »Geschäftsraum«, wie Hegewisch es ihm lachend beschrieben hatte, und schloss schließlich hinter sich ab. Er griff nach seinem Handy und rief Elena an.

»Frau Staatsanwältin, darf ich Sie höflichst zum Verhör dazubitten?«, Fricke säuselte geradezu durch das Telefon. Obwohl er mehr als genervt davon war, dass sie ihn warten ließ.

»Ach, so förmlich! Irgendwelche bösen Hintergedanken?«

»Ich tue, was man mir sagt: Gespräch mit Hegewisch nur in Anwesenheit der Frau Staatsanwältin. Damit dem deutschen Staatsbeamten ja kein Unrecht geschieht.«

»Wenn Sie seit Neuestem tun, was man Ihnen sagt, dann sage ich Ihnen nun Folgendes: Essen Sie nie wieder am Telefon, wenn Sie mit mir sprechen, bügeln Sie endlich Ihre Hemden und lassen Sie vor allem Ihre anzüglichen Bemerkungen, ich steh da nicht drauf.«

Fricke hielt das Mikro des Handys mit der Hand zu, holte tief Luft und stieß sie leise wieder aus. Da war er wieder, der Moment, in dem er dankbar dafür war, Buddha kennengelernt zu haben. Er fand seine Gelassenheit schnell wieder, lächelte und hielt sich das Handy noch mal ans Ohr: »Was heißt hier ›anzügliche Bemerkungen‹? Ich sage Ihnen, dass ich Sie heiß finde, weil das so ist. So bin ich. Und ich meine es ehrlich.«

»Fricke, wirklich, in Amerika hingen Sie jetzt schon am nächsten Baum.«

Und Sie hätte man im Mittelalter auf den Scheiterhaufen gebracht. Aber wahrscheinlich hätten Sie das Feuer so lange angezickt, bis es von alleine ausgegangen wäre, dachte Fricke. Er vergaß völlig, warum er sie überhaupt angerufen hatte, dass er sich auf einer Toilette befand und dass Hegewisch im Nebenraum auf sie wartete. »Da bin ich aber nicht, und da will ich auch nicht sein«, entgegnete er unbeirrt.

»Da gibt's aber Hamburger«, flötete sie.

»Überhaupt, und was, wenn ich Ihre Forderungen erfülle – na, was dann?«

Am anderen Ende der Leitung herrschte Stille. Da hatte er das Fräulein Elena Karinoglous doch tatsächlich mal sprachlos gemacht.

»Dann gehen Sie mit mir essen.« Fricke sagte es weder anzüglich noch fordernd, eher wie eine Feststellung.

»Darauf kann ich mich leicht einlassen, das schaffen Sie sowieso nicht.« Ihre Antwort kam ein winziges bisschen unsicher.

»Gut. Deal.« Fricke hob seine Nase in die Luft. Griechenland, ich komme!

»Wartet Hegewisch noch?«

»Oh ja, meine Teure. Deshalb rufe ich ja eigentlich an. Alles wartet auf Ihren Auftritt.«

»Bin schon unterwegs.«

»So, nachdem wir das geklärt haben«, begann Fricke und kam aus Versehen mit dem Rücken an die Toilettenspülung. Hastig und erschrocken drehte er sich um und versuchte, die Spülung zu stoppen, was ihm allerdings nicht gelang.

»Fricke? Jetzt sagen Sie mir nicht, dass es das ist, was ich vermute? Sie sitzen doch wohl nicht, während Sie mit mir reden, auf der Toilette?«, fragte Elena entsetzt.

»Nein. Ich meine, doch. Ich meine, ich habe nicht … also nicht, was Sie denken. Der Deckel war unten. Also zu Recht unten. Ich habe nämlich nicht. Herrje. Ich bin auf der Toilette, weil ich wissen wollte, warum es so lange dauert bei Ihnen. Das sollte Hegewisch nicht mitbekommen. Also kommen Sie jetzt rein hier, oder was? Ich meine nicht auf die Toilette. Ich meine, in die Wache.«

Als sie Hegewischs Dienstzimmer wenig später schließlich betrat, sah sie ihn nicht an. Sie ignorierte ihn einfach. Behandelte ihn wie Luft.

Unsicherheit, das ist nur Unsicherheit, dachte Fricke still für sich und hoffte, dass sie nicht annahm, er hätte tatsächlich während dem Verrichten einer Notdurft mit ihr telefoniert.

Sie begann ohne Umschweife: »Herr Hegewisch, wir haben hier eine etwas delikate Situation. Uns ist zu Ohren gekommen, dass Sie das Opfer näher gekannt haben.«

Hegewisch gab sofort alles zu: »Ja, das pfeifen die Spatzen von den Dächern. Wir waren mal zusammen. Wir waren fast noch Kinder. Sie 16, ich 19. Und es hielt ganze acht Tage. Aber klar, jeder hier im Dorf weiß das. Wahrscheinlich hat man Ihnen auch erzählt, dass ich gelitten habe wie ein Hund, als sie mich fallen ließ. – Stimmt alles! Und wissen Sie was? Ich sage Ihnen jetzt etwas, das nicht mal meine Frau weiß: Ein klein wenig liebe ich sie noch immer. Ich habe jeden Presseartikel über sie gelesen, habe versucht, ab und zu einen Blick auf sie zu erhaschen. Ich fand sie noch immer bildschön! Gebe ich alles gerne zu. Ganz gleich, was sie getan hätte, ich hätte ihr nie wehtun können. Ich habe am Montag geheult wie ein kleines Kind, als ich zu Hause war.«

Hegewisch sah die beiden an, die einfach nur erstaunt

seinen Ausführungen gefolgt waren. Er wartete. Die Staatsanwältin blickte mit heraufgezogener Augenbraue kurz zu Fricke, der seinerseits auch nur mit den Schultern zuckte.

»Aber eigentlich wollen Sie nur eines von mir wissen: wo ich in der Nacht von Sonntag auf Montag zwischen 3 und 4 Uhr war. In meinem Bett. Bei meiner Frau. Und die kann Ihnen das auch bestätigen. Aber wenn Sie sie fragen und ihr den Grund dafür nennen, ist meine Ehe ruiniert.«

»Warum haben Sie mir das nicht schon am Tatort gesagt? Ich meine, es klang so, als kannten sie Johanna Krogmann nur flüchtig. So, wie ein Polizist in einem kleinen Dorf halt die Einwohner kennt«, fragte Fricke.

»Weil mir nicht klar war, dass das für den Fall irgendwie wichtig sein könnte«, antwortete Hegewisch.

»Sie sind selbst Polizist. Sie wissen doch, dass uns jeder Hinweis weiterhelfen kann, und wenn sie uns etwas verschwiegen haben, Herr Hegewisch, dann macht sie das eher verdächtig als vertrauensvoll«, erwiderte die Staatsanwältin, die Hegewisch seine Ahnungslosigkeit keine Sekunde abnahm.

Hegewisch ging nicht darauf ein. »War es das?«, fragte er stattdessen patzig.

Fricke wies mit einer Handbewegung in Richtung Staatsanwältin, die entschlossen nickte: »Ja, auf Wiedersehen, Herr Hegewisch.«

Nachdem der Polizist die Tür hinter sich geschlossen hatte, standen beide schweigend auf und verließen ebenfalls die Wache. Draußen sahen sie sich fragend an. Fricke fand als Erster die Worte wieder: »So, Frau Staatsanwältin ohne Furcht und Tadel. Jetzt wollen Sie mir gleich sagen, dass wir hier keine Rücksicht auf persönliche Belange nehmen können und ich heute noch von seiner Frau das Alibi bestätigen lassen muss.«

Elena fuhr sich durch die Haare. Sie zögerte. Es wäre das einzig Richtige gewesen. »Nein, wir ermitteln erst mal weiter. Die Frau wird seine Aussage sowieso bestätigen. Selbst wenn es nicht stimmen würde, wird er sie schon dahingehend geimpft haben. Sehen wir zunächst, ob es weitere Verdachtsmomente gibt – oder andere Verdächtige – und dann entscheiden wir.« Nach einer kleinen Pause fügte sie hinzu: »Okay?«, und diese kleine Frage zeigte Fricke an, dass sie ihn zum ersten Mal als gleichberechtigten Partner ansah. Obwohl es hier nicht darum ging, wer gleichberechtigt war. Sie verstand anscheinend nicht, dass er es war, der die Beweise heranschaffen musste und Indizien zu sammeln hatte, die sie dann gegen den Angeklagten verwerten konnte. Er war derjenige, der bestimmte, wie es weiterging, und sie würde sich fügen müssen.

»Okay«, sagte er.

Sie wollte gerade ihre Autotür aufschließen, als er seine Hand sanft auf ihre legte, vorsichtig, nur auf die Fingerspitzen. »Doch ein paar weiche Stellen unter der harten Schale.«

»Ach«, entfuhr es ihr, halb unwirsch, halb bestätigend.

Aber sie zog die Hand nicht fort. Und sie beide wussten, dass ein paar Megavolt Spannung durch ihre Fingerspitzen flossen.

»Drei Tage, drei Bedingungen: keinen Hamburger am Telefon essen, gebügelte Hemden tragen und keine blöden Bemerkungen. Dann gehen Sie mit mir essen.«

Sie sagte nicht Nein, und da war ein verräterisches winziges Lächeln in ihren Augen zu erkennen, bevor sie sich hinter das Lenkrad setzte und davonfuhr.

KAPITEL 9

Gegen 17 Uhr war die Staatsanwältin wieder in Kiel, während Fricke beschloss, an diesem Abend ein Zimmer in Flintbek zu nehmen, um am nächsten Morgen gleich mit einigen Leuten im Dorf zu reden.

Elena saß in ihrem Büro und ärgerte sich. Das war zu weit gegangen. Das hätte sie nicht zulassen dürfen. Das war keine freundschaftliche Berührung gewesen. Unmöglich, komplett unmöglich. Aber mein Gott, er gefiel ihr, er gefiel ihr so gut. Sein kantiges Kinn, die grummelige Art, dazu der messerscharfe Verstand. Und seine Spielchen. Sie liebte das. Wie oft hatte sie gelacht, als sie die Tür hinter sich zugezogen hatte. Wie oft? Weil er sie nicht ganz so ernst nahm wie alle anderen. Weil er sie, Titel und Funktion hin oder her, wie eine Frau behandelte. Hatte er das wirklich gesagt: »Ich finde Sie heiß«? Unmöglich, wie aus einem drittklassigen Bahnhofsheftchen. Darin würde die betreffende Frau jetzt in seine Arme sinken, und er nahm sich, was er wollte. Aus der Zeit gefallen war er, genau. Aber egal. Was nicht egal war: dass sie sich hier im Amt befand. Was auch immer passierte, Fricke würde sie auch die nächsten Jahrzehnte noch begegnen. Unmöglich, absolut unmöglich.

Gegen Abend, als sie sich das Fax durchlas, das Fricke ihr schickte, sah die Sache schon ganz anders aus. Gott sei Dank! Sie nahm ihre ganze aufgestaute Wut aus dem gerade gelesenen Protokoll mit in das Telefonat.

»Fricke!«

»Ja, meine Teure! – Das geht, nicht wahr?«

»Hören Sie sofort auf. Ich habe Ihr Protokoll von der Krogmann-Vernehmung vor mir liegen. Das ist absolut inakzeptabel. Ich habe in den letzten zehn Jahren noch nie ein so rudimentäres Protokoll gelesen. Die Hälfte der Aussagen fehlt. Die zweite Hälfte wimmelt von Rechtschreibfehlern, dass man kaum den Inhalt erahnen kann.«

»Oh, in Aufruhr?«, unterbrach er sie, »Euer Ehren, ich fühle mich in allen Punkten schuldig. Protokolle sind nicht gerade meine Lieblingsbeschäftigung. Und wir haben doch beide gehört, was sie gesagt hat.«

»Das ist absolut unzureichend! Aber wissen Sie, womit Sie mich in den Wahnsinn treiben: mit Ihrer Kommasetzung. Zu wenige, das ist man ja gewohnt. Aber bei Ihnen sind es auch noch an der falschen Stelle zu viele, viel zu viele. Absolut untragbar!«

»Also, Sie können doch nicht wegen ein paar Kommas jetzt hier so ein Theater machen.«

»Kann ich. Das geht ganz und gar nicht. Dafür hat jede Frau, der sie je einen Liebesbrief geschrieben haben, Sie mit Sicherheit verlassen.«

Fricke fühlte einen Stich. Sie schaffe es tatsächlich, ihn so zu verletzen, dass es ihm die Sprache verschlug. Buddha hin oder her. Das war selbst für den zu viel.

»Deswegen hat meine Frau mich mit Sicherheit nicht verlassen! Keine Ahnung, ob der andere besser Kommas setzen konnte. Ich jedenfalls habe einen prima Punkt gesetzt.«

Fricke hatte es fast geschrien. Und Elena hatte ihn noch nie schreien gehört. Das Gespräch war jetzt irgendwie ins Persönliche abgeglitten. Das war nicht ihre Absicht gewesen.

Betretene Stille herrschte auf beiden Seiten.

»Entschuldigung«, sie klang kleinlaut, »das habe ich nicht gewollt.«

»Ist okay«, sagte er bereits wieder versöhnlich, »ein ordentlicher Streit gehört zu einer guten Beziehung dazu, nicht wahr? – Und das nehmen Sie mir jetzt nicht gleich wieder als anzügliche Bemerkung.«

»In Ordnung«, auch sie wollte jetzt etwas Versöhnliches sagen, »vielleicht können wir das ja in drei Tagen klären.« Oh nein, das hatte sie jetzt nicht wirklich gesagt. Sie biss sich auf die Lippe.

»Ist es wirklich so? Sie machen meine Person an den falschen Kommas oder an Rechtschreibfehlern fest? Gibt es da nichts anderes?«, fragte er sanft.

Stille.

»Gute Nacht«, sagte er schließlich mit seiner ruhigen, tiefen Stimme.

»Gute Nacht«, antwortete sie.

»Ach, eines noch«, stieß er hastig hervor und hoffte, sie würde ihn noch hören, was sie auch tat, denn sie fragte, was er noch vergessen hätte. »Bei all den Fehlern und all den Kommas, die fehlten oder zu viel da waren, sollten Sie eines wissen.«

Er flüsterte die Worte fast, und sie hatte Mühe, ihn zu verstehen, dennoch entging ihr sein zärtlicher Ton nicht. »Was denn?«, fragte sie erwartungsvoll.

»Es lag an Ihrer Stimme auf dem Tonband. Ich konnte mich einfach auf nichts anderes mehr konzentrieren. Schlafen Sie gut«, sagte er und drückte die Beenden-Taste.

Er legte das Handy beiseite, warf sich auf den Rücken und verschränkte die Hände hinter dem Kopf, während er an die Decke starrte. Das Bett quietschte unter seiner Bewegung, doch das machte ihm nichts aus. Eigentlich sollte er über den Fall nachdenken und darüber, warum er heute ein mulmiges Gefühl hatte, als er Hegewisch gegenüberstand und dieser mit der Kette herumwedelte. Aber er konnte es nicht. Er war mit seinen Gedanken bei Elena. Im Grunde war er eher bei sich, denn sie machte ihm deutlich, dass er doch eigentlich ein einsamer Mensch war. Er stand morgens auf, ohne dass jemand neben ihm lag, dem er einen guten Morgen ins Ohr hauchen konnte. Wenn er vom Dienst kam, war seine Wohnung dunkel, kalt und still. Niemand war da, der auf ihn wartete. Kein Wunder, dass er so viel arbeitete. Seit seiner Scheidung hatte ihn das nicht groß gestört, im Gegenteil, er hatte diese Unabhängigkeit sogar genossen. Und nun war da Elena. Warum wurden seine Gefühle für sie in letzter Zeit immer intensiver? Er sehnte sich nach ihr. Und doch war da die Stimme in seinem Kopf, die ihm sagte, er könne machen, was er wollte, er würde sie nicht bekommen. Ihm würde nichts anderes übrig bleiben, als sie anzuhimmeln und sich nach ihr zu verzehren. Warum also ein gebügeltes Hemd tragen? Sein Knitterhemd passte doch gut zu ihm. Es spiegelte sein Leben wider.

Mit diesen Gedanken schlief er im Gästezimmer Nummer vier des Flintbeker Gasthauses »Zur Linde« schließlich ein.

KAPITEL 10

»Guten Morgen«, sagte Fricke, als er um halb acht aus seinem Zimmer in den Flur trat und seine Tür abschloss.

»Guten Morgen«, antwortete ihm ein braun gebrannter Schönling in schwarzen Designerjeans und weißem Hemd. Auf beiden Kleidungsstücken war unübersehbar »D&G« zu lesen.

Fricke lief dem Schönling hinterher, da er annahm, dieser wäre ebenfalls auf dem Weg zum Frühstück. Fricke hatte Hunger und er war müde. Die Nacht war nicht wie erhofft verlaufen. Er war zwar über den Gedanken an Elena irgendwann endlich eingeschlafen, aber bereits nach einer Stunde wieder wach geworden. Kaum hatte er die Augen geöffnet, war es wieder die Staatsanwältin, die ihn sich unruhig hin und her wälzen ließ. Er hatte lange gebraucht, bis er endlich wieder in den Schlaf fand, aus dem ihn die Weckfunktion seines Handys bereits um 7 Uhr herausriss.

Während er die Stufen hinunterlief, benötigte er den Schönling nicht mehr als Navigation. Dem Duft von Kaffee und frischen Brötchen folgend, hätte er den Frühstücksraum sogar mit geschlossenen Augen gefunden. Er blickte zufrieden in einen großen Spiegel, der im Treppenhaus hing, denn er befand sein weißes Hemd als knitterfrei. Und schon waren seine Gedanken wieder auf Wanderschaft … Bevor er schließlich dem Frühstücksbuffet gegenüberstand, ermahnte er sich, seine Überlegungen nun endlich auf den Fall zu fokussieren.

Seinen Teller reichlich gefüllt, saß er schließlich alleine an einem Zwei-Personen-Tisch und belegte seine Brötchenhälfte mit einer Scheibe Käse.

»Haben Sie alles oder benötigen Sie noch etwas? Rühr- oder Spiegelei vielleicht?«, fragte ihn eine hübsche Brünette.

Fricke hätte ihr gerne wahrheitsgemäß geantwortet und gesagt, er benötige etwas, was sie ihm nur kurzfristig geben könnte, denn das Dauerhafte wäre gerade nicht anwesend und wahrscheinlich jetzt in ihrem Büro, im Kieler Gerichtsgebäude, dem roten Backsteinbau am Schützenwall, aber das verkniff er sich. Stattdessen dankte und bestätigte er ihr, dass er zufrieden war. Die Bedienung nickte ihm freundlich zu, drehte sich um und lief zu dem Schönling, der Fricke im Flur vorausgelaufen war.

Gucken darf man ja, befand der Kommissar, als er feststellen musste, dass die Bedienung einen überaus akzeptablen Hintern in einer hautengen Jeans präsentierte. Er nahm die Brötchenhälfte wieder und wollte gerade hineinbeißen, als der Gastwirt plötzlich hinter ihm erschien und fragte: »Haben Sie gut geschlafen?«

Fricke, dessen Gedanken noch am Hintern der Bedienung hingen, schreckte hoch.

»Äh, ja danke«, antwortete er verlegen dem stämmigen Grauhaarigen, der nun neben ihm am Tisch stand und Frickes Blick verfolgte, diesen aber nicht kommentierte.

Fricke hob abermals die Brötchenhälfte, um hineinzubeißen, ließ es aber aus Höflichkeit bleiben, als der Gastwirt auf dem Stuhl ihm gegenüber Platz nahm.

»Hören Sie«, begann der Mann, der sich rasch als Fritz Hoppe vorstellte, »mich geht das alles nichts an, aber ich sag Ihnen, ganz im Vertrauen, wenden Sie sich an Eggerstedt, wenn es darum geht, den Mörder von der Krogmann zu finden.«

Fricke richtete verstohlen den Blick auf sein Brötchen. Er wollte sich an gar keinen wenden, er wollte einfach nur ungestört essen. Wie sollte er seine Arbeit vernünftig machen, wenn er nicht mal in Ruhe frühstücken konnte? Heute war es ausnahmsweise nicht die Staatsanwältin, die ihm die Gelassenheit raubte, sondern dieser übergewichtige Hoppe, der neugierig darauf wartete, dass er ihm antwortete. Fricke seufzte innerlich auf.

»Eggerstedt? Der Ehemann? Der ist leider in Mexiko verunglückt. Wussten Sie wahrscheinlich nicht. Hatten Sie eine besondere Beziehung zu ihm?«

Hoppe lachte, drehte sich kurz zu seiner Angestellten um, die sich immer noch mit dem Schönling unterhielt, und flüsterte, indem er sich über den halben Tisch beugte – Fricke war versucht, sein Brötchen zu retten: »Ich nicht, aber sie. Wenn Sie verstehen, was ich meine. Und sie war wohl auch nicht die Einzige. Da gab es genug, aber ich will hier nicht der Klatschonkel sein.«

Fricke sah kurz über die Schulter Hoppes hinweg und starrte wieder auf den Hintern der Bedienung. Er verstand sehr wohl und war sich sicher, dass dieser Hintern heute Nacht im Bett des Schönlings landen würde. Gerne hätte er Hoppe gesagt, dass er sehr wohl ein Klatschonkel war, aber genau dieser Klatsch war es oft, der ihn der Lösung eines Falles näherbrachte, und so würde ihm gar nichts anderes übrig bleiben, als auch diesem Gerücht nachzugehen. »Ich verstehe«, wandte er sich Hoppe zu. »War das während seiner Ehe mit Johanna Krogmann?«

Sein Gegenüber lachte auf: »Pah, Ehe! Das war keine Ehe. Sie angelte sich Thomas doch nur, damit sie Ruhe vor seinem Alten hatte. Die Krogmann sah Thomas am liebsten, wenn er weg war. Was meinen Sie, warum sie ihm sein Drachenfliegen so freizügig finanziert hat? Weil er dadurch ständig in der Welt unterwegs war. Und wenn er sich mal hierzulande blicken ließ, dann meistens in meiner Kneipe, hielt das ganze Dorf aus und fasste unter jeden Rock.«

»Das wusste Frau Krogmann?« Fricke war erstaunt. Hatte er bis jetzt doch den Eindruck gewonnen, die Witwe wollte jedem Klatsch den Nährboden entziehen. Sollte Johanna Krogmann tatsächlich stillschweigend akzeptiert haben, dass ihr Ehemann den Gigolo im Dorf spielte?

»Natürlich. Aber grundsätzlich war es ihr egal, wenn er andere Frauen hatte. Allerdings nicht, wenn er sich so in Flintbek benahm. Immerhin gehörte er ja auch zum Krogmann-Clan. Sie hatte erreicht, was sie wollte. Unser so hochgeschätzter Bürgermeister gab Ruhe. Dieser Feigling.«

Fricke starrte wieder auf sein Brötchen und stellte sich vor, einen Bissen davon mit einem Schluck Kaffee hinunterzuspülen. Wie das wohl jetzt schmecken würde? Er sah wieder hoch und fixierte Hoppe. »Sie meinen, ich soll mich an den Bürgermeister wenden? Warum glauben Sie, er hätte etwas mit dem Mord zu tun? Er war doch in Mexiko, bei seinem Sohn.«

Wieder nickte der Grauhaarige: »Ja, aber er weiß etwas. Ich sag's Ihnen. Ich habe ihn mal im Suff reden gehört, wie er von Sabine schwärmte. Ich glaube, die beiden hatten etwas miteinander. Wenn da mal nicht Teamwork im Spiel ist. Sie verstehen, was ich meine?«

Fricke verneinte: »So gar nicht. Was wollen Sie damit

sagen? Dass der Bürgermeister, der in Mexiko ist«, begann Fricke, wurde aber von Hoppe unterbrochen.

»War. Eggerstedt ist vorne in meinem Lokal und frühstückt wie immer am Stammtisch.«

»Was genau wollen Sie also andeuten? Der Bürgermeister hatte ein Verhältnis mit Sabine Krogmann? Er hätte ihr Vater sein können. Ich habe Sabine kennengelernt. Sie hat mir nicht den Eindruck gemacht, als ob sie sich mit älteren Herren einlassen würde. Haben Sie die beiden denn zusammen gesehen?«

»Nicht direkt. Nur gehört, wie der Bürgermeister von ihr schwärmte. Und trotzdem bin ich mir sicher – da lief was zwischen denen. Damit hätten beide auch ein Motiv, oder? So nennt man das doch bei Ihnen?«, antwortete der Gastwirt und sah Fricke gespannt an.

»Sie wissen aber schon, dass keine Belohnung ausgesetzt ist?«, fragte Fricke zurück und lächelte.

Verärgert antwortete der Wirt, dass er weder auf eine Belohnung aus sei noch etwas gegen den Bürgermeister oder Sabine Krogmann habe. Er empfinde es als seine Pflicht, die Polizei über das, was er wusste oder glaubte zu wissen, zu unterrichten.

»Gut, also, während Eggerstedt sich zur Tatzeit in Mexiko befand und Sabine Krogmann sich nachweislich in einer Kieler Diskothek aufhielt – das können etliche Zeugen bestätigen –, haben die beiden Johanna Krogmann umgebracht?«, fasste Fricke seufzend zusammen und hoffte, damit die Diskussion zu beenden.

Verärgert stand Hoppe auf: »Ich wollte nur helfen, Herr Kommissar.«

Fricke war froh. Er wusste, der Zeitpunkt, an dem sich Gaumen und Käsebrötchen endlich trafen, war nicht mehr weit, dennoch sah er zum Gastwirt hoch, blickte ihm fest in die Augen und fragte ihn: »Aber da wir uns gerade darüber unterhalten, Herr Hoppe. Wo waren Sie in der Nacht von Sonntag auf Montag? So zwischen 3 und 5 Uhr?«

Hoppes gesunde Gesichtsfarbe entwich: »Sie glauben doch nicht, dass ich …« Mitten im Satz brach er ab.

»Ich frage nur, Herr Hoppe. Also?«

»Ich war im Bett. Natürlich. Fragen Sie meine Frau. Warum sollte ich die Krogmann denn auch umbringen?«

»Zum Beispiel, weil Sie Ihren geplanten Anbau vergessen konnten, da die Fabrik Ihnen keine Gäste mehr bescherte. Weil Ihr Umsatz eingebrochen ist – auch dadurch, dass viele hier im Dorf nicht mehr so verdienen wie früher und ihr Geld zusammenhalten müssen. Viele können es sich einfach nicht mehr leisten, jeden Samstag in die Kneipe zu gehen. Gründe gäbe es schon genug«, beharrte Fricke.

»Sie sind doch …«

»Hungrig, ja. Gut erkannt!«

»Ich habe die Krogmann nicht umgebracht. Ich war zu Hause in meinem Bett. Guten Appetit, Herr Kommissar«, zischte Hoppe, drehte sich um und keifte, bevor er den Frühstücksraum verließ, seine Angestellte an, sie solle in der Küche arbeiten, anstatt hier die Gäste vom Frühstück abzuhalten.

Fricke stand voller Vorfreude auf sein Frühstück auf, holte sich eine neue Tasse Kaffee vom Büfett und wartete einen Moment, bis die Bedienung lächelnd an ihm vorbeilief, um einen letzten Blick auf ihren Hintern werfen zu können. Als er sich umdrehte, sah der Schönling ihn herausfordernd an und machte eine Handbewegung in

Richtung Küche. Fricke wusste, was er meinte. Er grinste zurück, nickte und setzte sich schließlich wieder auf seinen Platz. Er gab einen Schluck Milch zum Kaffee hinzu, rührte ihn um, trank einen Schluck und lächelte zufrieden.

»So, mein kleines Brötchen. Nun bist du endlich fällig«, flüsterte er.

Diesmal kam er erst gar nicht dazu, das Objekt seiner Begierde überhaupt anzufassen, denn wieder begrüßte ihn eine Männerstimme vor ihm, diesmal mit einem leisen »Guten Morgen«.

Fricke sah nicht hoch. Er hoffte ganz einfach, er hätte sich die Stimme nur eingebildet und schob diese Einbildung auf seinen Schlafmangel und die durch die Frühstücksverzögerung drohende Unterzuckerung. Konnte das wirklich sein? Waren all die Jahre, die er nun auf dem buddhistischen Weg wandelte, hinfällig geworden, weil man gerade aus allen Richtungen versuchte, sein Nervenkostüm zu zerreißen? Nicht nur die Staatsanwältin zog in einer Tour daran, jetzt fingen sie hier im Dorf auch noch damit an, und das alles schon vor dem Frühstück! Oder war das nur eine Prüfung? *Bitte, Buddha, lass mich endlich frühstücken, bitte schick mir keinen mehr an den Tisch. Prüfe mich nicht. Ich finde, das Käsebrötchen soll gewinnen. Es ist zum Essen da und soll jetzt auch seiner Bestimmung zugeführt werden.*

Es half nichts. Buddha erhörte ihn nicht.

»Entschuldigung?«

Es war real. Es gab diese Stimme. Fricke war gewillt, eine Träne zu vergießen, weil er dem Brötchen versprochen hatte, es nun endlich zu vernaschen. Es half nichts. Buddha half nicht. Er wusste, die Stimme würde sich nicht entfernen, nur weil er sie ignorierte. Also sah er hoch.

»Ja, bitte?«

»Sie sind doch von der Polizei, oder?«

Fricke bestätigte dies und fragte nach dem Namen des schmächtigen Glatzkopfs, der in schwarzer Hose, weißem Hemd und grauer Krawatte vor ihm stand.

»Wilhelm Eggerstedt. Ich bin der Bürgermeister von Flintbek. Darf ich mich setzen?«

Neeeein. Hauen Sie ab. Sehen Sie nicht, dass ich nicht alleine bin und ein Date mit meinem Käsebrötchen habe?, wollte Fricke schreien. Das tat er allerdings nicht, sondern zeigte lediglich auf den Stuhl vor ihm, auf dem zuvor Hoppe gesessen hatte.

»Ich bin immer noch entsetzt. Erst mein Sohn, nun Frau Krogmann. Haben Sie schon eine Spur?«

Ja, die beginnt und endet in deinem Hintern, wenn ich jetzt hier nicht endlich frühstücken kann, dachte Fricke, lehnte sich allerdings nach außen hin entspannt zurück und sprach dem Bürgermeister zunächst sein Beileid zum Verlust von Sohn und Schwiegertochter aus.

Eggerstedt bedankte sich.

»Wer kann so etwas tun?«, fragte er ratlos. »Frau Krogmann war zwar nicht die beliebteste Einwohnerin von Flintbek, aber sie deshalb gleich umbringen?«

Fricke war einigermaßen verwundert. »Herr Eggerstedt, die Tote war immerhin Ihre Schwiegertochter. Es überrascht mich, dass Sie sie gar nicht beim Vornamen nennen, wenn Sie über sie sprechen. Wieso so förmlich?«, fragte er. Es kam ihm so vor, als berichtete der Bürgermeister gerade von seiner Sparkassenfilialleiterin und nicht von einem Familienmitglied.

»Ich habe sie nie Johanna genannt, wenn ich ehrlich sein soll. Und sie mich schon gar nicht Papa, wie das in anderen Familien vielleicht so üblich ist. Wenn wir miteinander zu tun hatten, dann immer geschäftlich.«

»Ich weiß«, kommentierte Fricke.

Eggerstedt, der bis jetzt starr auf seine Füße geblickt hatte, sah erstaunt hoch. »Sie wissen? Was?«

»Dass Sie geschäftlich mit ihr zu tun hatten. Ich habe Ihre Villa gesehen«, lächelte Fricke.

Eggerstedt schwieg für einen Moment, dachte nach und verstand schließlich, worauf Fricke anspielte: »Sie wollen damit andeuten, dass ich mein Heim Johanna Krogmann zu verdanken habe? Das meinen Sie doch, oder?«

»Nun, Sie haben da einen wahren Prachtbau stehen. Ich kenne kaum einen Bürgermeister, der sich durch sein Amt ein solches Anwesen finanzieren kann. Wie lange sind Sie schon Bürgermeister hier?«

Fricke hatte gelogen. Er wusste in Wahrheit recht wenig über die Wohnsituation anderer Bürgermeister. Aber das war egal.

»Seit etwa 15 Jahren. Und Sie dürfen gerne Einblick in alle meine Unterlagen bekommen. Das heißt, wenn Ihnen ein Gericht das erlaubt. Ich habe nichts zu verbergen«, konterte Eggerstedt.

»Wenn Sie nichts zu verbergen haben, warum dann erst ein Gerichtsbeschluss? Aber daran bin ich gar nicht interessiert. *Noch* nicht, zumindest. Was haben Sie denn gemacht, bevor Sie hier Bürgermeister wurden?«, lächelte Fricke immer noch. Sein Interesse, sich mit Eggerstedt zu unterhalten, hatte über die Lust auf sein Käsebrötchen gesiegt.

»Ich war Fahrer für Ernst Krogmann«, antwortete Eggerstedt voller Stolz.

»Fahrer?«, fragte Fricke erstaunt.

»Ja, richtig. Die Krogmanns hatten keinen Führerschein und suchten damals einen Chauffeur, nachdem Herr Krogmann aus Frankreich wiedergekommen war, mit Françoise.«

»Die Mutter von Johanna und Sabine.«

Eggerstedt brauchte ungewöhnlich lange, um die Aussage von Fricke zu bestätigen. Fricke grübelte, was er am Ende des Gespräches wohl Interessantes erfahren würde. Er wusste, dass Eggerstedt irgendein Puzzleteil in diesem Fall war, und seine Intuition hatte ihn selten getäuscht. Nach einer Weile nickte Eggerstedt und starrte dann wieder auf seine Füße.

»Haben Sie mir etwas zu sagen, was den Fall betrifft, Herr Eggerstedt, oder vielleicht, da Sie hier ja fast jeden kennen, wer ein Motiv haben könnte, Frau Krogmann umzubringen?«, fragte der Kommissar, blieb in der entspannten Haltung sitzen und verschränkte die Arme vor der Brust.

Der Bürgermeister sah wieder auf. Auch diesmal wirkte er erstaunt: »Was soll ich über den Fall wissen? Ich war in Mexiko, mit meinem Sohn. Ganze 14 Tage lang, und es sollte noch eine Woche hinzukommen. Eigentlich. Dann geschah das mit Thomas und jetzt bin ich hier. Außerdem, wie kommen Sie darauf, ich würde hier jeden kennen? Nur weil ich Bürgermeister bin, kenne ich gewiss nicht jeden Einwohner von Flintbek.«

»Der Gastwirt sagte mir, Sie würden jeden Morgen hier frühstücken. In einer Gastwirtschaft kommt man doch in Kontakt mit den Leuten aus dem Dorf. Ich bin sicher, Sie kennen schon so einige. Was mich zurück zu meiner Frage bringt: Wer könnte ein Motiv haben?«

Eggerstedt schwieg wieder einen Moment. Allerdings

sah es nicht so aus, als würde er darüber nachdenken, irgendeinen Namen zu nennen, sondern er fragte, so leise, dass Fricke genauer hinhören musste: »Sabine hat doch ein Alibi, oder? Sie war es nicht. Ich möchte Sie also bitten, in diese Richtung nicht mehr zu ermitteln. Sie trauert um ihre Schwester. Außerdem mochte sie Thomas. Ihr …«, Eggerstedt machte eine ungewöhnlich lange Pause, bis er nach einem leichten, von Fricke aber nicht überhörten Seufzer weitersprach: »… Vater ist ja auch noch nicht so lange tot. Sie macht zurzeit sehr viel mit.«

»Verstehe. Sehe ich ähnlich. Aber eins müssen Sie mir erklären: Warum nennen Sie Johanna ›Frau Krogmann‹, ihre Schwester aber beim Vornamen?«

Eggerstedt schien die Frage nervös zu machen. »Mache ich das?«, fragte er unsicher. »Das muss unbewusst passiert sein, um keine Missverständnisse aufkommen zu lassen, wenn ich beide Frau Krogmann nenne.«

»Verstehe.«

Fricke erinnerte sich, was der Gastwirt über Eggerstedt und Sabine Krogmann gesagt hatte. Er wusste, dass die nächste Frage so gestellt werden musste, dass Eggerstedt keine Wahl hatte, als wahrheitsgemäß zu antworten, sonst würde er das sofort durchschauen, denn Eggerstedt war alles andere als ein Schauspieler: »Herr Eggerstedt. Welche Beziehung hatten Sie zu Sabine Krogmann?« Der Kommissar sah seinem Gegenüber fest in die Augen und wollte jede Regung von ihm wahrnehmen, doch in diesem Moment klingelte sein Handy. Er mochte Shaft. Er mochte alle Folgen, und er mochte die Titelmelodie. So sehr, dass er sie zu seinem Klingelton auserkoren hatte. Doch sie genau im falschen Moment zu hören, ließ ihm ein »Scheiße« über die Lippen kommen.

Er zog das Gerät aus der Brusttasche, sah auf das Display und hatte ausnahmsweise keinen Grund zu lächeln, als ein kleiner Teufel darauf zu sehen war. Er hatte dieses Bild irgendwann der Staatsanwältin zugeordnet.

»Ja?«, rief er verärgert ins Handy.

Elena erschrak, aber sie glaubte zu wissen, warum er verärgert war, deshalb fragte sie erst gar nicht, sondern wünschte einen guten Morgen, machte eine kurze Pause und sagte anschließend: »Wegen gestern. Es tut mir leid, dass ich Sie so angeblafft habe, aber ich wusste einfach nicht, wohin mit meinen Gefüh…«

Fricke hatte im Augenblick keine Zeit für sentimentalen Schnickschnack: »Nicht jetzt«, antwortete er und legte auf.

Eigentlich war das gar nicht seine Art. Im Grunde freute er sich ja, Elenas Stimme zu hören, aber nie hatte sie unpassender angerufen als in diesem Moment. Natürlich würde er sie zurückrufen, um die Angelegenheit zwischen ihnen aufzuklären, doch das musste warten, bis die Befragung Eggerstedts abgeschlossen war. In diesem Moment war er Ermittler in einem Mordfall, und sein Job war es, den Mörder von Johanna Krogmann zu finden – und dafür erst einmal zu klären, in welcher Beziehung Eggerstedt zur Schwester des Opfers stand.

»Entschuldigung. Wo waren wir? Ach ja. Sabine. Also, warum sind Sie so besorgt?«, fragte Fricke und wusste, dass Eggerstedt inzwischen genug Zeit gehabt hatte, sich auf die Antwort vorzubereiten.

»Ich bin um jeden Einwohner von Flintbek besorgt. Ich bin der Bürgermeister«, antwortete dieser, ohne die geringste Regung zu zeigen.

Eine Antwort, die ihm Fricke natürlich nicht abnahm.

Ihm war klar, dass aus dem Mann bezüglich Sabine jetzt nichts mehr herauszuholen war, und er schob den Gedanken daran in die Abteilung »Darauf komme ich später zurück« seines Gehirns. »Verstehe, Herr Eggerstedt. Dann beantworten Sie mir doch bitte noch folgende Frage: Wer hat Sie damals eingestellt bei den Krogmanns, und wie lange haben Sie dort gearbeitet?«

Auf diese Frage schien er nicht gefasst gewesen zu sein, denn er errötete. »Françoise war das. Warum?«

»Rein informativ, Herr Eggerstedt. Wie lange haben Sie dort also gearbeitet und warum haben Sie aufgehört? Hat man Sie entlassen oder haben Sie selbst gekündigt?«

»Wir haben uns im beiderseitigen Einverständnis getrennt. Ich war zehn Jahre bei den Krogmanns beschäftigt. Ich habe mit 25 angefangen und mit 35 dort aufgehört. Das ist jetzt knapp 40 Jahre her. Ich habe danach einen kleinen Zeitungs- und Tabakladen hier gehabt. Bis Françoise mir riet, Bürgermeister zu werden. Sie hat mich diesbezüglich unterstützt, ja, auch finanziell. Wenn Sie jetzt mitgerechnet haben: Ich werde 75. Ich habe vor 35 Jahren dann meine Frau geheiratet. Und wenn Sie wieder mitgerechnet haben, fragen Sie sich, wie das sein kann, wo doch Thomas 39 Jahre alt ist.« Wieder eine Pause, ein Seufzer und der starre Blick auf seine Füße. »39 Jahre alt wurde. Wir haben erst weit nach der Geburt von Thomas geheiratet.«

»Ich hatte nicht mitgerechnet, Herr Eggerstedt. Mir fällt aber auf, dass Sie die Mutter des Opfers ebenfalls beim Vornamen nennen – ganz im Gegensatz zu Johanna Krogmann selbst. Haben Sie sich schon während der Zeit, als sie dort noch Fahrer waren, geduzt oder mit Vornamen angeredet?«

Eggerstedt wirkte ertappt. Fricke konnte ihm ansehen, dass er seine Worte wohl überlegte und vielleicht bereits erahnte, dass er zu viel gesagt hatte oder die Unterhaltung eine Richtung einschlug, die er sich nicht gewünscht hatte. Eggerstedt antwortete nicht direkt, sondern ging sofort in die Verteidigung über: »Nein! Was Ihnen so alles auffällt … Das hat nichts zu bedeuten, glauben Sie mir. Und hören Sie auf, mir hier etwas zu unterstellen!«

Fricke hob abwehrend beide Hände in die Höhe: »Oh, das mache ich doch gar nicht. Ich gehe lediglich auf das ein, was Sie selbst so von sich geben. Ich höre zu und versuche es einzuordnen. An einer Stelle habe ich übrigens doch mitgerechnet: Als Sie die Krogmanns verlassen haben, war da Sabine schon geboren? Françoises Schwangerschaft mit ihr fiel doch in diesen Zeitraum, oder?«

Eggerstedt wurde blass. Er rieb sich die Hände an der Stoffhose, sah sich suchend – wonach auch immer – um, blickte schließlich Fricke in die Augen, wurde ganz ruhig und antwortete: »Bitte. Das darf niemals ans Tageslicht kommen. Niemand darf davon erfahren. Auch Sabine nicht. Sie weiß es nicht. Und das soll sich auch nicht ändern. Glauben Sie mir. Das wäre eine Katastrophe.«

Was er damit meinte, sollte Fricke bald erfahren.

KAPITEL 11

Nachdem der Kommissar endlich zu seinem Frühstück gekommen war, konnte er es gar nicht mehr genießen. Er aß und war mit seinen Gedanken bei dem, was er in der letzten Stunde alles gehört hatte. Natürlich dachte er auch an den Anruf von Elena. Er beschloss, sie nicht zurückzurufen, um sich zu entschuldigen. Genau genommen gab es da auch überhaupt nichts zu entschuldigen. Er war schließlich im Dienst, und sie hatte ihn mit privaten Angelegenheiten dabei gestört.

Er stand auf und stellte fest, dass der Schönling den Frühstücksraum bereits verlassen hatte. Das war ihm bisher nicht aufgefallen, aber er war ja auch in das Gespräch mit Eggerstedt vertieft gewesen. Er kam nicht umhin, sich vorzustellen, dass der Fremde jetzt oben in seinem Hotelzimmer mit der Bedienung beschäftigt war.

Die neuesten Erkenntnisse waren zu wichtig, um am Telefon darüber zu sprechen, er würde lieber direkt nach Kiel fahren, um sie der Staatsanwältin persönlich vorzutragen. Bevor er aufbrach, ließ er sich vom Gastwirt für eventuelle Rückfragen dessen Telefonnummer aufschreiben und fuhr anschließend zur Polizeiwache, um Hegewisch zu besuchen.

Dort angekommen, parkte der Kommissar seinen Wagen auf dem Parkstreifen vor dem Wachgebäude. Hier waren zwei Plätze für die Polizei reserviert. So stand es in großen Buchstaben auf dem Asphalt geschrieben. Fricke fragte sich, warum es zwei waren. In dem Dorf gab es nur einen Streifenwagen. Er drehte sich um und wollte gerade die Tür der Wache öffnen, als diese bereits von innen aufgerissen wurde und der Schönling vom Frühstücksraum herauskam. Er lächelte, nickte Fricke zu und ging an ihm vorbei. Der Kommissar sah ihm kurz nach und betrat dann das Polizeirevier, in dem Hegewisch hinter seinem Schreibtisch saß. Als der Dorfpolizist hochsah und seinen Besucher erkannte, öffnete er hastig seine Schreibtischschublade, legte einen braunen DIN-A4-Umschlag hinein und schloss sie anschließend wieder.

»Herr Fricke. Was kann ich für Sie tun?«, begrüßte er seinen Überraschungsgast mit einem aufgesetzten Lächeln.

»Was wollte denn die Grillwurst gerade hier?«, erkundigte der sich, ohne auf die Frage des Polizisten einzugehen.

»Grillwurst?«Hegewisch schüttelte verwirrt den Kopf.

»Na, der sonnenbankgebräunte Typ, der hier gerade rauskam. Der mit der Frisur ›Ich brauch keinen Kamm, ich bin schön‹«, gab Fricke verächtlich zurück.

»Ach der, der hat nur ein Knöllchen bezahlt. Hat falsch geparkt hier«, lachte Hegewisch, und es klang schon wieder gekünstelt.

Fricke kam näher und setzte sich auf den Stuhl gegenüber Hegewischs Schreibtisch. »Was wissen Sie über die Beziehung zwischen Eggerstedt und Sabine Krogmann?«, wechselte er abrupt das Thema.

»Beziehung?«

»Hatten die beiden oft Kontakt?«, wurde Fricke konkreter.

»Also, ich habe keine Ahnung. Möglich wäre es. Sabine feierte mit ihren Freundinnen immer ziemlich ausgelassen im Gasthaus. Ab und an verließ sie mit einem Typen, den sie selbst mitbrachte, also keinem aus dem Dorf hier, den Laden morgens um fünf«, erklärte Hegewisch.

»Ja, und Eggerstedt?«, wedelte Fricke ungeduldig mit der Hand, damit Hegewisch klar wurde, dass er endlich auf den Punkt kommen sollte.

»Na, der feierte auch stets ausgelassen. Ließ keinen Rock aus, der ihn einlud, darunterzugreifen. Er sah gut aus. Und auf fast jedem Rock stand sein Name. Obwohl er doch mit der schönsten Frau verheiratet war. Aber das war ihm egal«, erklärte Hegewisch weiter, während Fricke dessen Abneigung gegen Eggerstedts Verhalten nicht entgangen war.

»Hegewisch, ich rede nicht von Thomas Eggerstedt. Ich meine seinen Vater.« Frickes Ungeduld stieg ins Unermessliche.

»Der Bürgermeister? Er und Sabine?«, rief Hegewisch erstaunt und lachte. »Niemals. Das kann ich mir nicht vorstellen. Ich habe sie in den acht Jahren, in denen ich hier Dienst schiebe, noch nie zusammen gesehen. Wie kommen Sie darauf?«

»Ich meine doch auch kein Verhältnis! Ob man sie mal zusammen gesehen hat, war die Frage! Die haben Sie jetzt endlich beantwortet. Ach, egal«, winkte Fricke ab. »Schreiben Sie mir bitte die Adresse des Bürgermeisters auf?«, bat er Hegewisch.

»Sie wissen doch, wo er wohnt«, gab der Polizist sich überrascht. »Ich habe es Ihnen gezeigt. Schon vergessen?«

»Natürlich nicht«, lächelte Fricke. »Tun Sie mir einfach den Gefallen. Bitte.«

Zehn Minuten später parkte der Kommissar vor der Villa des Bürgermeisters. Er stieg aus, lief durch den Vorgarten und klingelte. Diesmal öffnete ihm nicht die Hausangestellte, sondern Eggerstedt selbst.

»Die Polizei. Haben Sie es sich jetzt anders überlegt und wollen die Sache mit Sabine an die große Glocke hängen?«, fragte der Mann verärgert.

»Herr Eggerstedt. Ich sagte Ihnen bereits im Gasthaus, dass ich das nicht entscheide. Wenn es nach mir geht und wir diese Information nicht in die Ermittlungsakte aufnehmen müssen, dann soll es auch nicht so sein. Das entscheidet ganz alleine die Staatsanwaltschaft. Wenn sich aber herausstellt, dass dieser Umstand etwas mit dem Mord an Johanna Krogmann zu tun hat … mehr brauche ich wohl nicht zu sagen, oder?«

»Verstehe, also, wie kann ich behilflich sein?«

»Sie waren doch in Mexiko. Ich bräuchte die Adresse des Hotels, in dem Sie und Ihr Sohn abgestiegen sind«, erklärte Fricke.

»Ah, Sie möchten mein Alibi überprüfen, ja? Natürlich, kommen Sie herein. Gehen wir in mein Arbeitszimmer. Dort gebe ich Ihnen gerne meine Flugtickets und notiere Ihnen die Hoteladresse«, forderte Eggerstedt den Beamten auf und ging vor.

Fricke folgte ihm und sah sich dabei zunächst im Flur um. Schwere, antike Möbel, dank Frau Krogmann, dachte Fricke, und fand sich schließlich im Arbeitszimmer wieder. Die Möbel hier waren nicht anders. Alles war groß, schwer und antik. Sicherlich brauchte es alleine vier Mann, um den Schreibtisch anzuheben.

Eggerstedt kramte zwischen etlichen Papieren herum und reichte Fricke endlich zwei Flugtickets und einen Prospekt des Hotels: »Hier steht die Adresse drauf.«

»Den Prospekt brauche ich nicht. Wenn Sie mir bitte einfach die Adresse aufschreiben würden«, lächelte Fricke, nahm die Tickets entgegen, wartete, dass Eggerstedt seiner Aufforderung nachkam, drehte sich um und musterte die Fotografien an der Wand. Die meisten von ihnen zeigten Thomas beim Drachenfliegen, auf einer war er aber auch mit dem Bürgermeister selbst und auf einer mit Sabine zu sehen.

»Ah, die Geschwister in trauter Zweisamkeit.« Fricke zeigte auf die entsprechende Fotografie.

»Ja, sie haben sich gut verstanden«, antwortete Eggerstedt und gab Fricke einen Zettel, auf dem er die gewünschte Adresse notiert hatte.

Der Kommissar musste an Sabines offensives Verhalten beim Verhör denken. Wie sie sich weit vorgebeugt und ihm auffordernd in die Augen gesehen hatte … Sie schien keine Scheu vor attraktiven Männern zu haben. Fricke musste innerlich lachen, als er sich so selbstverständlich in die Reihe der attraktiven Männer stellte. Da Thomas auch nichts hatte anbrennen lassen, wie er inzwischen in Erfahrung gebracht hatte, war es nicht auszuschließen, dass er irgendwann mit Sabine Krogmann im Bett gelandet war. Ob der Bürgermeister auch mal diesen Gedanken gehabt hatte?

»Ohne den Teufel an die Wand zu malen, aber wenn weder ihr Sohn noch Sabine Krogmann wussten, dass sie Geschwister sind beziehungsweise waren, wäre es da nicht auch denkbar, dass …«, fragte Fricke, wurde aber augenblicklich von Eggerstedt unterbrochen.

»Raus hier!«, rief er, und es war ihm deutlich anzusehen, dass er es ernst meinte.

Wenige Minuten später war der Kommissar auf dem Weg nach Kiel.

KAPITEL 12

Gegen 13 Uhr stieß Fricke mit einem Strauß Blumen in der Hand die großen, schweren Türen des rot geklinkerten Gerichtsgebäudes auf. Er lief die geschwungene Marmortreppe bis in den ersten Stock hinauf, grüßte hier und da Kollegen vom Präsidium und den einen oder anderen Gerichtsdiener, bis er den Ostflur schließlich bis zum Ende entlanggelaufen war. Vor der Zimmertür 179, neben der ein Namensschild hing, welches darüber informierte, dass hier die Staatsanwältin Elena Karinoglous ihr Büro hatte, holte er noch einmal tief Luft. Er überprüfte, ob seine Kleidung richtig saß, und hoffte, dass sie auch tatsächlich anwesend war.

»Also dann … auf in die Höhle des Löwen«, flüsterte er, klopfte an und wartete gar nicht auf ein Herein, sondern drückte die Klinke herunter, setzte sein breitestes Lächeln auf und öffnete schließlich die Tür. Und natürlich betrat er Elenas Büro nicht alleine. Das hätte er sich nicht getraut. Gelassenheit würde er brauchen. Dessen war er sich sicher. Also lief Buddha gleich neben ihm her.

»Natürlich, Herr Fricke. Kommen Sie doch einfach herein und warten Sie bloß nicht, bis Sie gebeten werden.«

Fricke nahm ihren Sarkasmus mit einem Kopfnicken hin, lächelte in Gedanken Buddha zu und antwortete: »Genau so hab ich es gemacht. Dachte mir, dass Sie es auch so sehen.«

Er trat an ihren Schreibtisch heran und hielt ihr den Blumenstrauß hin.

»Und?«, bemerkte Elena, drehte sich von den Blumen fort und wandte sich wieder ihrer Akte zu, die aufgeschlagen vor ihr lag.

Fricke legte mit einem tiefen Seufzer die Blumen auf ihren Ablagestapel und setzte sich schließlich. »Mensch. Es tut mir leid, aber ich war gerade beim Frühstück …«, begann er, kam aber nicht dazu, seinen Satz zu Ende zu bringen, da sie wütend aufsah.

»Verstehe, und weil Sie ja nicht mehr schmatzend, mit vollem Mund, mit mir reden wollen, blaffen Sie mich so an, ja? Sehr charmant, wirklich. Glauben Sie nicht, ich würde Sie jemals noch in einer privaten Sache anrufen. So lasse ich grundsätzlich nie, in keiner Situation, mit mir umgehen.«

»Darf ich vielleicht mal ausreden?«, erwiderte er genervt. Buddha hielt es nicht mehr aus und war schon verschwunden.

»Nicht, wenn Sie den Mund voll haben. Und vor allem nie mehr, schon gar nicht beruflich, in so einem Ton.«

Fricke atmete tief durch, bevor er erneut begann: »Ich wollte frühstücken, als Hoppe mich davon abhielt und …«

Wieder wurde er unterbrochen: »Hoppe?«

Fricke wusste, dass er nun alle ihm zur Verfügung stehenden Mittel aufbieten musste, um nicht zu platzen.

»Der Gastwirt. Herrje. Ich will meinen Satz zu Ende bringen. Ist das so schwer?«

»Wenn Sie einfach mal sachlich alle Informationen darlegen würden und nicht wirr durcheinander, wie das in Ihrer Emotionalität anscheinend der Fall ist, dann könnte ich Sie auch ausreden lassen.«

»Hey!«, rief Fricke. »Ich will mal eines klarstellen. Ich habe mich bemüht. Ich trage ein frisches Hemd, knitterfrei. Ich habe mich entschuldigt. Ich habe Blumen mitgebracht, und statt Ihnen die neuesten Nachrichten, mit Rechtschreib- und Kommafehlern, schriftlich oder am Telefon zu präsentieren – wahrscheinlich wären Sie nicht mal rangegangen, wenn Sie meinen Namen auf Ihrem Display gelesen hätten –, bin ich direkt hergefahren und sitze jetzt hier scheinbar einem pubertären Mädchen gegenüber, das in seiner Ehre gekränkt ist.«

Elena sah ihn entrüstet an. »Wie bitte?«

»Nichts ist mit ›Wie bitte‹. Wissen Sie was? Wenn Sie nicht mit mir zusammenarbeiten wollen, dann sagen Sie es einfach. Ich fahre ins Präsidium und schreibe alles auf. Ist mir scheißegal, ob Sie sich dann über die Fehler beschweren oder nicht, und dann sehen wir uns bei einer eventuellen Verhandlung notgedrungen wieder. Oder aber sie behandeln mich jetzt nicht, als hätte ich Ihre Förmchen geklaut.« Fricke war rot angelaufen vor Zorn.

»Herr Fricke …«

»Einen Scheiß, Herr Fricke. Das ist der Deal. Entscheiden Sie sich jetzt sofort. Bin ich etwa nachtragend gewesen, als Sie mir vorwarfen, meine Frau hätte mich wegen meiner Kommafehler verlassen?«

»Gerade jetzt sind Sie es, ja«, lächelte sie.

Fricke ging nicht auf diese Bemerkung ein, weil er wusste, dass sie recht hatte, aber er wollte ihr auf keinen Fall den Ball zupassen, ohne dass Sie sich dazu entschlossen hatte, mitzuspielen.

»Und? Wie entscheiden Sie sich jetzt? Ich habe nicht ewig Zeit. Wenn ich das alles doch noch zu Papier bringen soll, dann muss ich jetzt gehen. Ich habe einen Fall zu lösen, genauso wie Sie, und unser Privates, Frau Karinoglous, können wir uns in Zukunft schenken. Bleiben wir doch beruflich miteinander verbunden, wenn es sich nicht vermeiden lässt, dann haben Sie, was Sie sich wünschen, und ich habe meine Ruhe.«

Er ärgerte sich selbst über das, was er da gerade gesagt hatte. Das hätte nicht sein müssen. Aber nun war es zu spät. Vielleicht war es ja auch ganz gut so. Vielleicht war das der richtige, vielleicht sogar der einzige Weg.

Sie antwortete nicht, sondern stand regungslos da und starrte ihn an. Er wollte ihr sagen, dass er es nicht so gemeint hatte, aber er konnte nicht, weil er einfach nicht wusste, was falsch oder richtig war.

»Sie haben nicht die geringste Ahnung, was ich mir wünsche, Herr Fricke. Aber bitte, wenn Sie Ruhe vor mir haben wollen, dann lassen Sie uns zur Sache kommen. Was haben Sie für mich?«

»Elena … ich«, begann er.

»Frau Karinoglous oder Frau Staatsanwältin, suchen Sie sich eins von beiden aus, Herr Fricke. Also dann. Meine Zeit ist ebenfalls begrenzt«, antwortete sie kühl und distanziert.

Er seufzte. »Okay, dann ist es jetzt halt so. Also, die Krogmanns, und damit meine ich Ernst und Françoise Krogmann, haben damals, kurz nachdem sie geheiratet hatten, einen Fahrer eingestellt. Johanna kam zur Welt, zwei Jahre später dann Sabine. Ungefähr um Sabines Geburt herum trennten sich die Krogmanns von ihrem Fahrer. Ein paar Jahre später wurde aus ihm der Bürgermeister Eggerstedt.«

Elena beugte sich interessiert vor. Die Kühle war noch da, aber auch ein fachliches Interesse. »Ach ja. Und weiter?«

»Eggerstedts Vermögen – er hat eine echt prächtige Villa, und das Innenleben ist mindestens noch mal so teuer – wuchs mit Sabines Geburt plötzlich stetig an. Und warum? Weil Wilhelm Eggerstedt …«

»… der Vater von Sabine ist«, beendete Elena seinen Satz und nahm sich ganz versunken aus dem Glasschälchen, das vor ihr stand, ein paar Kerne und begann, daran zu knabbern.

»Was ist das denn?«, fragte Fricke in einem belustigten Tonfall.

»Das sind geröstete und leicht gesalzene Sonnenblumenkerne – so isst man die in Griechenland. Gesund, voller Vitamine, Kalzium, Folsäure und Magnesium. Auf jeden Fall gesünder als die da«, sie deutete auf die Packung Lucky Strike, die aus Frickes Brusttasche herausragte.

»Hm, mag schon sein. Aber ob sie auch so gut schmecken?«

Sie machte eine einladende Handbewegung, und er nahm ein paar von den Kernen. Gar nicht so schlecht, musste er sich kauend eingestehen, bevor er seinen Vortrag fortsetzte. »Zurück zum Fall. Und damit niemand erfuhr, wer der echte Vater von Sabine ist, und damit Eggerstedt keine Vaterschaft einklagte, ließ er sich ruhigstellen.«

»Mit finanziellen Mitteln«, ergänzte Elena und knabberte genüsslich weiter an ihren Kernen. »Ist ja auch praktisch. Aus dem kleinen Fahrer wird ein vermögender Bürgermeister, seine Tochter wächst finanziell gut gepolstert bei Fabrikanten auf und wird eines Tages das reiche Erbe ihrer Eltern antreten. Aber dann kommt Eggerstedt und sagt: Ich bin dein Papa.«

»Nicht ganz. Er will sich nicht zu erkennen geben. Aber es stimmt, dass er es gerne gesehen hätte, wenn

Sabine das Erbe angetreten hätte. Das tat sie jedoch nicht, weil sie sich von ihrer Schwester über den Leisten ziehen ließ und statt jährlich ein paar Millionen nun insgesamt grade mal eine Viertelmillion auf dem Konto hat.«

»Das ärgert den Papa, oder?«

»Absolut. Deshalb machte er Johanna das Leben schwer und versuchte ständig, ihr neue Steine in den Weg zu legen«, bestätigte Fricke.

»Aber Johanna war nicht dumm. Sie heiratete kurzerhand den Sohnemann, und da Papa seinem eigen Fleisch und Blut nicht schaden wollte, beließ er es schließlich dabei«, ergänzte Elena.

Fricke nickte.

»Doch jetzt, wo Johanna tot ist, wird Sabine das Erbe antreten. Thomas Eggerstedt kann es ja nicht mehr. Das ist sehr in Papas Interesse. Wenn das mal nicht ein Motiv ist.«

»Stimmt«, antwortete Fricke und holte den Zettel aus seiner Jackentasche, auf den der Bürgermeister die Adresse des Hotels geschrieben hatte, und legte ihn ihr auf den Schreibtisch.

Sie sah erst den Zettel, dann Fricke an und fragte: »Und?«

Der Kommissar grinste: »Papa ist Linkshänder.«

Elena lachte nicht zurück, aber sie nickte anerkennend. »Respekt, Fricke!«

Sie schien es ehrlich zu meinen, und im Grunde hätte Fricke es auch gerne als Kompliment angenommen. Aber es war nun mal sein Job, auf solche Dinge zu achten – jeder Ermittler hätte es so gemacht. Aus Elenas Mund klang das Lob ein bisschen wie das einer Lehrerin, die ihrem Schüler eine gute Note im Diktat erteilt. Als wäre es erstaunlich, dass er eine solche Leistung erbrachte.

Er beschloss schließlich, nicht weiter darüber nachzudenken und sie nicht auf seine Empfindungen hinzuweisen. »Danke, aber das alles spielt keine Rolle«, gab er daher zurück.

»Wie? Das ist ein starkes Motiv«, entgegnete sie empört.

»Stimmt. Trotzdem: Ich bin zwar kein Physiklehrer, aber ich bin mir fast sicher, dass Eggerstedt es nicht geschafft hat, eine Eisenstange aus Mexiko bis nach Flintbek zu werfen. Da siegen, glaube ich, die Gesetze der Natur«, lächelte er.

Elena kniff die Augen zusammen. »Nein, kein Physiklehrer«, entgegnete sie und fügte schnell noch hinzu: »aber ein sehr guter Ermittler.« Dass ihrer Meinung nach das Wort »Klugscheißer« an dieser Stelle ebenso passend gewesen wäre, erwähnte sie nicht. Ihr Tonfall ließ noch immer keine Freundlichkeit erkennen, es war nichts mehr als eine sachliche Feststellung gewesen.

»Nicht zu vergessen, dass die Eisenstange ja noch an der Tür hätte klingeln und warten müssen, bis Johanna Krogmann geöffnet und sich umgedreht hätte, um dann zuzuschlagen«, kommentierte der Kommissar süffisant.

»Fricke?«

»Ja, Frau Staatsanwältin?«, grinste er noch immer.

»Ich habe es verstanden.«

Sollte er ihr vielleicht mal anbieten, ihn zu einem Gelassenheitstraining in den Tempel zu begleiten? Sie hätte Buddha wirklich nötig. Aber würde Buddha ihm das verzeihen? Nein, das wäre selbst für ihn zu viel.

Fricke lehnte sich in seinem Stuhl zurück. War sie etwa immer noch sauer? Nur weil er ein winziges bisschen unfreundlich gewesen war? Arbeit ging nun mal vor. Das sah sie doch genauso. Aber um das jetzt mit ihr zu besprechen, war sie viel zu sehr in den Fall vertieft.

Ohne groß darüber nachzudenken und ohne dass sie es angeboten hätte, nahm er noch ein paar Sonnenblumenkerne. Vielleicht sollte er es wirklich mal mit denen versuchen statt der Zigaretten?

»Wir sollten auch daran denken, wie Sie schon sagten, dass Johanna Krogmann die Tür öffnete. Es gab keine Einbruchsspuren. Der Täter muss also an der Tür geklingelt haben. Das Opfer hat den morgendlichen Besucher gekannt, bat den Täter herein – wahrscheinlich hat sie sich von ihm weggedreht, um ihm vorauszugehen, was die Schläge auf den Hinterkopf erklärt. Aber wen lässt sie in der Nacht zwischen 3 und 5 Uhr ins Haus? Warum öffnet sie um diese Zeit einfach so die Tür?«, grübelte Elena.

»Oder aber …«, begann Fricke.

»Ja?«, unterbrach Elena ihn und hob sofort entschuldigend die Hand mit der Bitte, er solle weiterreden.

Fricke nickte freundlich. »Oder aber sie drehte sich um, als sie sah, wer vor der Tür stand, und wollte wegrennen. Kam aber nicht dazu, weil die Eisenstange schneller war.«

»Stimmt«, pflichtete Elena ihm bei.

»Oder …«, begann Fricke wieder.

»Schon wieder?«, rief Elena, hob erneut die Hand und schlug sie sich leicht auf den Mund.

»Ja – oder aber, der Täter hatte einen Schlüssel.«

»Genau. Mensch, klar, Fricke. Von wem wissen wir, dass er oder sie einen Schlüssel hat?«, fragte sie aufgeregt.

»Sabine Krogmann«, antwortete er.

»Geschenkt. Wasserdichtes Alibi«, winkte sie ab.

»Auch wenn es mir so gar nicht gefallen will. Ich traue ihr den Mord in jedem Fall zu und sie wäre eindeutig meine Hauptverdächtige. Aber wir können uns das, was wir uns herbeisehnen, nicht einfach so zurechtlegen.«

Fricke nickte zustimmend. Auch er hätte sich Sabine Krogmann als Tatverdächtige gewünscht. Aber das wäre alles fast zu einfach gewesen. »Thomas Eggerstedt.«

»Auch geschenkt. Tot. Außerdem in Mexiko.« Sie seufzte. »Und auch das ist wirklich schade. Denn auch er würde so prima ins Profil passen. Geld, Lebemann, Frauenheld.«

Fricke stimmte ihr abermals zu.

»Franziska Jabusch.«

»Die Putzfrau. Die entlassen wurde und am nächsten Morgen um halb acht im Flur steht, obwohl sie dort ja nichts mehr zu suchen hatte. Ganz genau. Ein Motiv hätte sie auch. Ein gutes sogar. Den Verlust ihres Jobs. Was wollte sie also dort? Und was wollte ihr Vater? Aber es macht mich stutzig, dass sie um halb acht noch mal am Tatort erscheint, wenn sie Johanna einige Stunden zuvor dort umgebracht haben soll.«

»Sie könnte vielleicht etwas vergessen haben und ist zurückgekehrt, um es zu holen?«, mutmaßte Elena.

»Dann hätte sie doch die Eisenstange verschwinden lassen, oder? Und warum ruft sie die Polizei?«

»Aus genau diesem Grund – um sich selbst aus dem Kreis der Verdächtigen auszuschließen?«

»Möglich, aber ich halte es dennoch für eher unwahrscheinlich«, antwortete Fricke und griff abermals gedankenverloren nach den Sonnenblumenkernen.

»Was wollte sie denn zusammen mit ihrem Vater von Johanna?«

»Das, meine liebe Frau Staatsanwältin, sollten Sie herausfinden. Laden Sie Frau Jabusch vor und reden Sie mit ihr.«

»Genau so mache ich es, Herr Kommissar«, bestätigte sie, »aber das ›liebe‹ können Sie sich sparen.«

»Und wenn ich Sie aber lieb finde?« Manchmal, fügte er in Gedanken hinzu. Obwohl – lieb war sie eigentlich nicht. Vorlaut, herrisch und zickig brachte es eher auf den Punkt. Aber sie war halt auch verdammt süß, sah umwerfend gut aus, und Fricke fand Gefallen an ihrer beider kleinen Wortgefechten. Er lächelte sein charmantestes Jungenlächeln.

»Wenn es Ihre Art ist, Menschen, die Sie lieb finden und die Ihnen etwas Persönliches sagen wollen, so abzubügeln, nur weil sie gerade nicht in der Laune sind, dann verzichte ich auf dieses Liebfinden.« Sie sagte es ruhig und traurig.

»Elena …«

Sie zuckte ein wenig zurück bei dieser vertraulichen Ansprache, sie war ihm einfach über die Lippen gekommen, ohne dass er groß darüber nachgedacht hatte.

»Entschuldigung, Frau Karinoglous. Es tut mir leid. Wirklich, richtig, von Herzen. Ich saß beim Frühstück und wollte gerade von Eggerstedt wissen, wie sein Verhältnis zu Sabine war. Dass es da irgendein Verhältnis gab, war mir klar. Das Thema war sensibel. Und ich wollte die Antwort unbedingt herauskriegen. Der Fall ist mir wichtig. Doch dann kam das Telefonat, und das hat die Situation zerstört, in der ich ihn dazu hätte kriegen können, etwas Unüberlegtes zu sagen – deswegen habe ich so barsch reagiert, weil ich den Faden schnell wieder aufnehmen wollte. Verstehen Sie? Es tut mir leid. Und wenn ich jetzt darüber nachdenke, wäre es mir lieber, ich hätte nichts aus Eggerstedt herausbekommen und Sie dafür nicht vor den Kopf gestoßen. Mir fehlen an manchen Stellen vielleicht noch die richtigen Manieren. Aber ich würde mich bessern, es wirklich versuchen – für Sie.«

Sie starrte ihn an wie vom Donner gerührt. Das hatte sie jetzt nicht erwartet. Nicht so, so offen und ehrlich. Sie hätte ihm jetzt gerne die Hand gereicht. Ihm vielleicht über das Haar gefahren. Ihm zumindest das Du angeboten – oder ihn vielleicht sogar auf die Wange geküsst.

»Okay«, sagte sie, »das ist okay.« Sie wollte eigentlich noch so viel mehr sagen. »Ich übernehme die Jabusch«, war das Einzige, was ihr über die Lippen kam.

Fricke hatte ganz genau gesehen, wie ihre Gesichtszüge plötzlich weich geworden waren, wie sie sie nicht mehr unter Kontrolle hatte, wie sie auf einmal nicht mehr die harte Staatsanwältin war. Das genügte für den Moment, so hatte das alles hier vielleicht doch noch eine Chance. »Aber versprechen Sie sich nicht zu viel davon«, warnte er.

»Ach nein? Warum denn nicht?«, fragte sie verwirrt.

»Sie wird kaum in der Nacht die Krogmann umgebracht haben und dann am nächsten Morgen um halb acht mit dem Schlüssel in das Haus gegangen sein, um schließlich die Polizei zu rufen. Das wäre unlogisch, oder? Welcher Täter macht so etwas? Sie hätte jederzeit sagen können, sie hätte die Schlüssel zurückgegeben, um sich unverdächtiger zu machen«, argumentierte Fricke.

Er ärgerte sich, dass er das alles noch einmal wiederholen musste. Hörte sie ihm denn gar nicht zu? Und wenn doch, wie konnte es sein, dass sie anders darüber dachte? Sie hätte doch ebenfalls zu diesem Schluss kommen müssen. Aber okay, sollte sie die Jabusch halt befragen – anschließend, so war er sich sicher, würde sie ihm zustimmen.

Elena nickte und grübelte. Sie hatte Schwierigkeiten, sich zu konzentrieren. Er hatte das alles bereits gesagt. Sie war wohl nicht bei der Sache, und das ärgerte sie. Ihr Job war ihr wichtig, und es konnte nicht sein, dass ihre Wahrnehmung, was den Fall anging, durch Frickes Erscheinungsbild getrübt wurde. Sie musste sich zusammenreißen.

Fricke erging es nicht viel anders. Seine Lippen hingen an den ihren, seine Hände wanderten in Gedanken über ihren Körper. Doch ihre Worte holten ihn in die Gegenwart zurück.

»Oder, wie schon gesagt, Herr Kommissar, sie kann sich denken, dass wir genau das annehmen. Weil es kein Täter machen würde. Genau deshalb macht sie es. Ich werde das herausfinden, da können Sie ganz sicher sein.«

»Ich halte, ganz ehrlich, die Jabusch nicht für so intelligent. Aber okay. Machen Sie mal. Ach, hier sind noch zwei Handschriftenproben. Hegewisch ist Linkshänder. Hoppe Rechtshänder. Also, Hoppe können wir schon mal streichen«, stellte Fricke fest und übergab ihr die beiden Zettel.

Anschließend stand er auf, nickte ihr zu und verabschiedete sich mit den Worten: »Ich wünschte, unser Morgen hätte anders begonnen, aber leider …« Er machte eine Pause und sah sie einfach nur an. »Wir hören voneinander, wenn es etwas Neues gibt«, sagte er schließlich und wandte sich zum Gehen.

Er wollte gerade auf den Flur hinaustreten, als er von Elena zurückgerufen wurde. Als er sich zu ihr umdrehte, glaubte er, ein verräterisches Glänzen in ihren Augen zu entdecken.

»Vielleicht ist es besser so«, sagte sie.

»Ja, vielleicht. Vielleicht auch nicht. Wenn es so bleibt, wie es jetzt ist, werden wir es nie herausfinden. Denken Sie darüber nach«, antwortete er und schloss die Tür hinter sich.

KAPITEL 13

Sie setzte sich in ihren Volvo und fuhr los. Aus den Unterlagen hatte sie sich zuvor die Adresse des Krankenhauses besorgt, in dem Franziska Jabusch lag. Sie würde jetzt einfach zu ihr fahren. Natürlich hätte sie vorher anrufen sollen. Aber sie hatte es eilig gehabt, aus dem Präsidium zu verschwinden – sie musste jetzt alleine sein und nachdenken. Was lief da zwischen ihr und dem störrischen Kommissar? Sie konnte es nicht richtig einordnen, musste dringend wieder Klarheit in ihrem Kopf schaffen.

Nun war sie also auf dem Weg zur Vernehmung einer Putzfrau. Warum? Sicher, sie engagierte sich immer schon mehr als andere Staatsanwälte, versuchte oft, bei den Vernehmungen der Hauptverdächtigen dabei zu sein. Aber die Putzfrau war nun im Moment wirklich keine Hauptverdächtige.

Sie wusste ganz genau, warum sie das tat. Sie machte es für Fricke. Sie wollte ihm helfen. Sie war gerade dabei, ihr Herz zu verlieren, und das war nicht gut. Es sollte nicht schon wieder gebrochen werden. Die letzten vier Jahre hatte sie sich ganz gut auch ohne einen Mann an ihrer Seite eingerichtet. Nicht alleine, nein, sie hatte Freunde, gute Freunde, und sie hatte ihre Arbeit. Sie wollte nicht wieder hoffen und dann feststellen, dass es doch nicht funktionierte. Na ja, meistens waren ihre Beziehungen daran zugrunde gegangen, dass sie zu viel gearbeitet hatte. – Zuletzt die mit Markus. Wie viele Abende war sie nicht da gewesen, wie viele Wochenenden hatte sie ihn alleine gelassen! Er hatte viel ertragen, bevor er schließlich gegangen war.

Sie musste ehrlich zu sich sein: Konnte sie sich eine Beziehung mit Fricke überhaupt vorstellen, mit Sven Fricke, dem Hauptkommissar? Hauptkommissar und Staatsanwältin, das ging eigentlich gar nicht. Passten sie überhaupt zusammen? Sie schüttelte den Kopf, nein, ganz und gar nicht, das konnte ja sogar ein Blinder sehen.

Auf der anderen Seite – es wäre nicht das erste Mal, dass sie auf Konventionen pfiff, auch wenn Fricke ihr das bestimmt nicht glauben würde.

Und er gefiel ihr – so sehr, dass sie 24 Stunden Bauchkribbeln und dieses permanente Lächeln im Gesicht hatte. Aber da war etwas, das sie unsicher machte: Sagte er ihr immer die Wahrheit? Sie hätte ihre Zweifel daran jetzt nicht mal an einer Einzelheit festmachen können, aber sie spürte, dass da etwas war. So, als ob er jedes Mal einen neuen Fricke vor ihr entwerfen würde: den Draufgänger, der so wirkte, als ob er in den Krieg ziehen würde, das Arbeitstier, das einfach immer weitermachte, den kleinen Jungen, der in jeder Situation ganz unbedarft sagte, was er gerade dachte, den Mann mit Hintergrund, der die Frau an einen anderen verloren hat, den Charmeur, der Blumen brachte und sie umgarnte. Sie mochte diese Frickes alle, irgendwie.

Nur den einen nicht. Heute früh hatte sie ihm etwas sagen wollen. Es war ihr zwar selbst noch nicht so klar gewesen wie jetzt, aber sie hätte ihm ihre Bedenken erklärt. Welche Erfahrungen sie gemacht hatte in ihrem Leben. Was sie noch brauchte. Auf jeden Fall Zeit, um ihn wirklich kennenzulernen. Das alles hätte sie ihm gesagt. Und man hätte das schon an den ersten drei Worten erkennen können, wenn man zugehört hätte. Hatte er aber nicht. Er hatte sie stattdessen angeblafft, abgewürgt. Wenn er wenigstens gesagt hätte: »Entschuldige, ich rufe in zehn Minuten zurück.« Aber doch nicht so! Wenn er bereits jetzt im entscheidenden Moment nicht aufmerksam, nicht sensibel war, was würde dann wohl passieren, wenn sie erst einige Zeit zusammen waren? Sie wollte nicht noch mal verletzt werden.

Es half nichts – sie musste herausfinden, wer hinter der Fassade dieser vielen »Frickes« steckte. Wer war der echte Sven? Erst wenn er bereit war, ihr den zu zeigen, alle Spielchen wegzulassen, dann, vielleicht, könnte sie sich auf ihn einlassen.

Sie atmete tief durch, als sie den Parkplatz des Krankenhauses erreichte. Jetzt würde sie sich erst mal auf Franziska Jabusch konzentrieren. Hoffentlich traf sie sie an. Sofern sie nicht gerade bei einer Untersuchung oder im Aufenthaltsraum war, dürfte die Wahrscheinlichkeit dafür aber recht hoch sein. Es galt nur noch, das richtige Zimmer bei der Information zu erfragen.

Nachdem sie ihren Wagen abgestellt hatte, betrat sie über eine großzügige Auffahrt den Empfangsbereich der Privatklinik für Psychiatrie und Psychotherapie im noblen Viertel Düsternbrook. Schick sah es hier aus, bemerkte die Staatsanwältin, da konnte man ruhig mal verrückt werden. Nein, heutzutage wurde man nicht verrückt, sondern »psychisch krank«. Depressionen waren ein Burn-out, und freche Kinder hatten ADHS. Genau.

Zum Glück war der behandelnde Arzt von Franziska Jabusch gleich für sie zu sprechen – und ließ sich auch recht schnell überzeugen, dass sie Frau Jabusch vernehmen müsse, mit aller notwendigen Sensibilität natürlich.

»Sie ist noch sehr labil«, beschwor er Elena, die verstehend nickte.

»Ich werde darauf Rücksicht nehmen.«

Bei diesem Arzt, das sah sie schon an seinem Blick, hatte sie den Frauenbonus. Er suchte offensichtlich noch nach Gesprächsstoff mit ihr, erklärte ausführlich die Nachwirkungen von Traumata und hätte ihr wahrscheinlich auch noch einen Kaffee angeboten, wenn Elena nicht mit ihrem allerfreundlichsten Lächeln darauf hingewiesen hätte, dass sie jetzt zur Patientin müsse.

»Station P1. Dort behandeln wir unter anderem posttraumatische Belastungsstörungen. Darf ich Sie begleiten?«

»Es wäre mir lieber, wenn nicht, aus Gründen der Vertraulichkeit in einem Mordfall.«

Vielleicht hätte er jetzt noch einen Einwand gehabt, aber sie legte ihren Arm auf den seinen, sagte eindringlich »Bitte« – und er hätte sie überall in seinem Krankenhaus hingehen lassen. So einfach war das manchmal mit den Männern.

Franziska Jabusch war in ihrem Zimmer. Und das Überraschungsmoment war phänomenal. Schon die Vorstellung mit: »Mein Name ist Elena Karinoglous. Ich bin die Staatsanwältin im Mordfall Krogmann-Eggerstedt«, wirkte Wunder.

Franziska Jabusch sah sie an, als stünde der Tod persönlich vor ihr. Regungslos lag sie in ihrem Krankenbett.

»Darf ich reinkommen?«

Alles in Franziska Jabusch schrie Nein, aber mit einer resignierenden Geste ließ sie die Staatsanwältin gewähren.

Elena betrat ein typisches Krankenhauszimmer: kahl, ungemütlich, lieblos. Es handelte sich um ein Zweibettzimmer, aber immerhin war das andere Bett leer. Franziska Jabusch setzte sich auf und bearbeitete hektisch ihre Zudecke mit den Fingern. Kein Wort war bisher über ihre Lippen gekommen.

Elena setzte sich auf einen der Besucherstühle – auf eine Aufforderung der Putzfrau hätte sie wohl vergeblich gewartet. Lächelnd nahm sie ihr Diktiergerät aus der Tasche. »Darf ich?«

Franziska Jabusch nickte unmerklich.

»Sie und Ihr Vater waren die letzten zwei, die Johanna Krogmann lebend gesehen haben?«

Die Putzfrau zuckte hilflos mit den Schultern.

Elena Karinoglous lächelte leise in sich hinein. Erste klassische Fangfrage. Die unschuldige Befragte hätte jetzt einwenden müssen: »Vor dem Täter«. Aber sie hatte es mit einer psychisch labilen Frau zu tun. Leider sagte das also noch gar nichts.

»Frau Jabusch, Sie müssen etwas sagen, das Gerät nimmt nur Laute auf.«

»Ja.«

»Und Sie hatten Streit.«

»Ja.«

Elena nickte. Typisch, privat lief bei ihr alles schief, dann lief beruflich alles bestens. Im Job fand sie immer die richtigen Worte.

Jedenfalls, was bisher höchstens eine Möglichkeit war, war jetzt belegt: Die beiden hatten Streit.

»Erzählen Sie bitte, über was genau.«

»Das Haus. Über das Haus.« Sie konnte kaum sprechen.

»Welches Haus? Können Sie mir das bitte etwas näher erklären?«

Franziska Jabusch fing hemmungslos zu weinen an. Elena kramte aus ihrer Handtasche ein Taschentuch und gab es ihr.

»Sie wissen das alles schon, nicht wahr?«

Elena beließ es bei einem vagen Schulterzucken und forderte sie nochmals auf: »Sie müssen es bitte genau erläutern.«

»Wir …, also mein Vater hatte Schulden. Er war arbeitslos geworden, weil die Krogmann ihn einfach rausgeschmissen hat. Nach 25 Jahren Arbeit in der Firma. Er hatte doch noch mit dem alten Krogmann gemeinsam alles aufgebaut. Eigentlich hätte die ihn gar nicht rausgekriegt, bei den deutschen Arbeitsschutzgesetzen. Aber sie hat einen Trick benutzt, hat pro forma die ganze Abteilung geschlossen – um den Mitarbeitern kündigen zu können. Später hat sie diejenigen, die sie noch brauchen konnte, wieder eingestellt. Mein Vater war nicht dabei. Eine ganz miese Tour! Aber rechtlich leider völlig legal.«

Wieder wurde die Frau von einem Heulkrampf geschüttelt. Elena reichte ihr ein weiteres Taschentuch.

»Danach hatten wir wie gesagt Schulden. Da hat sie ganz großzügig angeboten, uns die Schulden abzunehmen – für das Haus. Das kam ihr gelegen! Das steht neben der Firma, die sie erweitern wollte! Und uns dafür mit einem Minimum abspeisen. Aber was sollten wir tun?«

»Frau Jabusch. Ich möchte, dass Sie mir hier auf diesen Zettel Ihren Namen aufschreiben«, bat Elena sie und reichte ihr ein kleines Blatt Papier sowie einen Kugelschreiber.

Franziska fragte gar nicht erst, warum, sondern tat, was die Staatsanwältin von ihr verlangt hatte. Anschließend gab sie ihr Zettel und Kugelschreiber zurück. Elena hatte gesehen, worauf es ihr ankam: Frau Jabusch war Linkshänderin, was zum Täterprofil passte.

Die Patientin schniefte wieder in ihr Taschentuch. »Wo hätten wir denn wohnen sollen? Fürs Putzen hat sie mir auch nicht viel gegeben. Und wie sie mich behandelt hat. Mein Vater war einfach so irrsinnig wütend!«, echauffierte sie sich weiter.

Sie war inzwischen völlig außer sich, und Elena begann sich Sorgen zu machen, dass sie kollabieren könnte. Sie war kurz davor, einen Arzt oder zumindest die Schwester zu rufen, um der Frau etwas zur Beruhigung verabreichen zu lassen, aber sie wusste, dass die Befragung dann vorbei gewesen wäre.

»Und dann?«, fragte sie deshalb vorsichtig, um noch so viele Informationen wie möglich aus der Patientin herauszubekommen.

»Ach, ich sag jetzt einfach, ich war's.«

»Hm«, kommentierte Elena diese offensichtliche Unwahrheit, »und wie?«

Franziska Jabusch zuckte hilflos mit den Schultern.

»Sie wissen es nicht, weil Sie es nämlich nicht waren, Frau Jabusch. Unterlassen Sie bitte solche absichtlichen Falschaussagen.«

Franziska vergrub das Gesicht in ihren Händen. »Mein Vater«, schluchzte sie, »er ist später noch in den Wald spazieren gegangen. Drei Stunden. Ich habe mir doch zuerst nichts dabei gedacht …« Völlig erschöpft sackte die Frau in sich zusammen.

Elena wusste, dass sie in diesem Zustand nichts mehr

aus ihr herausbekommen würde, und klingelte nach der Schwester, die wenig später erschien. Während sie die Patientin auf ihre Kissen bettete und eine Infusion anschloss, überhäufte sie Elena mit Vorwürfen und rief über ein schnurloses Telefon, das sie in der Tasche ihres Schwesternkittels bei sich trug, nach dem Stationsarzt.

Elena beschloss, sich zurückzuziehen. Unter den missbilligenden Blicken der Krankenschwester verließ sie das Zimmer.

Als sie schließlich vor der Klinik stand, entschied sie sich spontan, noch ein wenig frische Luft zu schnappen. An einem kleinen Forst entlang ging sie die wenigen Meter zur Kiellinie und sog dort auf der Promenade tief die salzige Ostseeluft ein. Welch ein Privileg, dass sie hier am Meer leben durfte! Der Blick auf die Wellen, der Geruch des Wassers konnte ihr oft in wenigen Minuten über alle Probleme hinweghelfen und ein tiefes Glücksgefühl verschaffen.

Nach einem ausgiebigen Spaziergang entlang des Meers kehrte sie in der »Seebar« im Seebad Düsternbrook ein und gönnte sich einen Aperol. Erst dann rief sie Fricke an, um ihm die wichtigsten neuen Erkenntnisse durchzugeben: Vater Jabusch als neuer Verdächtiger. Sie erreichte allerdings lediglich den Anrufbeantworter. Schade. In knappen Sätzen hinterließ sie ihm eine Nachricht von dieser etwas entgleisten Vernehmung.

KAPITEL 14

Freitagmorgen um 8 Uhr. Wie immer um diese Zeit meldete sich sein Handy. Fricke tippte mit geschlossenen Augen auf dem Display herum und legte es wieder zurück auf den Nachtschrank. Nach wenigen Sekunden ertönte wieder Beethovens Neunte. Fricke hatte seinen Klingel- und Weckton geändert, nachdem Elena ihm die Titelmelodie mit ihrem Anruf am Vortag vermiest hatte. An diesen Vorfall sollte ihn sein Lieblingsdetektiv nicht mehr erinnern, und Shaft verschwand aus dem Speicher. Wieder wischte er mit geschlossenen Augen auf dem Display herum, bis die Melodie verstummte.

»Mein Gott, ich habe es kapiert. Ich steh gleich auf«, murmelte er, als könnte das Handy ihn verstehen.

Abermals dauerte es nur Sekunden, und Beethoven stimmte seine Symphonie an. Der Kommissar öffnete die Augen, griff zum Handy und war fast gewillt, den Akku zu entfernen, als er das Polizeimotorrad auf seinem Display sah. Dieses Bild hatte er dem Präsidium zugeordnet.

»Fricke«, sagte er hellwach und glaubte, man rufe ihn an, weil ein Mord geschehen war.

»Fricke, warum drücken Sie mich ständig weg? Sind Sie von Sinnen?«, schrie Ahrensmeier, sein Chef.

»Ich dachte, es wäre der Weckton, aber den höre ich ja gerade. Bin wach, Chef. Was gibt es?«

»Um 9 Uhr will ich Sie in meinem Büro sehen«, befahl Ahrensmeier und beendete das Telefonat.

Eigentlich wollte Fricke an diesem Morgen direkt zum Gericht fahren und von Elena hören, was bei Franziska Jabuschs Befragung herausgekommen war, daher hatte er auch in seiner Wohnung in Kiel übernachtet. Seufzend schwang er sich aus dem Bett, ging ins Bad und stand nach zehn Minuten, nur in Unterhose, vor seinem Kleiderschrank. Da er seine Hemden stets so darin aufhängte, wie er sie von der Leine nahm, fand er natürlich kein einziges, das gebügelt war. Aus seinem guten Vorsatz, das mit dem Bügeln jeden Morgen erst kurz vor dem Tragen zu erledigen, würde heute nichts mehr werden. Also wählte er ein nicht ganz so stark zerknittertes Exemplar – wenigstens passte das Beige hervorragend zu seiner schwarzen Jeans –, betrachtete sich im Spiegel und befand sich für akzeptabel.

Fünf Minuten vor neun öffneten sich die Fahrstuhltüren im ersten Stock des Polizeireviers. Ahrensmeier hatte sein Büro am Ende des Flurs. Die Tür stand offen und sein Chef war gerade damit beschäftigt, den Puderzucker, den das Gebäckstück in seiner Hand auf der Krawatte verteilt hatte, abzuklopfen. Als Fricke eintrat, sah er kurz hoch und wies ihn mit einer Handbewegung an, hereinzukommen und die Tür zu schließen.

»Guten Morgen, Chef.« Fricke war gespannt, warum Ahrensmeier so aufgebracht war und ihn sehen wollte.

»Fricke …«, begann er.

Unvermittelt musste der Kommissar lächeln. Was wohl Elena dazu sagen würde, dass Ahrensmeier gerade mit vollem Mund sprach?

»Fricke«, wiederholte dieser, »was fällt Ihnen an meinem Schreibtisch auf?« Herzhaft biss er in seinen Mohnstriezel, obwohl er noch nicht einmal heruntergeschluckt hatte.

»Ähh … dass Sie wenig zu tun haben? Er ist so aufgeräumt«, bemerkte der Kommissar. Er wusste nicht, worauf sein Chef hinauswollte, hoffte aber, durch seine Antwort die Stimmung ein wenig aufzuheitern.

»Oh, bevor mir zu langweilig wird, könnte ich Sie zum Beispiel entlassen. Auf der Stelle. Dafür brauche ich nicht mal einen Schreibtisch. Also, auch wenn es einer Ihrer bescheuerten Sprüche war, haben Sie zumindest in einem Punkt recht: Er ist zu leer. Was fehlt?«, brummte der stämmige Ahrensmeier mit Hamsterbacken und nun weiter kauendem Mund.

Fricke nahm sich immer wieder vor, nachzudenken, bevor er redete. Doch während er noch überlegte, was wohl angebracht wäre, zu sagen, plapperte sein Mund einfach schon drauflos. Elena könnte das sicher sofort bestätigen. So auch dieses Mal: »Eine Topfpflanze?«

Ahrensmeiers Geduld war merklich am Ende. Er schlug mit der flachen Hand auf den Tisch und wurde lauter: »Die Akte, Fricke. Die Akte. Da wird die reichste Frau der Umgebung umgebracht, hier rufen ständig irgendwelche Klatschblätter an und wollen wissen, ob wir eine Spur haben, und mir bleibt nichts anderes übrig als aufzulegen. Ich weiß nichts über den Fall. Rein gar nichts! Eine Tote und ein dumm dreinblickender Ermittler. Mehr habe ich nicht. Also? Haben wir jemanden im Keller?«

Darüber musste Fricke nicht nachdenken. Wenn man im Präsidium von Keller sprach, meinte man die Zellen. Ansonsten gab es dort unten nur noch die Asservatenkammer, und dort würden sie niemanden ablegen. »Nein«, antwortete er, wenig erschrocken über Ahrensmeiers lautes Organ, das er hinreichend kannte.

»Aber wir haben einen Verdächtigen, oder? Wenn Sie wieder Nein sagen, fresse ich Sie gleich nach dem Striezel auch noch auf«, polterte Ahrensmeier und stopfte sich den letzten Rest des Gebäcks in den Mund.

Platz wäre ja genug, dachte Fricke sich. Dieses Mal sprach er es jedoch nicht aus, sondern antwortete wahrheitsgemäß: »Mehr als einen Verdächtigen. Zumindest mehr als eine Person, die ein Motiv hätte.«

Ahrensmeier blickte erfreut zu ihm auf und klopfte sich erneut die Krümel von der Krawatte. »Wie …«, begann er, hob die Hand, um Fricke zu zeigen, er könne gerade nicht reden, spülte mit einem Schluck Kaffee das zerkaute Gebäck hinunter und begann von Neuem: »Wie viele?«

»Ganz genau?«

»Nein, Fricke, raten Sie einfach. – Ist das hier Sudoku?«

»Also, wenn man es ganz streng nimmt, etwa so 400 Personen, schätze ich«, antwortete der Kommissar und blickte seinem Vorgesetzten ernst in die Augen.

Ahrensmeier verstummte. Ungläubig wartete er darauf, dass Fricke seinen Scherz richtigstellte, aber nichts geschah.

»Fricke«, sagte er schließlich in gefährlich leisem Ton, »in fünf Minuten fegen Sie hier dauerhaft täglich den Parkplatz, wenn Sie mich weiter verarschen.« Wieder schlug er mit der flachen Hand auf den Schreibtisch, bevor er schließlich losbrüllte: »Haben Sie nicht mehr alle Latten am Zaun?«

Fricke hob beschwichtigend die Hände. Nahezu jeder in Flintbek hätte ein Motiv, Johanna Krogmann umzubringen, erklärte er seinem Vorgesetzten. Er habe aber bereits drei Verdächtige im Auge und sei sicher, dass es einer von ihnen gewesen sei. Er wolle das mit der Staatsanwaltschaft besprechen und könnte ihm sicher im Lauf der kommenden Woche einen Kellerbewohner präsentieren.

Ahrensmeier kniff die Augen zusammen: »Ich sag nur Parkplatz, Fricke. Und: Verarschen Sie mich nicht.«

»War es das?«, fragte der Kommissar und stand auf.

»Ja. Machen Sie Ihren Job«, antwortete Ahrensmeier und wischte nun mit einer Serviette seinen Schreibtisch sauber. Bevor sein Untergebener die Bürotür schließen konnte, rief er ihn nochmals zurück: »Wer ist Franziska Jabusch? Ist das eine Ihrer Verdächtigen?«, fragte Ahrensmeier und hielt einen kleinen Notizzettel hoch.

»Ja, warum fragen Sie? Was ist mit ihr?« Fricke schwante nichts Gutes.

»Das frage ich Sie. Haben wir gestern jemanden von der Abteilung dorthin geschickt? Eine Beamtin?«

Fricke blieb erst einmal stumm. Er wusste genau, wer Frau Jabusch gestern besucht hatte.

»War die Mordkommission gestern in der psychiatrischen Abteilung der Uniklinik und hat Franziska Jabusch befragt, ohne sich dabei an die Anweisung des behandelnden Arztes zu halten und sachte mit der Patientin umzugehen?«

»Nein«, antwortete Fricke und blieb damit bei der Wahrheit. Erstens war Elena keine Beamtin der Mordkommission und zweitens würde sich eine Frau Karinoglous von niemandem irgendwohin schicken lassen. »Wie kommen Sie darauf?«

»Dachte ich mir. Ich habe dem Arzt gleich gesagt, dass so etwas keiner meiner Leute machen würde. Er meinte, eine Frau wäre bei Franziska Jabusch gewesen. Er habe sie für eine Polizistin gehalten, da sie angab, die Patientin verhören zu wollen. Dieser Depp von Doktor hat sich natürlich keinen Ausweis zeigen lassen und macht hier den Lauten. Jedenfalls hat die Unbekannte die Patientin so aufgeregt, dass sie einen Nervenzusammenbruch erlitt. Als der Arzt hinzugerufen wurde, war der ominöse Besuch bereits weg. Also lassen Sie sich die Frau beschreiben, vielleicht spielt sie eine wichtige Rolle in dem Fall.«

Fricke nickte. Er hätte Ahrensmeier die Frau selbst beschreiben können. Sie war nicht sehr groß, rassig, ein verdammt heißes Teil und manchmal etwas vorlaut, aber das wollte er seinem Vorgesetzten nicht sagen.

»Ach, und finden Sie diese Jabusch, wenn sie eine Verdächtige ist. Schreiben Sie die Frau zur Fahndung aus«, ergänzte Ahrensmeier.

»Wie jetzt. Ich dachte, sie ist in der Klinik?« Frickes Gedanken kehrten schlagartig von Elena zum Fall zurück.

»Nee. Sie war heute Morgen nicht in ihrem Zimmer. Hat sich wohl selbst entlassen. Darf sie ja. Es gab schließlich keinen richterlichen Beschluss. Also, finden Sie die Frau.«

Fricke regte die Nachricht nicht auf. Er glaubte immer noch nicht an die Jabusch als Verdächtige, auch wenn sie sich selbst vorzeitig aus dem Krankenhaus entließ.

»Sagen Sie, Chef, haben Sie schon mal darüber nachgedacht, einen buddhistischen Tempel zu besuchen?«

Ahrensmeier schüttelte den Kopf, als wollte er sich von den Worten befreien, die Fricke ihm entgegengeworfen hatte. »Ob ich worüber nachge… einen Tempel … Buddhi… Fricke, trinken Sie etwa im Dienst? Was reden Sie denn da für einen Schwachsinn?«

»Gelassenheit, Chef. Sie müssen gelassener werden, sonst macht sie der Job noch krank«, erwiderte Fricke lächelnd und meinte es genau so, wie er es gesagt hatte.

»Der Einzige, der hier meiner Gesundheit schadet, sind Sie, Fricke. Sonst nichts. Ich brauche keine Gelassenheit, ich brauche Ergebnisse. Was machen Sie überhaupt noch hier? Wollen Sie mir mit ihrem Schwachsinn den Tag versauen? Buddha, dass ich nicht lache! Gehen Sie an Ihre Arbeit oder ich drücke ihnen einen Besen in die Hand, für den Parkplatz.«

Der Kommissar nickte und wollte die Tür abermals schließen, als er noch einmal innehielt, sich umdrehte und Ahrensmeier zurief: »Ach, Chef, eine Topfpflanze wäre trotzdem schön für Ihren Schreibtisch. Die soll beruhigend wirken.«

Noch bevor Ahrensmeier »Raus« brüllte, hatte Fricke die Tür bereits geschlossen. Die Sache mit dem Tempel würde er seinem Vorgesetzten bei Gelegenheit noch mal näherbringen.

KAPITEL 15

Fricke fuhr das Betriebssystem des Computers herunter, nachdem er seine Berichte ausgedruckt und sie zu denen der Kollegen gelegt hatte. Am letzten Sonntag waren auf sein Geheiß hin zwei Uniformierte in Flintbek unterwegs gewesen, die von Tür zu Tür gingen und fragten, ob jemand etwas gesehen hätte, das zum Tathergang passen könnte. Niemand konnte sich jedoch an auffällige Personen erinnern. Die schriftliche Zusammenfassung dieser Befragungen lag nun in einem säuberlichen Stapel auf seinem Schreibtisch.

»Ist die Fahndung raus?«, rief Fricke einem uniformierten Kollegen zu, der gerade an seinem Schreibtisch vorbeilief. Er und fünf andere Ermittler mussten sich eine Art Großraumbüro teilen. Da die meisten ohnehin zu vertieft in ihre Arbeit waren, um sich zu unterhalten, beschränkten sich die Hintergrundgeräusche für gewöhnlich auf das Klappern der Tastaturen, das Klingeln der Telefone oder das Piepen des Faxgeräts und des Kopierers. Fricke war es ganz recht so.

»Ja. Franziska Jabusch. Fahndung ist mit Foto raus«, bestätigte der Kollege knapp und kam hinter dem Kommissar am Schreibtisch eines anderen Ermittlers zum Stehen.

»Okay«, antwortete Fricke und wollte gerade aufstehen, als er irritiert in der Bewegung innehielt. »Wieso mit Foto? Welches Foto denn? Wo habt ihr das her?«

»Aus der Lichtbilddatei.«

»Aus unserer Verbrecherdatei?«, fragte Fricke erstaunt.

»Nein, vom Gruppenbild meines Klassentreffens«, verdrehte der Uniformierte die Augen.

»Du mich auch«, murmelte Fricke, schaltete seinen Computer wieder ein und wartete, bis das Betriebssystem hochgefahren war. Anschließend rief er die Datenbank des Landeskriminalamtes auf. Er gab den Namen Franziska Jabusch ein und bekam nach zwei Sekunden das entsprechende Datenblatt angezeigt.

»Versteh ich nicht. Warum wurde das nicht bereits gemacht?«, fluchte er, druckte die Kartei aus und ging damit hinaus in den Flur.

Zwei Türen weiter betrat er, ohne anzuklopfen, das Büro einer Mitarbeiterin, die er bereits am Montag damit beauftragt hatte, alle Namen, die in der Ermittlungsakte auftauchten, zu überprüfen.

»Am Montag stand von diesem Namen noch nichts in der Akte, außer dass sie das Opfer gefunden hatte«, verteidigte sich die Frau, nachdem Fricke ihr den Ausdruck der Kartei auf den Schreibtisch geknallt hatte. »Und deshalb ist sie per se raus aus den Ermittlungen?«, gab Fricke ungehalten zurück. »Das kann doch nicht Ihr Ernst sein! Wenn ich hier in Zukunft eine Akte einreiche und von *allen Namen* spreche, dann meine ich auch *alle Namen*, klar? Sonst findet in Zukunft jeder Täter sein Opfer einfach selbst, meldet es uns anschließend und kann sichergehen, dass wir ihn nicht überprüfen. Sie wissen schon, dass Sie hier bei der Polizei arbeiten und nicht in irgendeinem Politbüro, ja?«

Die Mitarbeiterin zog spöttisch die Augenbrauen nach oben: »Dann müsste ich Ihren Namen aber auch eingeben. Der steht ebenfalls in der Akte.«

»Dann machen sie das halt«, blaffte Fricke. »Alle heißt auch alle. Klar?« Mit diesem Satz knallte er die Tür zu, ging zurück an seinen Schreibtisch, nahm seine Autoschlüssel und verließ das Präsidium.

Auf dem Weg zum Gerichtsgebäude stoppte er spontan an einem Stehimbiss am Schützenpark. Er bestellte sich Currywurst mit Fritten, dazu eine Cola und setzte sich damit auf eine Bank direkt neben dem kleinen Park.

Unvermittelt ertappte er sich bei der Frage, warum Elena jetzt nicht bei ihm war. Zu einem unkomplizierten gemeinsamen Essen. Ohne dass man sich gegenseitig anraunzte. Sie könnten anschließend gemeinsam durch den Park spazieren, Hand in Hand … Sosehr er sich das wünschte, es passte nicht zur derzeitigen Story, die zwischen ihnen lief.

Nachdem er aufgegessen hatte, warf er den Müll in den Eimer neben der Bank und blieb noch eine Weile sitzen. Er dachte an den Fall. An Hegewisch, Eggerstedt, Sabine Krogmann und Franziska Jabusch. Letztere hatte kein Alibi für die Tatzeit. Und dennoch wollte und konnte er sich nicht damit anfreunden, dass sie Johanna Krogmann umgebracht haben sollte. Schließlich stand er auf, begab sich wieder zu seinem Wagen und fuhr durch die Innenstadt zum Amtsgericht.

Gegen 12 Uhr klopfte Fricke an die Bürotür der Staatsanwältin, wartete wie immer nicht ab, bis sie »Herein« rief, und öffnete gleich darauf die Tür.

»Der Herr Kommissar. Wie war das Essen? Hat es geschmeckt?«, begrüßte sie ihn.

Fricke, der sich gerade ihr gegenüber an den Schreibtisch setzen wollte, hielt inne: »Äh, ja. Currywurst. Woher wissen Sie das? Stalken Sie mich etwa? Zuzutrauen wäre es Ihnen.«

»Das hätten Sie wohl gerne. Nein, nein, Herr Fricke. Das Stalken überlasse ich gerne Ihnen. Sie sind da ja Meister drin. Ich erinnere nur an Ihre Auflaueraktion vor meinem Haus. Von Ihrer Mahlzeit weiß ich, weil Sie offenbar immer noch nicht gelernt haben, anständig zu essen. Auf Ihrem Hemd ist ein Ketchupfleck«, erwiderte sie und zeigte auf seinen Kragen.

Fricke wischte halbherzig darüber und verrieb den Ketchuptropfen dabei noch mehr. Schließlich zuckte er mit den Schultern und lächelte sie übertrieben liebenswürdig an: »Und das, wo ich doch heute, extra für Sie, ein faltenfreies Hemd angezogen habe. Zugegeben, es war auch das einzige in meinem Schrank, das diesen Anspruch erfüllt. Sie sehen also, ich bin bemüht. Aber genug von privaten Dingen.«

»Haben Sie was für mich?«, fragte sie gespannt.

»Hier. Das sollten Sie sich ansehen«, sagte Fricke und übergab ihr den Ausdruck über Franziska Jabusch.

Elena zog die Augenbrauen nach oben. »Verstoß gegen das Betäubungsmittelgesetz, Prostitution … alle Achtung!«

»Die Delikte liegen zwar zehn Jahre zurück, waren aber immer noch im Register gespeichert, warum auch immer. Eigentlich hätten die Einträge bereits gelöscht sein müssen«, erläuterte Fricke.

»Das sind zwar äußerst überraschende und interessante Erkenntnisse über unsere Hauptverdächtige, aber was tragen sie zum aktuellen Fall bei? Franziska Jabusch war in der Vergangenheit drogensüchtig und ging anschaffen. Wie bringt uns das weiter?«, fragte Elena. Fragend sah sie ihn an und verlor sofort den Bezug zur Sache. Eine Locke hing ihm ins Gesicht. Bei seinem Hemd konnte allerdings von faltenfrei keine Rede sein. Aber was sie trotzdem mochte, war seine Begeisterung für den Fall. Wie seine Augen dabei leuchteten … Sie hatte Schwierigkeiten, seinen Worten aufmerksam zu folgen.

Fricke hingegen war völlig in die neue Faktenlage vertieft. »Sehen wir uns doch noch mal alles der Reihe nach an. Franziska Jabusch hat uns verschwiegen, dass sie und ihr Vater am Sonntag bei der Krogmann waren.«

»Sie stand unter Schock«, unterbrach Elena ihn.

»Vielleicht. Als Prostituierte kann sie in jedem Fall schauspielern. Also, Schock hin – Schock her. Sie war dort und verschwieg uns diesen Umstand. Ihr Vater und sie verloren ihre Jobs und damit das Haus. Schulden waren vorprogrammiert. Was also, wenn sie um 3 Uhr morgens noch mal in der Villa aufgetaucht ist? Es gab keine Einbruchsspuren, wie wir wissen. Folglich hatte der Täter einen Schlüssel …«

»Oder Johanna hat ihrem Mörder die Tür geöffnet«, wandte Elena wieder ein.

»Hätte es um 3 Uhr morgens bei ihr geklingelt, hätte die Krogmann doch nicht geöffnet. Die Jabusch aber hatte einen Schlüssel«, erwiderte Fricke. Auch wenn er sich immer noch nicht mit Franziska Jabusch als Täterin anfreunden konnte, wollte er den Gedanken, sie hätte es doch sein können, nicht verfrüht ablegen. Zumindest musste dieses Gespräch mit der Staatsanwältin jetzt klären, ob man sie unter dringenden Tatverdacht stellen oder aber diese Spur erst einmal nicht weiterverfolgen sollte.

»Und geht dann noch mal um 7 Uhr morgens hin, um sie zu finden? – Unwahrscheinlich«, sagte Elena. »Ich kann so keinen Haftbefehl unterschreiben, wenn Sie darauf hinauswollen. Dafür reichen die Fakten nicht aus. All diese Dinge beweisen gar nichts. Davon abgesehen, sie hat gestern zwar behauptet, dass sie es gewesen sei, und danach erzählt, ihr Vater hätte einen dreistündigen Spaziergang gemacht. Aber mit der Aussage, die ich nicht mal in die Akte aufgenommen habe, können wir nichts anfangen. Ich hätte sie eigentlich gar nicht verhören dürfen. Da hilft es uns auch nicht weiter, dass sie, wie der Täter, Linkshänderin ist.«

Fricke erwähnte sein Gespräch mit Ahrensmeier nicht. Elena wusste selbst, dass sie einen Fehler gemacht hatte. Da brauchte er nicht auch noch seinen Senf dazugeben.

»Es stimmt schon«, pflichtete er ihr daher bei, »das ist alles ein wenig dünn. Dennoch. Ich werde auch mit dem Vater reden, obwohl ich es für unwahrscheinlich halte, dass ein über Achtzigjähriger seine Chefin ermordet, was weder ihm noch seiner Tochter etwas nützt«, antwortete Fricke.

»Und Franziska Jabusch …«, dachte Elena laut nach, »ich weiß nicht. Sollte sie rückfällig geworden sein? Eine Heroinabhängige und Prostituierte hätte aber die Villa nach Wertsachen durchsucht. Das kann also nicht das Motiv gewesen sein. Im Flur lag Krogmanns Handtasche und es befanden sich fast 500 Euro in ihrer Geldbörse. Die hätte die Jabusch doch nicht zurückgelassen, oder?«

»Auch wieder wahr. Mann, ist das alles verworren. Ich dachte nur daran, dass es irgendwie erklärlich wäre, wenn eine Frau die Krogmann umgebracht hätte. Das ist nämlich auch so eine Sache, die mich beschäftigt.« Fricke war verstimmt.

»Ja, bitte? Lassen Sie mich teilhaben an Ihren Überlegungen.« Gespannt sah Elena ihn an. Wieder war ihm diese eine Locke ins Auge gefallen. Und sie konnte ihn in aller Ruhe betrachten, denn er war ganz gefangen von seinen Gedanken an den Fall.

»Johanna Krogmann war eine ausnehmend schöne Frau. Topfigur und alles wohlproportioniert …«

»Kommen Sie jetzt gerade ins Schwärmen?«

»Nein. Aber warum hat der Täter sie nicht angefasst? Ist das bei einem männlichen Täter nicht naheliegend, so attraktiv, wie sie war? Okay, vielleicht aus Angst vor Spuren, vielleicht wollte er auch keinen Kampf riskieren.«

Jetzt war es Elena, die ins Grübeln kam. »Mir fällt aber jemand ein, dem Johanna morgens um 3 oder 4 Uhr die Tür geöffnet hätte.«

»Hegewisch«, rief Fricke und hob, wie zur Meldung, den Finger.

Elena fühlte sich wieder darin bestätigt, Fricke für einen hervorragenden Ermittler zu halten. Er dachte ähnlich wie sie, und genau das hätte die Zusammenarbeit mit ihm so unkompliziert machen können.

»Einem Polizisten in Uniform macht man die Tür auf. Aber sie kannte Hegewisch ja aus vergangenen Tagen. Dennoch war er Polizist, und wenn er vor der Tür gestanden hätte, mit den Worten, es sei etwas passiert …«

»… hätte sie sicherlich die Tür geöffnet«, ergänzte Fricke.

Elena nickte. Fricke stand auf und erklärte ihr, dass er sich jetzt auf den Weg nach Flintbek machen würde, um mit Hegewisch und dem Vater von Franziska Jabusch zu reden. Als er schon auf den Flur hinaustreten wollte, rief Elena ihn zurück. Erstaunt drehte er sich zu ihr um und sah sie bereits auf sich zukommen. Sie sah einfach atemberaubend aus in ihrem knielangen schwarzen Rock, der weißen Bluse und den auf ihren Schultern liegenden langen, dunklen Haaren. Fricke hielt die Luft an, als sie immer näher kam.

Zwei Schritte trennten sie noch voneinander, als Elena schließlich stehen blieb und tief durchatmete. »Wollen wir heute Abend zusammen essen?«

Er war versucht, sie zu fragen, ob sie auch genau hingesehen hätte, sein Hemd sei nicht gebügelt, zumindest nicht so, wie sie sich ein gebügeltes Hemd vorstellte, und er habe Ketchup am Kragen. Aber er entschied sich dafür, besser nichts zu sagen.

Ihr entging die kleine Pause nicht. »Wenn Sie nicht möchten, okay.«

»Doch, doch. Klar. Ich nehme an, beim Griechen, ja?«, fragte er.

»Nein, bei der Griechin. Um 20 Uhr?«

»Gebongt. Um 20 Uhr bin ich bei Ihnen«, lächelte Fricke.

»Natürlich, um den Fall zu besprechen. Wir müssen irgendwie versuchen, eine klare Linie zu erkennen. Ich habe das Gefühl, wir sammeln zwar stets neue Erkenntnisse, aber wirklich weiter bringt uns das nicht. Es zieht uns einfach immer nur tiefer in diesen Sumpf von Flintbek. Geht es Ihnen auch so?«

Es geht mir sogar noch ganz anders, dachte er. Er wusste, dass noch mehr hinter der Einladung steckte. Sicher, sie wollte wahrscheinlich wirklich den Fall besprechen. Ja, und sie hatte auch recht damit, dass die Erkenntnisse unbedingt sortiert werden mussten, dennoch war Fricke klar, dass dies nicht der einzige Grund war. Sie wollte für ihn kochen. Sie wollte ihn in ihrer Wohnung haben. »Natürlich. Genau so«, antwortete er, drehte sich wieder um und verließ schmunzelnd ihr Büro.

Nachdem er die Tür hinter sich geschlossen hatte, blieb er noch einige Minuten auf dem Flur stehen. Er überlegte, ob sich das Blatt nun wenden würde. Vielleicht waren sie jetzt mit Hegewisch auf der richtigen Spur, und vielleicht war er mit dem Verhältnis zu Elena endlich auch auf der richtigen Spur.

KAPITEL 16

Fricke traf am frühen Nachmittag in Flintbek ein und parkte seinen Wagen vor dem Gasthaus. Er blieb noch eine Weile im Auto sitzen und nahm die Zigarettenpackung aus seiner Hemdtasche. Kurz ging ihm durch den Kopf, dass er wirklich mit dem Rauchen aufhören sollte. Stattdessen vielleicht lieber die gerösteten Sonnenblumendinger von der Staatsanwältin kauen. Ach, Unsinn. Genüsslich steckte er sich die Lucky Strike an.

Zehn Minuten später telefonierte er mit Ahrensmeier, um ihn auf den neuesten Stand zu bringen. Der zeigte sich erst einmal zufriedengestellt, obwohl er sich sehr darüber ärgerte, dass nun ein Polizeibeamter zum Kreis der Tatverdächtigen zählen sollte. Auch wenn Hegewisch »nur« ein Dorfpolizist war – Kollege war Kollege.

Fricke beendete das Telefonat, beugte sich halb über den Beifahrersitz und öffnete das Handschuhfach, um den Schlüssel zum Gasthauszimmer zu suchen. Nachdem er ihn schließlich zwischen einigen leeren Haribo-Tüten und Zigarettenschachteln fand, kam er wieder hoch und war einigermaßen überrascht, als er draußen Hegewisch erblickte, der mit dem Schönling vor dem Gasthaus stand und sich unterhielt. Sie tauschten zwei Umschläge aus. Während der Polizist dem Schönling einen kleineren weißen Umschlag überreichte, bekam er selbst von ihm einen großen braunen. Fricke erinnerte sich an einen ähnlichen Umschlag, den er kürzlich bei Hegewisch in der Schreibtischschublade hatte verschwinden sehen.

Die beiden Männer wechselten noch ein paar Worte, die Fricke nicht verstehen konnte, dann stieg der Ältere in seinen Streifenwagen und fuhr die Hauptstraße entlang in Richtung Polizeiwache.

Während der Schönling dem Polizeiwagen nachsah, wartete der Kommissar in seinem Auto, bis der Wagen um die Ecke gebogen und außer Sicht war, anschließend stieg er aus. Der Mann blickte interessiert in seine Richtung – bis er ihn erkannte. Abrupt drehte er sich um und wollte zurück ins Gasthaus eilen, als er von Fricke mit einem »Einen Moment, bitte« daran gehindert wurde. Der junge Mann wandte sich wieder um, setzte ein Lächeln auf, das der Kommissar sofort durchschaute, und begrüßte ihn: »Guten Tag, Herr Zimmernachbar.«

»Wir haben uns noch gar nicht vorgestellt. Mein Name ist Sven Fricke, Kripo Kiel. Und Sie sind?«

Der Schönling reichte ihm die Hand und stellte sich namentlich vor: »Leon Weber.«

Fricke ergriff seine Hand nicht, beachtete sie nicht einmal, sah in die Richtung der Kreuzung, an der Hegewisch kurz zuvor abgebogen war, und blickte anschließend wieder Weber an. »Sie kennen Herrn Hegewisch, ja?«

Weber winkte ab. »Na ja, kennen ist übertrieben. Ich weiß, dass er Hegewisch heißt und hier Polizist ist. Würden Sie das als Kennen bezeichnen?«

»Verstehe. Darf ich fragen, was Sie mit ihm hier gerade ausgetauscht haben?«, lächelte Fricke.

Weber dachte einen Moment nach und nickte schließlich: »Fragen dürfen Sie sicherlich. Aber muss ich Ihnen darauf auch antworten?«

Fricke seufzte. »Ja«, gab er knapp zu verstehen.

Weber lachte laut auf: »Ach, Herr Fricke. Sie wissen so gut wie ich, dass Sie gerade gegen das Gesetz verstoßen. Ich muss nämlich gar nichts sagen. Wenn das hier ein Verhör sein soll, dann müssen Sie mir erst einmal erklären, dass ich natürlich die Aussage verweigern und mir einen Anwalt nehmen darf. Ansonsten können Sie nämlich mit all dem, was ich Ihnen sage, so rein gar nichts anfangen. Also?«

»Oha, da kennt sich aber jemand aus.«

Weber nickte wieder und lächelte selbstgefällig.

»Das ist kein Verhör, Herr Weber. Nur eine ungezwungene Unterhaltung.«

»Ach so? Na, dann sage ich erst recht nichts und gehe. Schönen Tag noch«, lachte Weber und drehte sich um.

Fricke platzte fast vor Wut. Ja, auch weil er gerade daran dachte, dass dieser Arsch wahrscheinlich die Bedienung aus dem Frühstücksraum im Bett gehabt hatte, während er sich an Elena die Zähne ausbiss. Buddha. Wo bist du? Wenn ich diesem Schnösel jetzt nicht gleich eine aufs Maul hauen soll, wäre es angebracht, dass du dich sofort, in Form von Gelassenheit, zeigst!

»Moment«, innerhalb von Sekunden hatte Fricke sich wieder gefangen. »Ich hätte gerne Ihren Personalausweis gesehen«, stoppte er Weber.

Der drehte sich nun verärgert um, wusste aber, dass er keine Wahl hatte, und zog seine Geldbörse aus der Gesäßtasche, während Fricke seinerseits Notizbüchlein und Kugelschreiber aus seiner Jacke holte.

»Bitte schön. Das ist doch Schikane«, grummelte Weber und hielt Fricke widerwillig seinen Personalausweis hin.

»Reine Routine, Herr Weber. Die Stadt Kiel entschuldigt sich für die Unannehmlichkeiten. Seit wann sind Sie hier in Flintbek?«, fragte Fricke und begann, sich einige Daten vom Ausweis abzuschreiben.

»Das habe ich alles schon Ihrem Kollegen am Montag gesagt.«

»Dann werden Sie das sicherlich bei mir auch noch mal schaffen, oder? Also?«, lächelte Fricke und gab ihm seinen Ausweis zurück.

»Seit Sonntagmittag. Und?«

»Verstehe. Und was machen Sie hier?«

»Mit Ihnen hungrig auf dem Gehweg stehen und mich schikanieren lassen«, sagte Weber.

Das reichte. Fricke nickte seufzend, steckte sein Notizbuch wieder in die Jacke und sah Weber eindringlich an: »Pass mal auf, Junge«, er wusste vom Personalausweis, dass Weber gerade mal 29 Jahre alt war. »Du antwortest jetzt angemessen und wahrheitsgemäß. Wenn du dich weiterhin lustig machen willst, sitzt du in fünf Minuten im Streifenwagen auf dem Weg zur Wache, und da halt ich dich einen Tag in der Zelle fest, bis ich dich morgen verhöre. Haben wir uns verstanden?«

»Okay, okay. Immer locker bleiben, ja? Ich mache hier Urlaub, sozusagen«, antwortete Weber und hob verteidigend die Hände.

»Urlaub in Flintbek? Sozusagen? Du wohnst in Hamburg und machst hier Urlaub? Sozusagen? Verarsch mich nicht. Es reicht«, drohte Fricke.

»Mann, ja. Ich wollte mich um einen Job in der Fabrik bewerben und habe dann am Montag vom Tod der Inhaberin erfahren«, erklärte Weber.

Fricke nahm ihm kein Wort davon ab. Dieser Typ war so aalglatt. Der Kommissar war sicher, dass Weber sich bereits alle Antworten zurechtgelegt hatte, und vielleicht hatte ihm Hegewisch dabei geholfen.

»Ist klar. Heute ist bereits Freitag. Haben Sie sich zwischenzeitlich dort beworben?«

»Nein.«

»Warum nicht? Die Geschäfte der Fabrik laufen doch weiter.«

Weber nickte: »Ja, aber es darf keiner eingestellt werden, ohne dass Joh…, ich meine, Frau Krogmann ihr Okay gibt. Außerdem ist das Zimmer hier bis Sonntag bezahlt. Also bleibe ich noch ein bisschen. Die Bedienung hier ist so klasse. Zum Frühstück und in der Nacht, wenn Sie verstehen, was ich meine. Wenn Sie möchten, kann ich bei Jasmin ja mal ein gutes Wort für Sie einlegen. Ich bin sicher, sie hat nichts dagegen, wenn Sie heute Nacht an unserer Zimmertür klopfen. Die nimmt auch zwei.«

Fricke hätte ihm gerne die Faust ins Gesicht gerammt. Dieser Bratmaxe, der die Hälfte seiner Freizeit sicher unter der Sonnenbank und in Geschäften mit Designermode verbrachte, machte sich über ihn lustig. »Wo waren Sie in der Nacht von Sonntag auf Montag, zwischen 3 und 5 Uhr?«, fragte er und spürte, wie sich Buddha immer weiter entfernte.

»Das habe ich zwar auch schon Ihrem Kollegen gesagt, aber okay: Ich war natürlich in meinem Zimmer, und ich war nicht alleine. Sie können Jasmin gerne fragen, wenn sie sich überhaupt daran erinnert. Ich habe sie in andere Sphären gevögelt«, prahlte Weber.

»Mach dich vom Acker, Junge«, sagte Fricke schließlich und hoffte, Weber würde sich sofort umdrehen, ohne noch ein einziges Wort von sich zu geben, denn sonst würde er für gar nichts mehr garantieren. Wer konnte erahnen, dass dieser Fall sogar Buddha dermaßen auf die Probe stellte? Den größten Anteil daran hatte wohl die Staatsanwältin. Sie schaffte es, trotz jahrelanger Meditation, Frickes Gleichgewicht in Sekunden zu stören und ihn aus der Ruhe zu bringen. Und jetzt auch noch dieser Weber.

Der Schönling tat ihm den Gefallen. Er drehte sich wortlos um und verschwand im Gasthaus.

Fricke zog sein Handy aus der Tasche und wählte Elenas Mobilfunknummer an, unter der sie sich bereits nach dem zweiten Läuten meldete. Ohne zu grüßen, redete er los: »Überprüfen Sie bitte einen Leon Weber«, begann er und gab ihr dessen Adresse sowie Geburtsdatum und Personalausweisnummer durch. »Dann rufen Sie bitte im Präsidium in Kiel an und lassen sich den Papierstapel von meinem Schreibtisch kommen. Dort befindet sich eine Aussage von diesem Weber, der zurzeit hier im Gasthaus, bis Sonntag, abgestiegen ist. Wenn da irgendetwas im Argen liegt, laden Sie ihn bitte zum Verhör. Es wäre schön, wenn Sie das durchführen könnten, ich befürchte, ich würde ihm mittendrin an die Gurgel gehen.« Er erwähnte ferner, dass Weber das Opfer einmal beinahe beim Vornamen genannt hätte, sich dann allerdings umgehend korrigiert und sie als Frau Krogmann bezeichnet habe.

Elena versprach ihm, sich um alles zu kümmern, und fragte nach dem Fortschritt in Sachen Fahndung nach Franziska Jabusch. »Ich weiß es nicht, aber ich habe angeordnet, dass man Sie unterrichten soll, falls es neue Erkenntnisse gibt und man mich nicht erreicht. Bei mir hat sich bisher noch niemand gemeldet. Bei Ihnen?«

Sie verneinte, fragte, ob es heute Abend beim Essen bleiben würde, ließ es sich bestätigen und wünschte viel Erfolg.

In Frickes Kopf jagten sich die Gedanken. Zu dem Sumpf, in dem sie bereits stocherten, kam nun noch Weber hinzu, der offensichtlich Dreck am Stecken hatte, von dem er aber nicht wusste, ob er mit dem Fall zu tun hatte.

Er brauchte einen klaren Kopf, also lief er die 30 Minuten zur Polizeiwache zu Fuß. Bevor er das Gebäude betrat, dachte er darüber nach, ob Hegewisch der Täter gewesen sein könnte. Im Grunde passte alles. Er war hinter Johanna Krogmann her gewesen, hatte sie regelrecht vergöttert. Aber würde er sie dann umbringen? Und wenn ja, hätte er sich dann nicht vorher noch an ihr vergangen? Es wäre die letzte Möglichkeit gewesen, es noch einmal mit ihr zu treiben. Sie hätte ihm eine abweisende Antwort an der Tür geben können, und Hegewisch wäre ausgerastet. Das setzte aber voraus, dass er die Eisenstange bereits in der Hand hielt und geplant hatte, sie damit zu erschlagen, wenn sie nicht gefügig wäre. Nein, das passte nicht zu dem verliebten Hegewisch. Aber vielleicht zu Leon Weber. Wenn Hegewisch ihn dafür bezahlte, dass er Johanna Krogmann umbrachte, würde es ein rundes Bild ergeben, und der Fall wäre erledigt. Vorausgesetzt, er könnte das beweisen. Daran wollte er gleich, wenn er dem Dorfpolizisten gegenüberstand, arbeiten.

Entschlossen öffnete er die Tür zur Wache und stand schließlich vor Hegewischs Schreibtisch.

»Herr Kollege, was kann ich für Sie tun?«, fragte dieser erstaunt. Mit dem Kommissar hatte er nicht gerechnet, da ihm der Gastwirt am Morgen mitgeteilt hatte, Fricke habe nicht im Gasthaus übernachtet. Wieder legte er blitzschnell den bis dahin auf dem Schreibtisch liegenden braunen Umschlag in die Schublade seines Schreibtisches und schmiss diese mit einem lauten Knall zu.

»Nennen Sie mich nicht Kollege. Ich bin Polizeibeamter und Sie sind ein Arsch. Was läuft da zwischen Ihnen und Leon Weber? Was habt ihr da gerade ausgetauscht?« Fricke wurde laut. Bei Beschimpfungen wechselte er gerne unbemerkt zum Du.

Hegewisch erschrak und brauchte einige Sekunden, um zu antworten. »Nichts«, brachte er schließlich wenig überzeugend hervor.

»Die denkbar blödeste Antwort, die Sie geben konnten. Ich habe den Vorgang beobachtet. Wo ist der braune Umschlag und was befindet sich darin? Hegewisch, ich sag dir, wenn du mich anlügst oder mich verarschen willst, stehe ich in fünf Minuten vor der Tür deines Hauses und rede mit deiner Frau. Wo warst du in der Nacht von Sonntag auf Montag, als Johanna Krogmann umgebracht wurde?«, schrie Fricke ihn an und rechnete damit, dass Hegewisch gleich aufspringen und auf ihn losgehen würde.

Der jedoch blieb gelassen: »Ich war zu Hause und habe geschlafen. Meine Frau wird Ihnen das bestätigen.«

»Kommen Sie, Hegewisch. Sie wissen so gut wie ich, dass das für den Arsch ist. Jeder Staatsanwalt würde die Aussage Ihrer Frau in der Luft zerreißen, wenn sie nicht sagt, dass sie zwischen 3 und 5 Uhr wach wurde, weil sie auf die Toilette gehen musste, und Sie dann tatsächlich im Bett gelegen haben«, lachte Fricke spöttisch.

»Okay. Kann der Staatsanwalt ja versuchen.«

In Fricke stieg die Wut ins Unermessliche. Er kam in dem Fall einfach nicht weiter, und jetzt hielt ein Polizist, dessen Aufgabe es war, Fälle zu lösen oder zumindest bei den Ermittlungen zu helfen, womöglich hilfreiche Informationen zurück.

»Gib mir den Umschlag, den Weber dir vor ein paar Tagen zugesteckt hat, und auch den Umschlag, den du gerade, als ich reinkam, in der Schublade hast verschwinden lassen. Sofort, oder ich lass hier den ganzen Trupp aus Kiel anrollen, der dir deine Hütte auseinandernimmt. Einschließlich die deiner Frau, die anschließend dich auseinandernimmt. Du hast die Wahl. Und ich will wissen, woher du Weber kennst.«

Fricke erinnerte sich daran, wie Hegewisch die Eisenkette vor dem Haupttor des Krogmann-Anwesens geschwungen hatte. Denselben Gesichtsausdruck hatte er auch jetzt. Der Kommissar beobachtete ihn ganz genau und war darauf gefasst, dass er womöglich gleich zur Waffe greifen würde. Das tat Hegewisch jedoch nicht, sondern öffnete die Schreibtischschublade und holte dort drei braune Umschläge heraus. Er hielt sie noch eine Weile in der Hand und starrte darauf. Schließlich antwortete er kleinlaut: »Weber hielt sich am Sonntagmittag kurz vor Johannas Tor auf. Er kam mir suspekt vor. Also habe ich ihn angesprochen und überprüft. Er arbeitet bei einer Sexagentur in Hamburg und hatte vorgehabt, bei ihr zu klingeln. Was er von ihr wollte, weiß ich nicht. Vielleicht sie erpressen. Keine Ahnung. Jedenfalls hielt er einen Umschlag in der Hand. Einen dieser Umschläge hier. Ich habe ihm das Kuvert abgenommen und fand schließlich das.« Er übergab Fricke die drei braunen Papierkuverts. »Ich wollte sie alle behalten. Sie können das vielleicht nicht verstehen, aber es sind Bilder, die nicht nur in meinem Kopf existieren, sondern die ich mir tatsächlich ansehen kann, sooft ich will«, flüsterte Hegewisch, hielt sich die Hände vors Gesicht und weinte leise.

Fricke zeigte keine Regung. Ihm war Hegewisch egal. Er betrog seine Frau, und Fricke traute ihm nicht. Im Grunde ärgerte er sich über ihn, denn Hegewisch war Polizeibeamter wie er, und Frickes Polizistenherz blutete angesichts solcher »Kollegen«. Obwohl er längst ahnte, was sich darin befand, öffnete er einen der Umschläge und blickte auf die Rückseite einer großformatigen Fotografie.

»Hegewisch, ich stelle Ihnen jetzt eine Frage, und glauben Sie mir, ich weiß ganz genau, ob Sie lügen oder nicht. Also, haben Sie Weber bezahlt, Johanna Krogmann umzubringen?« Fricke beobachtete jede Reaktion von Hegewisch: Körperhaltung, Zucken der Gesichtsmuskeln, Anzeichen von Nervosität.

»Hören Sie mir eigentlich zu?«, fuhr ihn der Dorfpolizist an. »Ich habe Johanna geliebt. Ich hätte eher Weber umgebracht als Johanna, wenn er ihr irgendetwas angetan hätte oder ich nur geahnt hätte, er würde es wollen«, schrie er aufgebracht.

Fricke glaubte ihm widerwillig. Die Lösung des Falls war damit leider erneut in weite Ferne gerückt. Er drehte das Foto in seinen Händen um und betrachtete, was der Schönling da an Hegewisch verkauft hatte. Auf dem Foto war Johanna Krogmann nackt in eindeutiger Position mit Leon Weber zu sehen.

KAPITEL 17

Fricke hatte dieses verdammte weiße Hemd so lange gebügelt, wie er noch nie ein Hemd gebügelt hatte. Aber immer wieder kam irgendwo eine neue Falte hinzu, wenn er es umdrehte. Scheißbügeln, dass das so schwer war! Und jetzt kam er fast zu spät, weil er zehn Minuten zwischen diesem riesigen Sommerblumenstrauß und den tollen Lilien gestanden hatte. Schließlich hatte er sich in der letzten Sekunde umentschieden und das gekauft, was er jetzt in den Händen hielt: 20 dunkelrote, langstielige Rosen. Er hatte noch nie so viel Geld für Blumen ausgegeben. Wahrscheinlich würde sie die auch gleich beiseitelegen wie den letzten Blumenstrauß. Er hatte ein bisschen Angst davor, zu ihr zu gehen. Unsinn, schimpfte er stumm mit sich selbst, wovor sollte er denn Angst haben! Sein Versuch, sich selbst zu beruhigen, änderte nichts – die Unsicherheit blieb.

Jetzt stand er vor der Villa, in der sie ihre Wohnung im obersten Stockwerk hatte, und merkte, dass seine Hand zitterte, als er klingelte. Das Surren der Gegensprechanlage erklang, und kurz darauf ihre Stimme: »Kommen Sie hoch!«

Nachdem er die drei Stockwerke erklommen hatte, sah er sie in der Tür stehen. Sie trug ein dunkelblaues gewickeltes Kleid, das ihre schmale Taille betonte und schwingend bis zu den Knien fiel. Darunter erschienen braun gebrannte Waden und schmale Füße, die in mittelhohen Pumps steckten. Ihre an den Seiten hochgesteckten Haare gaben zierliche Ohren frei, die kleine Perlenohrstecker schmückten. Sie sah atemberaubend schön aus, fand Fricke, und er nahm freudig zur Kenntnis, dass sie sich offensichtlich einige Mühe mit ihrem Erscheinungsbild gegeben hatte. Es wirkte nicht übertrieben, sondern klassisch. Durchaus ein Outfit, in dem man auch Akten besprechen konnte – oder auch nicht.

Wortlos streckte er ihr den riesigen Blumenstrauß hin.

»Oh«, sagte sie.

Er merkte, dass sie nervös war, und das ließ seine innere Ruhe zurückkehren.

»So etwas habe ich schon lange nicht mehr bekommen«, fügte sie noch hinzu, drehte sich um und lief eilig den Flur entlang. Nach einigen Schritten drehte sie sich zu ihm um: »Entschuldigung, bitte kommen Sie herein.«

Fricke grinste. »Mach ich, auch ohne dass Sie es sagen, das wissen Sie ja.«

»Ja«, seufzte sie gespielt verzweifelt, »stimmt.«

Sie lief in die Küche, um nach einer passenden Vase zu suchen. Dafür stieg sie auf einen Stuhl, um an das obere Fach ihrer deckenhohen Küchenschränke zu gelangen. Fricke, der inzwischen hinter ihr stand, genoss den ungestörten Ausblick auf sie und stellte fest, dass es einfach nichts gab, was ihm an ihr nicht gefiel. Als sie endlich eine große Vase gefunden hatte, fasste er sie ganz spontan an der Hüfte, um ihr vom Stuhl zu helfen, und wenige Sekunden später hielt er Elena im Arm, die Vase zwischen ihnen. Sie war ihm so nah, dass er ihr Parfum roch.

»Sie sehen toll aus«, raunte er ihr zu.

»Ach, ich habe mir nur schnell etwas Sommerliches übergeworfen.« Sie stockte und sah ihn über die Vase hinweg an, während er sie immer noch mit beiden Händen an diesem winzigen Nichts von Taille festhielt. Noch nie hatte sie ihm in die Augen gesehen. Zumindest noch nie so wie jetzt.

Auch Elena fühlte sich gefangen von seinen klaren Augen. Sein Blick strahlte Wärme aus, und doch erkannte sie darin auch den Blick des Ermittlers. Diese Augen konnten, wenn er es wollte, eiskalt dreinblicken, das wusste sie. Es war dieser Gegensatz, der ihren Puls beschleunigte.

»Quatsch«, lachte sie schließlich auf, um die Stille zu unterbrechen, die sich zwischen ihnen ausgebreitet hatte. »Ich habe drei Stunden vor meinem Kleiderschrank gestanden und wirklich alles ausprobiert. Das Chaos liegt immer noch im Schlafzimmer herum.«

Fricke wollte sagen: »Okay, zeig es mir doch mal, in deinem Schlafzimmer«, entschied sich dann aber doch lieber dafür, in ihr Lachen mit einzustimmen.

»Und jetzt werden diese Rosen gewässert!« Plötzlich herrschte eine ganz andere Stimmung zwischen ihnen, gelöst, locker, privat. Übermütig schüttelte Elena ihre schwarzen Locken: »Ich habe uns etwas zu essen vorbereitet. Trinken Sie lieber Weißwein oder Rotwein?«

»Das, was Sie gerne trinken.« Es war ihm tatsächlich völlig egal, selbst einen Tee hätte er mit ihr geschlürft.

»Dann Rotwein«, entschied sie. Sie nahm eine Flasche, die schon auf dem Küchentresen stand, holte einen Flaschenöffner aus der Schublade und drückte ihm beides in die Hand. »Hier, bitte, das überlasse ich Ihnen.«

Er machte sich ans Entkorken und sah sich neugierig um. Auch ihre Wohnung hatte, wie sie, Stil. Sie war modern eingerichtet, die Küche war in Dunkelgrau gehalten, die Arbeitsfläche aus schwarzem Granit. Eine große Theke grenzte sie zum Esstisch hin ab, der bereits gedeckt war. Zwei Teller, Weingläser und mehrere Silberteller mit kleinen leckeren Köstlichkeiten waren darauf drapiert. Keine Kerzen, kein Schnickschnack, aber alles liebevoll hergerichtet. Das große Fenster gewährte sogar einen Blick auf die Kieler Förde. Fricke sah in das glitzernde Wasser der Ostsee und pfiff bei diesem Anblick anerkennend durch die Zähne.

Mit der offenen Weinflasche in der Hand näherte er sich dem Tisch und bewunderte die Köstlichkeiten, die sich darauf befanden: schwarze Oliven, ein Pitabrot, kleine, in Olivenöl angebratene Scampi, Dolma – der Reis in Weinblättern. Dazu holte Elena nun aus der Pfanne, die einen verheißungsvollen Olivenölduft verbreitete, zwei Souflaki-Spieße, die sie auf einem großen weißen Teller in die Mitte des Tisches stellte.

»Das haben Sie aber nicht alles selbst gemacht«, vermutete er.

»Oh doch, ich bin zwar keine Sterneköchin, aber das schaffe ich noch. Griechischer Papa«, zwinkerte sie ihm zu.

Er goss ihnen beiden den dunkelroten, bestimmt sündhaft teuren Wein in die großen, geschwungenen Gläser ein und fragte sich dabei, welcher Mann wohl schon mit ihr daraus getrunken hatte. Er vermutete, dass er nicht der Erste war, auch wenn er es hoffte.

»Griechischer Papa und deutsche Mama?«, fragte er.

Sie nickte und machte eine einladende Handbewegung: »Nehmen Sie sich, was Sie mögen. Ja, mein Vater studierte Medizin in Deutschland. Das war damals sehr üblich. Die wohlhabenden Griechen ließen ihre Kinder im Ausland studieren. Und dann hat er hier meine Mutter kennengelernt und wollte nicht mehr ohne sie zurück. Meine Mutter konnte aber nicht mit ihm nach Griechenland gehen, da sie die Praxis ihres Vaters in Kiel übernehmen sollte. Also blieben sie hier. Die griechische Familie brach daraufhin mit meinem Vater, und erst als ich auf die Welt kam, gab es eine große Versöhnung. Danach waren wir jeden Sommer in Griechenland.«

Er hatte zugehört und sie gleichzeitig beobachtet. Hier, zu Hause, am Abend, war sie ganz anders, keine Staatsanwältin, einfach Frau. Er nahm sich von dem leckeren Essen. Alles sah gut aus. Sie lächelte und steckte sich eine Olive in den Mund. Fricke fand das sehr sinnlich.

»Und Sie? Was muss ich über Sie wissen?«, fragte sie kauend.

»Mein Vater war ebenfalls Polizeibeamter, hier in Kiel. Mir liegt das also quasi in den Genen. Meine Mutter war Hausfrau. Eine fürchterlich überbehütende Frau, die alle Hände voll zu tun hatte, mich und meinen Bruder in Schach zu halten.«

»Das klingt nach einer sehr netten Familie.«

Er stützte sein Kinn auf die Hände, seinen Teller hatte er noch nicht angerührt. »Danach klingt es, danach sah es auch von außen immer aus. Aber die Wirklichkeit war eine andere. Wenn mein Vater zu viele Sorgen in der Arbeit hatte, fing er zu Hause an zu trinken. Erst Bier, dann Schnaps. Und wir warteten. Denn entweder trank er so viel, dass er einschlief. Oder …«, er stockte, »entschuldige, das willst du sicher nicht hören.« Unbewusst hatte er das Du benutzt, denn er kam sich ihr plötzlich so nahe vor.

»Doch«, sagte sie, »genau das will ich hören.«

Auch sie hatte das Essen beiseitegeschoben und beugte sich näher zu ihm.

»Oder einer von uns war dran. Entweder er schlug meinen Bruder oder mich oder nahm sich unsere Mutter vor. Manchmal bekamen wir alle drei auch gemeinsam unsere Ration. Klar gingen wir jedes Mal dazwischen, wenn er einen von uns schlug. Es war uns egal, wenn wir dann ebenfalls etwas abbekamen. Was sollten wir machen? Zusehen? Das konnten wir nicht.« Er wischte sich den leichten Schweißfilm von der Stirn. Es fiel ihm sehr schwer, darüber zu sprechen.

Einen Moment lang herrschte Schweigen zwischen ihnen, dann begann sie zögerlich zu sprechen: »Herr Fricke, ich wache auf und denke an Sie.«

Während sie es aussprach, sah er ihr tief in die Augen. Er spürte, dass diese wenigen Worte für sie ein großes Zugeständnis waren.

Unvermittelt streckte sie die Hand aus und schob ihm diese eine süße Locke aus der Stirn. »Das wollte ich immer schon mal machen«, lächelte sie. Plötzlich stand sie auf, kam langsam um den Tisch herum und setzte sich auf seinen Schoß. »Meinst du, dass du in Zukunft immer ehrlich zu mir sein kannst?«, fragte sie, und ihre Stimme klang zärtlich und ernst zugleich. »Keine Spielchen, keine Fassade? So wie jetzt?«

Fricke saß wie vom Donner gerührt. Er wagte kaum, sich zu bewegen, aus Angst, sie von seinem Schoß zu vertreiben. Ob er ehrlich zu ihr sein konnte, hatte sie gefragt? Sicher konnte er das. Er war immer ehrlich zu ihr gewesen. Aber konnte sie denn auch ehrlich zu ihm sein? Er war sich nicht sicher, tat sich schwer, sie zu durchschauen. Schon einmal hatte er eine Frau verloren, weil sie nicht aufrichtig gewesen war. Sicher, er wollte nicht alle Frauen über einen Kamm scheren, aber letztlich war das der Grund, warum er nach seiner Ehe keine feste Beziehung mehr eingegangen war. Weil er es nicht konnte. Weil er nicht ständig darüber nachdenken wollte, ob er am Abend wieder neben der Frau liegen würde, neben der er am Morgen noch wach geworden war.

In all diese Zweifel mischten sich der Geruch ihres Parfums und die Wärme ihres Körpers, der seinem noch sie so nahe gewesen war. Er hörte sich zwar selbst noch sagen: »Ich versuche es«, aber denken konnte er gar nichts mehr. Sanft streifte er den dunkelblauen Ärmel ihres Kleides von ihrer Schulter und küsste die nackte Haut darunter. Behutsam arbeitete er sich den Hals hinauf und merkte, wie sie sich entspannte und sich jedem seiner Küsse anpasste. Kurz zögerte er und nahm dieses Bild in sich auf, wie sie da auf seinem Schoß saß, den Kopf in den Nacken gelegt, die Augen geschlossen, dann zog er auch den anderen Ärmel des Kleides herunter und konnte feststellen, dass sie nichts darunter trug.

Sie kicherte: »Das ist mir jetzt ein klein wenig peinlich, Herr Hauptkommissar.«

Aber es war ihr nicht mehr peinlich, als er ihre Brüste küsste, als er mit seiner Zunge kleine Kreise zog, als er ihre Brustwarzen in seinen Mund nahm. Sie stöhnte ganz leise auf.

Plötzlich klingelte ihr Telefon. Sie öffnete die Augen.

»Geh nicht ran.«

Sie schloss die Augen wieder und öffnete den Mund, den er jetzt gleich küssen würde, in den er jetzt sanft, aber bestimmt mit seiner Zunge eindringen würde.

Jetzt ertönte ein anderer Klingelton.

»Das ist mein Diensthandy. Warte, da muss ich ran.«

Sie nahm das Handy, und er vergrub mit einem Seufzer sein Gesicht zwischen ihren Brüsten. Es war ihm egal, dass sie währenddessen telefonierte. Es war ihm auch egal, um was es bei diesem Telefonat ging und wer überhaupt der Anrufer war. Ihm war in diesem Moment einfach alles egal. Er hatte sich diesen Augenblick so oft herbeigesehnt. Er wollte ihn sich nicht von einem Anruf kaputtmachen lassen.

»Ja«, sagte sie ins Telefon und wieder: »Ja … Ja … Ja.«

Diese Jas sagten schon alles. Elena beendete das Telefonat und sah Fricke ernst an.

»Bitte nicht«, sagte er.

»Doch. Wir haben zwei Tote. Franziska und Friedrich Jabusch.«

KAPITEL 18

Gegen 22 Uhr trafen Fricke und Elena in Flintbek ein und hielten hinter dem weißen Kastenwagen, der die Aufschrift »Gerichtsmedizin« trug. Das Haus von Friedrich Jabusch und seiner Tochter Franziska war nicht sehr groß, aber es stand auf einem weitläufigen Grundstück mit einem hübschen eingewachsenen Garten. Der Rasen war frisch gemäht, die Blumenbeete gepflegt und der geschwungene Steinweg war gesäubert und frei von jeglichem Unkraut zwischen den Fugen.

»Nettes Häuschen«, bemerkte Elena, die hinter Fricke herlief und sich gerade vorstellte, wie es wohl wäre, mit ihm in einem solchen Häuschen zu wohnen.

»Allerdings. Ich kann die Jabuschs verstehen. Sie haben sich etwas Feines hier aufgebaut, und nun will man es ihnen wegnehmen. Da würde ich auch wütend werden«, stimmte Fricke zu, zeigte einem uniformierten Beamten, der vor der offenen Haustür stand, seinen Dienstausweis und ließ Elena an ihm vorbei zuerst ins Haus gehen.

Fricke versuchte sich zu konzentrieren, aber es fiel ihm äußerst schwer. Zum Glück hatte Elena sich zuvor noch umgezogen, sodass sie jetzt nicht mehr ihr Sommerkleid trug, sondern eine enge schwarze Jeans und eine hellgelbe Bluse. Gebügelt, versteht sich. Sie sah immer noch aufregend aus. Dieser Meinung war Fricke wohl nicht alleine, denn auch der Polizist am Eingang sah Elena begeistert nach.

»Heiß, hm?«, fragte Fricke ihn mit einem verschwörerischen Zwinkern.

Der Polizist errötete, murmelte eine Entschuldigung und sah dann wieder in Richtung Straße.

Fricke schmunzelte und lief Elena hinterher in das Wohnzimmer des Hauses. Dort hockte der Gerichtsmediziner Mohr neben der am Boden liegenden Franziska Jabusch. Die Leiche ihres Vaters lag auf dem Sofa, das Gesicht schmerzverzerrt.

»Hallo, Sven«, begrüßte Mohr seinen Freund und stand auf.

»Hallo, Herr Doktor Mohr«, grüßte Elena, die sich darüber ärgerte, dass der Mediziner sie überging.

»Frau Karinoglous. Entschuldigung, ich habe Sie nicht gesehen. Aber schön, Sie beide hier zusammen zu sehen«, antwortete er und sah Fricke vielsagend an.

Oh nein. Nur keine schlechten Scherze jetzt. Ich kann nicht riskieren, dass sie ausgerechnet heute Abend sauer wird, dachte der Kommissar und hoffte, der Mediziner würde seine Gedanken erraten.

»Todesursache?«, fragte Elena und entschärfte damit unbewusst die Situation.

»Heroin«, antwortete Mohr, drehte sich zu den beiden Leichen um und fügte »beide« hinzu.

»Der Alte hat sich Heroin gespritzt?«, fragte Fricke verwundert.

»Wahrscheinlich war es Franziska«, erklang eine Stimme hinter Fricke.

Er drehte sich um und sah Hegewisch in Uniform im Türrahmen stehen.

Elenas Blutdruck stieg beim Anblick von Hegewisch sofort an und sie machte zwei Schritte auf ihn zu: »Herr

Hegewisch, Sie fahren jetzt sofort nach Hause und ziehen die Uniform aus. Sie sind eine Schande für die Polizei. Nur dass Sie es wissen, ich werde ein Ermittlungsverfahren gegen Sie einleiten. Ich muss hier nicht vor allen Leuten erwähnen warum, oder?«

Hegewisch sagte kein Wort. Er nickte, drehte sich um und wollte gerade den Raum verlassen, als Fricke »Moment« rief. Er ging an Elena vorbei und baute sich vor Hegewisch auf: »Wer hat die beiden gefunden? Und warum glauben Sie, dass Franziska es war?«

Elena kochte innerlich. War er ihr da gerade in den Rücken gefallen?

»Wollen wir das draußen besprechen?«, fragte der Dorfpolizist und nickte in Richtung Elena.

»Gehen wir«, bestätigte Fricke und lief hinter Hegewisch her.

Elena platzte fast vor Wut. Doch sie folgte den beiden Männern nicht, sondern wandte sich an Mohr, um sich von ihm genau erklären zu lassen, woran die Jabuschs verstorben waren und vor allem wann.

»Das ist Karl Hebecker. Unser Metzger«, stellte Hegewisch den übergewichtigen, glatzköpfigen Mann vor, den er heranrief.

»Sie haben die Jabuschs gefunden?«, fragte Fricke.

Hebecker verneinte, während Hegewisch erklärte, dass der Metzger ihn angerufen habe, er dann die Hintertür vom Schlosser aus dem Nachbarort habe öffnen lassen und schließlich Friedrich und Franziska Jabusch im Wohnzimmer fand.

»Ja, wissen Sie, wir spielen jeden Freitagabend um 20 Uhr Skat unten in der Kneipe. Seit acht Jahren. Friedrich hat noch nie gefehlt. Er ist unser Schriftführer. Keinen einzigen Freitag. Falsch, als vor drei Jahren Ilse, seine Frau, verstarb und er …«, begann der Metzger zu erklären, wurde aber von Fricke unterbrochen.

»Ja, und?«

Hebecker entschuldigte sich dafür, dass er vom eigentlichen Thema abgekommen war, und fuhr schließlich fort: »Jedenfalls habe ich versucht anzurufen, aber es ging niemand ans Telefon. Dann habe ich mir Sorgen gemacht und bin hergelaufen. Ich habe Licht im Haus gesehen und geklingelt. Als niemand aufgemacht hat, habe ich lieber unseren Polizisten angerufen.«

»Verstehe. Haben Sie das auch genauso gerade dem Kollegen mitgeteilt?«, fragte Fricke.

»Ich habe die Aussage aufgenommen und schicke sie morgen dann rüber«, antwortete Hegewisch.

Fricke nickte, teilte dem Metzger mit, er könne nach Hause gehen, und riet dies auch Hegewisch, allerdings nicht, ohne sich vorher noch mal zu erkundigen, wie dieser auf seinen Verdacht kam, Franziska könne ihrem Vater die tödliche Injektion verabreicht haben.

»Friedrich Jabusch war Diabetiker. Er bekam jeden Abend gegen halb acht von Franziska seine Insulinspritze. Ich vermute, sie hat einfach ohne sein Wissen das Insulin gegen Heroin ausgetauscht und sich anschließend den goldenen Schuss gesetzt«, mutmaßte Hegewisch.

»Möglich … Aber woher wissen Sie, dass Franziska ihm jeden Abend um halb acht die Spritze gab?«

»Weil ich ebenfalls zu dieser Skatrunde gehöre und wir ursprünglich mal um 19 Uhr beginnen wollten. Das ging aber nicht, weil Friedrich eben um halb acht die Spritze bekam. Also haben wir das Ganze auf 20 Uhr verschoben.«

»Okay, Hegewisch, dann können Sie gehen«, nickte Fricke.

»Sie sagen es doch nicht meiner Frau, oder?«

Der Kommissar wollte antworten, aber Elena, die plötzlich hinter ihm auftauchte, nahm ihm die Antwort ab: »Das werde ich noch entscheiden, Herr Hegewisch.«

Der Polizist blieb noch einige Sekunden betroffen stehen, sah hilfesuchend Fricke an, der aber keinerlei Regung zeigte, und ging dann zu seinem Streifenwagen.

»Toll gemacht, Fricke. Ich schicke ihn weg und Sie holen ihn zurück«, warf Elena ihm vor, nachdem Hegewisch außer Hörweite war.

»Ich hatte Fragen. Ich bin hier der Ermittler und ich habe einen Fall zu lösen. Ganz gleich, ob du gegen Hegewisch ein Ermittlungsverfahren einleitest und er suspendiert oder beurlaubt wird oder was auch immer. Er ist dann immer noch ein Zeuge, und an diesen hatte ich Fragen und werde auch weiterhin welche haben«, verteidigte er sich.

Elena antwortete nicht darauf, sondern wiederholte, was der Gerichtsmediziner ihr gesagt hatte: »Beide sind an einer Atemdepression gestorben. Da keine Anzeichen von Gewalteinwirkung vorlagen, vermutet Mohr Suizid.«

»Verstehe. Hat er gesagt, wann ich die Obduktionsergebnisse bekomme?«, fragte Fricke und sah in die funkelnden Augen von Elena.

»Hat er nicht«, antwortete Mohr, der sich nun ebenfalls hinzugesellt und die Frage gehört hatte. »Aber da ich heute eh Nachtdienst habe, lege ich mir die beiden gleich auf den Tisch und faxe dir die Berichte morgen früh rüber.«

»Das ist toll, danke«, reichte Fricke dem Gerichtsmediziner die Hand und wandte sich anschließend wieder Elena zu. »Wollen wir los?«, fragte er.

»Bemüh dich nicht. Doktor Mohr nimmt mich mit zurück nach Kiel und setzt mich vor meinem Haus ab«, antwortete sie, nickte Mohr zu und ging vor zum Wagen der Gerichtsmedizin.

Fricke sah ihr verwirrt hinterher und bedachte danach Mohr mit einem fragenden Blick. Dieser zuckte nur kurz mit den Schultern, murmelte »Weiber« und folgte der Staatsanwältin zu seinem Auto.

Fricke wurde nicht mal sauer. Er sah dem weißen Kastenwagen nach, bis er aus seinem Sichtfeld verschwand, und murmelte: »Es klappt nicht, Elena. Es klappt einfach nicht mit uns beiden.«

KAPITEL 19

»Und du meinst, du hast keine Spuren hinterlassen?«, fragte sie ihn.

»Aber so gar keine, Baby«, versicherte er ihr.

»Wie hast du es gemacht? Erzähl schon.«

»Der Alte saß auf dem Sofa, die Kleine auf dem Boden davor. Die waren total verdutzt, als ich plötzlich in deren Wohnzimmer stand. Sie wollte ihm gerade eine Spritze geben. Der war wohl krank. Also hab ich sie in die Ecke des Zimmers geholt und ihr gesagt, sie solle dem Alten meine Spritze reindrücken.«

»Und das hat sie einfach so mitgemacht?«

»Ich habe ihr jedenfalls gesagt, dass ich ihren Alten ganz, ganz langsam umbringen werde und sie sich das mit ansehen müsste, oder aber sie drückt ihm die Nadel rein und er schläft in wenigen Sekunden ein.«

»Und? Mann, lass dir doch nicht alles aus der Nase ziehen. Kannst du vielleicht die Geschichte komplett erzählen?«, keifte sie genervt.

»Nichts und. Sie faselte etwas davon, dass es wohl eh das Beste sei, nahm die Spritze und tat, was ich ihr sagte. Ein braves Mädchen«, lachte er.

»Und? Hast du sie angefasst?«

»Baby, du weißt, dass ich niemals eine andere anfassen würde. Ich liebe dich«, versicherte er ihr.

Einen Scheiß liebst du mich. Aber das ist mir auch egal. Nur eine Frage der Zeit.

»Ja, ja, also hast du.«

»Natürlich nicht. Ich habe ihr das Gleiche gesagt. Also entweder steche ich ihr die Augen aus, schlage ihr Gesicht zu Brei und breche ihr die Knochen, bevor ich sie erschieße, oder aber sie hält still und ich drück ihr die Nadel«, erklärte er kalt.

»Wo hast du eigentlich die Waffe her?«

»Die habe ich mir mal besorgt. Man weiß ja nie. Ich hielt es damals für angebracht. Und du siehst, es war angebracht«, lachte er.

»Du hast ihr die Spritze gegeben? Warum?«, fragte sie erstaunt.

»Weil ich sichergehen wollte. Sie hat so einen langen Thrombosestrumpf ihres Vaters genommen, sich den Oberarm abgeschnürt und mir lächelnd den Arm hingehalten.«

»Lächelnd?«, wunderte sie sich.

»Ja, lächelnd. Die ist irre, war sie aber auch schon immer«, erklärte er verächtlich.

»Und du bist sicher, es gibt keine Fingerabdrücke oder andere Spuren?«, fragte sie nochmals mit Nachdruck.

»Ich bin absolut sicher, und jetzt komm schon. Sei ein wenig lieb zu mir. Ich habe gute Arbeit geleistet. Die Bullen werden denken, sie hat den Alten umgebracht und dann sich. Gründe dafür hatte sie doch. Sonst wäre sie am Ende eh wieder in der Gosse gelandet und als Junkie auf den Strich gegangen.«

»Hatten sie Schmerzen?«, fragte sie und drückte ihn von sich weg.

Die Vorstellung, dass er sie gleich anfassen würde, bereitete ihr Übelkeit.

Je öfter sie mit ihm schlafen musste, desto ekliger

wurde er ihr. Sie versuchte, den Augenblick so lange wie möglich hinauszuzögern, wusste aber, dass sie ihn nicht mehr ewig auf Abstand halten konnte.

»Mann, was interessiert das denn jetzt? Wahrscheinlich ja, aber nur kurz. Sie haben gezuckt. Hat aber echt nicht lange gedauert. Komm schon, ich bin geil.«

»Ja, das hast du gut gemacht. Du hast eine Belohnung verdient«, lächelte sie, zog sich aus und beugte sich über den Tisch.

Dass sie in dem Moment, als er mit ihr beschäftigt war, nicht mehr lächelte, weil sie Spaß an dem hatte, was er mit ihr tat, konnte er nicht ahnen.

Noch nicht.

KAPITEL 20

Elena sackte zu Hause auf der weißen Ledercouch zusammen. Sie ließ ihre Blicke über die halb ausgetrunkenen Weingläser und das kalte Essen schweifen. Warum war das heute alles so entglitten? Weil er ihr wieder in den Rücken gefallen war. Und plötzlich liefen ihr Tränen über die Wangen, die sie verwundert fortwischte. Ebenso verwundert merkte sie, wie sich vor lauter Weinen plötzlich ihr ganzer Körper schüttelte. Sie wusste ganz genau, warum sie hier saß und heulte wie ein kleines Kind. Weil sie genau das nicht gewollt hatte. Sie wollte den Abend nicht hier alleine verbringen, nein, sie hätte heute Nacht in seinen Armen liegen wollen, und zwar ganz egal wo, auf dem Tisch, auf der Couch oder im Bett. Und sie wäre gerne in diesen Armen eingeschlafen und auch wieder aufgewacht. Sie hätte gerne gehabt, dass sie am nächsten Morgen schnell versucht hätte, sich die Zähne zu putzen, und er gesagt hätte: »Ich mag dich auch nach dem Aufwachen.« Das alles hätte sie gewollt. Und wer hatte es kaputtgemacht? Sie selbst, sie ganz alleine. Sie hatte aus Miss-Ehrenhaft-Prinzip Hegewisch weggeschickt, und er hatte ihm einfach noch Fragen gestellt, wahrscheinlich sogar sehr wichtige.

Und warum hatte sie so gezickt? Weil sie eine verdammte Angst hatte. Angst, dass das alles hinten und vorne nicht zusammenpasste. Dass es beruflich Riesenprobleme geben würde, wenn die anderen es merkten.

Dass sie sich streiten würden und dann auch keinen Fall mehr zusammen bearbeiten konnten. Dass sie und er nie dauerhaft zusammenbleiben könnten. Dass es kein gemeinsames Aufstehen geben würde und wenn doch, dass er sich dabei denken würde, beim nächsten Mal doch lieber eine Jüngere zu nehmen.

Gestern Abend war ihr das alles egal gewesen, sie wollte ihn, und wenn auch nur für eine Nacht. Aber nach den Leichen, da war eben wieder die sachlich-nüchterne Elena da gewesen, die wusste, dass das alles nur ein kurzes Gefühl war, ein Begehren, okay, vielleicht sogar eine Verliebtheit. Aber dass daraus Liebe entstand, dafür brauchte es mehr.

An allem war sie schuld. Sie hätte ihn nicht einladen dürfen, nicht so, und sie hätte ihn dann nicht abservieren dürfen, nicht so. Sie musste das morgen irgendwie wieder geradebiegen. Ja, sie musste sich entschuldigen. Oder einfach gar nichts machen? Dann war alles wieder wie zuvor. Oder?

Entschlossen wischte sie sich die Tränen aus dem Gesicht. Sie würde jetzt erst mal schlafen gehen.

KAPITEL 21

Frickes Nacht war unruhig gewesen. Die gestrigen Ereignisse hatten ihn erst sehr spät einschlafen lassen. Er wusste nicht, warum Elena so reagiert hatte. Vielleicht war es der Wein gewesen, der sie dazu verleitet hatte, sich auf seinen Schoß zu setzen und sich küssen zu lassen. Später, als der Wein seine Wirkung verloren hatte, wurde ihr vielleicht klar, dass es falsch gewesen war? Er wusste es nicht.

Und dann die Jabusch. Ja, konnte sein, dass Franziska die Ausweglosigkeit ihrer Situation sah, aus der Klinik türmte, sich auf dem Strich ein, zwei Freier holte und dann ihre alten Kontakte aufsuchte, um sich das Heroin zu beschaffen. Konnte sein.

Er war bereits gegen halb acht im Büro. Heute, am Samstag, waren nur zwei weitere Kollegen anwesend. Den kurzen und vorläufig handschriftlichen Bericht der Spurensicherung hatte er bereits auf dem Schreibtisch liegen, aber noch nicht angesehen. Er stand auf, ging zum Kaffeeautomaten und warf eine Münze hinein. Müde und nachdenklich sah er zu, wie die Maschine die schwarze Flüssigkeit in den herausgefallenen Plastikbecher füllte. Er entnahm ihr den Becher und fluchte. Er war zu heiß. Bis zu seinem Schreibtisch war er damit beschäftigt, das dampfende Gefäß im Sekundentakt von der einen Hand in die andere zu geben. Gerade als er sich setzen wollte, setzte sich das Faxgerät in Gang.

Er ignorierte es und las den Bericht der Spurensicherung durch. Dort stand, dass einige Fingerabdrücke gesichert und zwei Gläser vom Wohnzimmertisch sowie der Inhalt des Aschenbechers mitgenommen worden waren.

»Und die Spritzen?«, murmelte er und ärgerte sich, dass hier wieder mal so gearbeitet wurde, dass er nachfragen musste. Er hasste Ungenauigkeiten. Da es sich diesmal jedoch nur um einen vorläufigen Bericht handelte, wollte er auf Montag warten, um dann wohl auch die Spritzen erwähnt zu finden.

»Fricke, für dich. Obduktionsbericht aus der Forensik«, rief ihm ein Kollege zu und brachte ihm drei Din-A4-Blätter.

»Danke«, murmelte Fricke und sah dem Kollegen zu, wie er zurück an seinen Schreibtisch ging.

Er war sich sicher, dass er Junggeselle war. Auch er war heute früh vermutlich wach geworden und hatte niemanden neben sich liegen gehabt. Sonst wäre er wahrscheinlich nicht hier oder hätte womöglich ein gebügeltes Hemd an. Seines war genauso verknittert wie das, welches Fricke heute früh angezogen hatte.

Er überflog den Bericht. Mohr bestätigte seine Aussage von gestern, dass Franziska und Friedrich Jabusch an einer Überdosis Diamorphin gestorben waren. Diamorphin war der Hauptbestandteil von Heroin. Zuerst las er den Bericht von Friedrich Jabusch. Einstichwunde, Nadel, in Arteria brachialis (Oberarmarterie), linker Oberarm. Fricke liebte Mohr dafür, dass er, gerade bei den medizinischen Fachbegriffen, kleine Erklärungen in Klammern dahintersetzte. Bei Franziska Jabusch stand genau derselbe Befund.

»Na toll«, maulte Fricke und vergrub sein Gesicht in den Händen. »Da hätte ich auch im Bett bleiben können.«

Wen haben wir jetzt noch?, grübelte er. Eggerstedt vielleicht, aber der war ja in Mexiko gewesen. Er würde so gut ins Profil passen. Sauer auf die Krogmann, Linkshänder, bringt sie um, und seine Tochter, von der niemand etwas weiß, erbt alles. Anschließend gibt er sich zu erkennen, und Papa und Tochter führen ein unbeschwertes Leben.

Fricke legte plötzlich seine Stirn in Falten und zog sich den Obduktionsbericht von Franziska Jabusch aus dem Ablagekörbchen.

»Mh … linker Oberarm«, murmelte er.

Er nahm die Fallakte, blätterte und hoffte, Elenas Bericht über ihren Besuch in der Klinik bei Franziska Jabusch würde sich darin befinden. Dann fiel ihm jedoch ein, dass sie erwähnt hatte, aufgrund des Schocks sei die Aussage nichts wert und sie habe diese deshalb nicht in die Akte aufgenommen.

Fricke griff zum Telefon und rief in der forensischen Abteilung der Uniklinik an. Er erklärte der Sekretärin, dass er dringend Mohr sprechen musste, und wartete einige Minuten, bis sich der Mediziner schließlich meldete. Fricke fragte noch einmal nach, um ganz sicher zu sein, dass es sich bei der Schilderung, Franziska Jabusch habe die Einstichwunde tatsächlich am linken Oberarm, um keinen Fehler handelte. Mohr war zwar zuerst entrüstet über die Zweifel des Kommissars, erklärte dann aber, dass er sich die Leiche noch einmal ansehen und in einigen Minuten zurückrufen werde.

Während Fricke auf den Rückruf wartete, dachte er wieder an Weber. Hatte der Schönling vielleicht etwas mit Franziska Jabusch zu tun? Hegewisch, Jabusch, Weber?

Das Telefon auf dem Schreibtisch klingelte. Es war Mohr. Er bestätigte genau das, was er im Bericht geschrieben hatte. Die Einstichwunde bei Franziska Jabusch befand sich am linken Oberarm. Fricke bedankte sich, beendete das Telefonat und wählte sofort die Nummer der Staatsanwältin.

»Karinoglous«, meldete sie sich verschlafen. Anscheinend hatte sie die Anrufernummer nicht gesehen oder das Telefon mit geschlossenen Augen vom Nachtschrank genommen und sich gemeldet.

»Guten Morgen, Sonnenschein«, flötete Fricke in den Hörer.

Eine kurze Pause entstand, dann fragte sie: »Fricke?«

Warum nicht Sven? Und warum fragte sie? Wer hätte es sonst sein sollen? Wer würde sie denn außer ihm so nennen?

»Genau der.«

»Sind Sie irre? Sagen Sie mir sofort, es gibt einen weiteren Mord. Welchen Grund hätten Sie sonst, mich um diese Zeit zu wecken? Es ist Samstag«, zischte sie.

Wir sind wieder beim Sie?

Fricke wusste nicht, wie er reagieren sollte, entschied sich dann aber, erst einmal so zu tun, als wäre es gestern Abend, halb neun und sie säße auf seinem Schoß. »Sehnsucht?«

Wieder entstand eine Pause, dann antwortete sie in einem ruhigen und ernsten Ton: »Herr Fricke, wenn es nichts mit dem Fall zu tun hat, wäre ich Ihnen sehr verbunden, wenn Sie es unterlassen würden, mich privat anzurufen.«

Das saß. Dieses Mal machte Fricke eine Pause. Nach kurzem Grübeln wurde er schließlich auch ernst.

»Dann entschuldigen Sie bitte die Störung, aber es hat mit dem Fall zu tun, Frau Staatsanwältin. Können Sie sich noch erinnern, ob Franziska Rechts- oder Linkshänderin war? Sie haben doch erwähnt, Sie hätten sich von ihr ihren Namen auf einen Zettel schreiben lassen. Sagten Sie mir nicht, sie sei Linkshänderin?«

Elena räusperte sich: »Ja, ich erinnere mich. Richtig. Sie war Linkshänderin. Ich weiß es, weil ich sofort daran dachte, dass sie aufgrund dessen ins Täterprofil passen könnte. Warum?«

»Bitte setzen Sie sich aufrecht hin«, bat Fricke.

»Warum? Ich habe kein Interesse an Ihren Spielchen«, knurrte sie.

»Bitte. Machen Sie mal.«

Elena seufzte deutlich hörbar, tat dann aber, worum Fricke sie gebeten hatte.

»Ich sitze. Und nun?«

»Schön. Stellen Sie sich vor, Sie wären Linkshänder und vor Ihnen liegt eine Spritze mit was weiß ich, das Sie sich injizieren müssen«, am besten eine Anti-Zicken-Substanz, dachte er, »beschreiben Sie mir genau, was sie nun machen.«

»Oh Mann, na gut. Also ich nehme die Spritze in die linke Hand, setze die Nadel am Arm an und …«, beschrieb sie gelangweilt, bis er sie unterbrach. »Genauer. An welchem Arm?«

Elena wurde noch verärgerter: »Am rechten, wo sonst, Fricke. Ich habe sie in der linken Hand.«

»Genau«, rief Fricke.

»Und?«

»Franziska Jabusch hatte laut Obduktionsbericht den Einstich am linken Oberarm, und die Spurensicherung hat keine Nadeln am Tatort gefunden. Zumindest steht es so im Bericht. Im vorläufigen. Eigentlich kann ich mir nicht vorstellen, dass sie vergessen haben, es zu erwähnen.«

»Das würde heißen …«, rief Elena, die nun schlagartig hellwach war.

»Franziska und ihr Vater wurden umgebracht. Genau. Wenn die Nadeln tatsächlich nicht am Tatort zu finden waren, dann dürfte das klar sein. Wer sonst, wenn nicht der Mörder, hätte die Nadeln verschwinden lassen sollen? Aber eigentlich ist das auch gar nicht mehr wichtig. Wenn Sie also Linkshänderin war, dann hätte sie sich die Nadel nicht links setzen können«, bestätigte Fricke.

»Logisch. Aber wer …?«, fragte Elena.

»Das werde ich herausfinden«, antwortete er und fügte »Schönen Tag noch« hinzu, bevor er das Telefonat beendete.

KAPITEL 22

Elena saß in ihrem Büro, und ihre Finger trommelten nervös auf den Schreibtisch. Sie war müde. Und sie war richtig froh, dass sie gleich einen Termin hatte, auf den sie sich konzentrieren musste: Leon Weber. Also, sie musste sich wirklich zusammennehmen.

Was hatte Fricke ihr alles gesagt? Dieser Typ war bei einer Sexagentur angestellt und hatte etwas mit Johanna Krogmann gehabt. Und er war vor ihrem Grundstück gewesen und hatte Sexfotos von Johanna und ihm dabeigehabt. Das Telefon klingelte, und der Pförtner meldete ihren Besucher an. Sie ließ ihn hochkommen. Wenige Minuten später klopfte es an der Tür. Ein hochgewachsener, gut durchtrainierter junger Mann kam in ihr Büro. Seine zum Gruß ausgestreckte Hand ignorierte sie beflissentlich und verwies ihn auf den Stuhl ihr gegenüber. Es schüttelte sie bei dem Gedanken, was er mit dieser Hand bereits alles gemacht hatte. Nein, danke.

»Ich werde unser Gespräch aufnehmen«, sagte sie und drückte auf das Aufnahmegerät. »Sie heißen also Leon Weber.«

»Ja.«

Er hatte Platz genommen, und man konnte ihm ansehen, dass er sich in der Situation nicht sonderlich wohlfühlte. Gut so. Solche Typen sollten sich in ihrer Gegenwart unwohl fühlen.

»Sie arbeiten in einer Sexagentur?«

»Ja. Ist das nicht …« Man konnte an seiner Stimme hören, dass er zu einer larmoyanten Erläuterung ansetzen wollte, die sie mit einer rigorosen Handbewegung unterbrach: »Hier genügen klare Antworten: Ja, nein – und Erklärungen nur, wenn ich Sie danach frage.«

Er war offensichtlich eingeschüchtert. Das war auch absolut so gewollt von Elena. Sie hatte Typen wie ihn im Laufe ihrer Arbeitsjahre kennengelernt. Wenn sie denen als Frau auch nur eine Handbreit entgegenkam, wurden sie unverschämt und frech. Und sie konnte diese Mischung aus dumm und dreist nicht ausstehen. Die Kombination dumm, dreist und aus dem Milieu, wie im vorliegenden Fall, war das Letzte für sie.

»Seit wann kannten Sie Johanna Krogmann?«

»Seit etwa zwei Jahren.«

»Wie lief der Kontakt ab?«

»Meistens besuchte sie mich in Hamburg. Nur wenn sie das zeitlich überhaupt nicht schaffte und, natürlich, wenn der Göttergatte unterwegs war, dann durfte ich zu ihr nach Hause.«

»Finden Sie es nicht etwas seltsam, dass sie bis nach Hamburg fuhr, um ihre … sagen wir mal … Wünsche erfüllt zu bekommen?«, fragte die Staatsanwältin und musste sich zusammenreißen, sachlich zu bleiben. Sie mochte die Gegenwart dieses Mannes nicht.

»Ich bin gut. Viele meiner Kunden kommen von weiter her. Wenn sie mich einmal kennengelernt haben, kommen sie immer wieder. Außerdem war Frau Krogmann Geschäftsfrau und hatte einen Ruf zu verlieren. In Hamburg konnte sie einigermaßen sicher sein, dass man sie nicht erkannte. Dazu trug sie vorsichtshalber meist noch eine Perücke.«

»Wie oft fanden solche Kontakte statt?«

»Regelmäßig – einmal im Monat«, er beugte sich anzüglich zu Elena vor, »unser reizender Monatsfick.«

»Wenn Sie noch einmal hier Ihren Gossenjargon anwenden, dann werde ich Sie eine Stunde unten im Flur warten lassen, weil mir doch gerade etwas ganz Wichtiges dazwischengekommen ist, und dann machen wir weiter. Ich habe den ganzen Tag Zeit. Auch heute und morgen. Ich will hier keinen einzigen derartigen Ausdruck hören. Haben Sie mich verstanden?«

Er lehnte sich zurück. »Verstanden.«

»Und für Ihren Monatstermin waren Sie auch diese Woche gekommen?«

»Ja.«

Sie wusste ganz genau, dass er jetzt nur nichts sagte, weil sie sich jegliche Erklärungen ohne Aufforderung verbeten hatte. Gut so.

»Und?«

»Keiner hat mir aufgemacht. Dann habe ich die Bullen gesehen. Oh, Entschuldigung. Ich meinte natürlich die Polizei.«

»Und dann trafen Sie auf den – Polizisten« – Weber merkte, wie sie das Wort betonte – »der Ihnen die Bilder abkaufte.«

Er war sichtbar verwundert, dass sie davon wusste. »Ja.«

»Das ist eine strafbare Handlung, das ist Ihnen klar, nicht wahr?«

»Hm. Und wenn Frau Krogmann nichts dagegen gehabt hätte? Sie kann ja jetzt wohl kaum etwas anderes behaupten, oder?«, er zuckte mit den Schultern.

»Sie meinen die Frau Krogmann, die bis nach Hamburg

fährt und sich eine Perücke aufsetzt, um nicht erkannt zu werden? Diese Frau Krogmann soll einverstanden gewesen sein, dass Sie ihre Pornobildchen mit ihr darauf verkaufen, ja?« Elenas Geduldfaden war mächtig gespannt.

»Was wollten Sie mit den Bildern?«

»Na – die wollten wir uns ansehen, gemeinsam, die Krogmann und ich, zum Aufgeilen …«

Elena hob warnend die Hand, und er stoppte sofort.

»Hören Sie zu. Ich kann Sie sofort festnehmen. Wegen des Verkaufs pornografischer Ware ohne Einwilligung der fotografierten Person. Sofort. Das wird eine Vorstrafe. Oh nein –«, sie blätterte in den Akten, »oh nein, wie dumm, Sie sind bereits vorbestraft, das tut mir aber leid für Sie, das wird dann wohl eine Haftstrafe werden.«

Sie sah ihn an und merkte, wie sich kleine Schweißperlen auf seiner Stirn bildeten. Zum Glück dachte er wohl nicht so genau darüber nach, was sie gesagt hatte, sondern hatte nur Panik, im Gefängnis zu landen. Einen tatsächlichen Beweis dafür, dass Johanna Krogmann gegen einen Verkauf der Nacktbilder gewesen wäre, könnte sie nicht liefern, und wahrscheinlich würde daher auch kein Richter die Klage zulassen.

»Aber wissen Sie was, eigentlich ist mir das ganz egal. Was mir nicht egal ist, ist alles, was mit einem Mord zu tun hat. Und Sie haben jetzt entweder die Möglichkeit, mir die ganze Wahrheit genau zu erzählen, oder Sie kommen von hier aus direkt in Untersuchungshaft.«

»Okay, okay. Ich sage Ihnen, wie es wirklich war: Die Krogmann war stinkreich, aber ich habe nie einen Euro mehr von der bekommen. Ganz im Gegenteil – Mengenrabatt wollte sie. Und fiese Sachen hat sie verlangt, das kann ich Ihnen sagen! Ich wollte sie mit den Fotos einfach dazu bringen, mir ein paar Hunnis extra zu geben. Das ist doch Taschengeld für die. Aber es kam nicht dazu. Ich habe sie nämlich gar nicht mehr gesehen. Und für das Vorhaben allein können Sie mir doch nichts anhaben.«

Darauf ging Elena gar nicht ein. »Sie haben Johanna Krogmann wirklich nicht mehr getroffen, seit Sie hier sind? Wann sind Sie angekommen?«

»Sonntagmittag. Ich habe sie nicht mehr gesehen – wenn ich es doch sage!«

»Sie sind also nicht gleich am Sonntag zu ihr gegangen?«

»Nein, bin ich nicht.«

»Gibt es dafür Zeugen?«

»Oh ja – die Bedienung aus dem Gasthaus.«

Elena machte sich kurz eine Notiz und dachte nach. Was sollte sie mit der Kreatur da vor ihr anfangen? Wenn sein Alibi stimmte, war er raus. Wenn nicht, verdächtig. Dass so einem alles zuzutrauen war, war ihr klar.

»Schieben Sie mal Ihre Ärmel hoch.«

»Was?«

»Sie sollen Ihre Ärmel hochschieben.«

Er tat es betont langsam und sexy, und ein Lächeln trat dabei auf seine Lippen.

»Unterseite nach oben«, kommentierte sie kühl.

Er drehte die Arme um und streckte sie ihr hin. Jetzt war ihm klar, was sie kontrollierte.

»Ich bin sauber, ich fixe nicht.«

Tatsächlich waren keine Einstichstellen zu sehen. Kein Heroin also.

»Schreiben Sie mir hier auf diesen Zettel Name, Adresse und Mobilfunknummer. Sie haben ab jetzt immer für uns erreichbar zu sein.«

Er schrieb – mit rechts. Damit schied nun also auch Leon Weber als Verdächtiger für den Mord an Johanna Krogmann aus. Ob er allerdings Mittäter war, wusste Elena nicht und wollte ihn daher auch noch nicht ganz abschreiben.

Sie entließ ihn mit einem Winken, ohne ihn dabei überhaupt anzusehen. Dann öffnete sie das Fenster und ließ frische Luft herein.

KAPITEL 23

Er riss die Tür auf, ohne anzuklopfen, und schmiss sie hinter sich wieder zu. Wie eine Dampflokomotive rollte er auf Elenas Schreibtisch zu, setzte sich auf den Stuhl davor und stützte beide Hände auf ihren Tisch.

»So, Elena«, er nahm die Hände von der Tischplatte und hob sie zu einer abwehrenden Geste, »und ich sage jetzt Elena, weil du die Frau bist, von der ich Tag und Nacht träume, weil du die Frau bist, die gestern Abend noch auf meinem Schoß saß und mit mir schlafen wollte. So geht das nicht weiter. Ich habe keine Ahnung, welche Spielchen du spielst, aber ich halte das nicht aus. Ich lasse mich versetzen, sobald dieser Fall beendet ist – nach Hamburg.«

Damit stand er auf und ging. Sie hörte die Tür zuknallen und anschließend seine Schritte im Flur verhallen. Sie blieb wie erstarrt sitzen.

Sekunden später sprang sie auf und rannte ihm hinterher. Sie rannte den Flur hinunter, und es war ihr völlig egal, dass Staatsanwalt Robmaier sie dabei entsetzt ansah. Sie erwischte ihn gerade noch im Lift. Sie sprang hinein, bevor sich die Türen schlossen, und der Lift fuhr los.

Er drehte sich um und sah ihr in die Augen. Zwei andere Staatsanwälte waren ebenfalls in der Kabine, die Elena freundlich grüßten. Sie grüßte kurz zurück und murmelte dann leise zu Fricke: »Warten Sie, wir müssen noch in den Keller – die Akten.« Sie drückte den »UG«-Knopf.

Als er sich abwandte und den Kopf schüttelte, legte sie ihre Hand auf seinen Arm und flüsterte leise: »Bitte«, und dann noch mal: »Bitte.«

Ihm war klar, dass sie versuchte, es so leise zu sagen, dass ihre Kollegen es nicht hörten. Er ging einen Schritt hinaus, als die Lifttür sich im Erdgeschoss öffnete. Doch da war sie schon vor ihn gelaufen, nahm sein Gesicht in beide Hände und küsste ihn auf den Mund. Die zwei Staatsanwälte waren hinter ihnen aus dem Lift getreten und blieben nun stehen, um die beiden grinsend zu beobachten. Elena schenkte ihnen keine Aufmerksamkeit, nahm Fricke nur an der Hand und zog ihn zurück in die noch offene Lifttür. Gemeinsam fuhren sie in den Keller und stiegen dort aus. Es war dunkel und ungemütlich hier.

»Bitte, geh nicht«, sie fuhr sich durch die Haare. »Ich weiß, ich bin eine blöde Kuh, ich bin an allem schuld, ich benehme mich unmöglich. Erst lade ich dich ein und dann das.«

Er sagte nichts, er sah sie nur an.

»Für mich ist das alles nicht einfach. Ich will dich mit jeder Faser meines Körpers, mit jeder Faser meines Herzens. Aber ich weiß ganz genau, dass das nicht gut geht mit uns, niemals. Und ich bin doch auch nur ein Mensch. Ich weiß nicht, was ich tun soll. Deshalb benehme ich mich so daneben. Aber eins weiß ich ganz genau: Ich will nicht, dass du gehst. Ich will auch den nächsten Fall mit dir gemeinsam bearbeiten. Und ich weiß, dass das höllisch schwierig wird, weil ihr Männer euch vielleicht einfach auf das Sachliche konzentrieren könnt, aber wir

Frauen, wir leben immer auch auf einer Beziehungsebene. Für mich ist es schwierig, wenn du dich auf den Fall konzentrierst und dabei vergisst, freundlich zu mir zu sein. Aber …«, sie stockte. Als er etwas sagen wollte, legte sie ihm sanft einen Finger auf den Mund, »aber ich werde mich bemühen, auch das zu akzeptieren. Ich kann mich nicht vollständig ändern, ich bin und bleibe Elena Karinoglous, mit all meinen Ecken und Kanten.«

Er sah sie nur an, während sie vergeblich darauf wartete, dass er etwas sagte.

»Wenn dir das alles hier zu viel ist, kann ich das verstehen. Aber bitte, geh nicht. Wir machen es so, wie du willst. Per Sie oder per Du. Wir versuchen unsere Fälle miteinander zu bearbeiten – und darin sind wir gut! Und wir machen das, was du möchtest. Entweder du bekommst nur noch Frau Karinoglous, die versucht, nicht mehr zu zicken …«

»Das reicht mir nicht«, unterbrach er sie.

»… oder du liebst mich jetzt und hier, damit wir das ein für alle Mal hinter uns haben und es nicht mehr zwischen uns steht. Danach können wir wieder an die Arbeit gehen.«

Er musterte sie von oben bis unten. Sie war genauso begehrenswert wie immer. Dann fasste er sie an den Hüften und zog sie ganz nah an sich heran. Er beobachtete, wie sich ihr Körper entspannte und ihre Augen sich schlossen. Mit seiner Hand fuhr er von unten nach oben durch ihre langen Haare und packte einmal aufseufzend fest zu. Dann küsste er sie auf die Nase, atmete tief aus und lachte: »Nein, Frau Staatsanwältin, kein Quickie im Keller, selbst wenn auch das mit – Ihnen – sehr reizvoll wäre.« Er stockte und sah in ihre großen, braunen

Rehaugen. »Wenn wir zwei zusammenkommen, dann nicht hier im Keller.«

»Vielleicht aber geschieht es dann nie«, sagte sie zögernd.

Er drückte auf den Liftknopf. »Mal sehen. Und jetzt raus mit dir aus dem Keller hier. Sonst ist noch dein ganzer guter Ruf im A...«

KAPITEL 24

Fricke verbrachte den restlichen Samstag an seinem Schreibtisch. Inzwischen war es sogar schon Sonntag geworden. Er sah müde zur Uhr und hatte die Akte des Falls auf seinem Tisch liegen.

»Hey, Fricke, gleich halb drei. Hast du kein Zuhause?«, rief Lackmann vom Schreibtisch am Fenster aus.

Fricke antwortete nicht. Er sah nicht mal hoch.

Bernd Lackmann hatte noch ein halbes Jahr bis zur Pensionierung vor sich und wechselte vom Außen- in den Innendienst. Er zog sich und Fricke einen Kaffee vom Automaten und rollte mit seinem Schreibtischstuhl neben ihn.

»Junge, was machst du hier? Hast du kein Mädchen, das auf dich wartet?«, fragte er und stellte ihm den Kaffeebecher auf den Tisch.

Fricke bedankte sich, trank einen Schluck und antwortete nicht, sondern stellte ihm dieselbe Frage.

Lackmann schüttelte den Kopf: »Hatte ich. Zweimal. Zweimal wieder geschieden. Und warum? Weil ich stets eine Geliebte hatte, die mich zu sehr beanspruchte. Die war einfach nymphoman und bekam nie genug.«

Fricke war entsetzt: »Du warst verheiratet und hattest nebenher noch eine Geliebte? Und dann ständig die Gleiche? Jahrelang?«

»Wir teilen sie uns gerade. Mordkommission heißt sie«, seufzte Lackmann.

Fricke verstand, was er meinte. Selbst wenn er inzwischen verheiratet wäre. Wieder verheiratet. Diese Geliebte, von der Lackmann sprach, war ständig präsent. Und in Sachen Elena sowieso. Schon deshalb würde es einfach nicht funktionieren. Obwohl es auf eine Art auch toll wäre, wenn man mit seiner Partnerin zusammenarbeitete. Sie hatten es versucht, und irgendwie sah Fricke diesen Versuch als gescheitert an. Auch wenn sie ihn bat, nicht zu gehen, konnte er sich nicht vorstellen, dass sich in Zukunft etwas zwischen ihnen ändern würde. Sein Kopf war zu voll, um jetzt eine Entscheidung fällen zu können. Er wollte diesen Fall abschließen und dann sehen, ob es einen Weg gäbe, den man zusammen einschlagen könnte. Wenn nicht, würde er nach Hamburg gehen.

»So ungefähr ist es bei mir auch«, antwortete er dem älteren Kollegen.

Lackmann nickte und musterte Frickes Schreibtisch. »Schwerer Fall?«

»Kann man wohl sagen«, bestätigte Fricke. »Ich hatte eine Verdächtige, auf die das Täterprofil so wunderbar gepasst hätte, aber die ist gestern selbst zum Opfer geworden. Nun habe ich entweder zwei Täter oder immer noch einen, von dem ich nicht weiß, wer es sein könnte. Der, der am besten passt, dem traue ich es nicht zu. Und der andere, den ich ebenfalls in Betracht ziehen könnte, war zum Zeitpunkt des ersten Mordes in Mexiko. Zum Kotzen. Mir gehen die Verdächtigen aus.«

»Mexiko, ja? Warst du mal dort? Ein tolles Land. Und das Essen erst. Ich sag dir, die machen alles einfach nur teuflisch scharf. Wenn du das nicht gewohnt bist, brennt dir die ganze Zeit der Arsch«, lachte Lackmann.

»Scheiß auf das Essen, scheiß auf das Land«, maulte Fricke.

»Hast du es überprüft?«, fragte Lackmann.

»Was überprüft? Ob mir vom scharfen Essen der Arsch brennt?«

»Ob dein Verdächtiger in Mexiko war, Junge.«

»Ich habe die Flugtickets gesehen und ja, ich habe die Fluggesellschaft anrufen lassen. Sie waren an Bord«, bestätigte Fricke.

»Sie?« Lackmann war verwundert.

»Ja. Er und sein Sohn.«

»Okay, sie waren im Flieger. Ich frag dich trotzdem. Waren sie in Mexiko? Ich meine, wo haben sie Urlaub gemacht? In welchem Hotel? Oder hatten sie ein Haus?«

Fricke erklärte, dass der Verdächtige ihm nicht nur die Tickets gegeben hatte, sondern auch einen Prospekt des Hotels, dessen Anschrift er sich hatte notieren lassen. Er suchte nach dem Zettel, den er aus Elenas Büro wieder mitgenommen, auf ein Blatt geklebt und der Akte beigefügt hatte.

»Und dann hast du dort natürlich angerufen«, setzte Lackmann voraus.

Fricke grübelte einen Moment und antwortete wahrheitsgemäß: »Nein. Eigentlich nicht. Sollen wir?«

Lackmann grübelte nun ebenfalls, schüttelte den Kopf und fragte Fricke: »Hast du ein Foto des Verdächtigen?«

Fricke verneinte.

»Internet. Bekommen wir da ein Foto von ihm?«

»Er ist der Bürgermeister von Flintbek. Die haben keine Webseite. Habe ich schon überprüft. Dachte, ich finde da was Interessantes. Der Sohn ist allerdings Drachenflieger und kommt in der ganzen Welt rum. Vielleicht finden wir über den etwas«, antwortete Fricke und tippte den Namen »Thomas Eggerstedt« über die Tastatur seines Computers ein. Die Suchmaschine gab nach einer Sekunde mehrere Links an. Unter anderem die eigene Internetseite von Thomas Eggerstedt, die er anklickte.

»Seine Reiseberichte et cetera«, murmelte er und klickte auf den Link »Fotos«. Eine Seite ging auf, die wiederum etliche Links von Ländern anzeigte, in denen er mit seinem Drachen bereits geflogen war. Ein Link, der oberste, hieß »Thomas Eggerstedt privat«. Fricke klickte darauf und rettete in letzter Sekunde seinen Kaffee, den Lackmann beinahe umgestoßen hätte, als er näher rutschte und fast mit der Nase auf dem Monitor hing.

»Ist er das?«

Fricke bestätigte, dass auf dem ersten Foto Thomas Eggerstedt zu sehen war, auf dem zweiten sein Vater und auf dem dritten beide zusammen.

»Druck sie aus. Ich werde sehen, was ich machen kann«, sagte Lackmann, stand auf und lief zur Fensterfront, an der der Gemeinschaftsdrucker stand.

Fricke gab den Druckbefehl und wartete auf Lackmann, der anschließend mit den Abzügen zurückkam. Er sah auf die Uhr und murmelte: »Mhh … dort ist jetzt noch Samstagabend. 20 Uhr etwa. Warte hier.«

Fricke hatte keine Ahnung, was sein Kollege vorhatte, fragte auch nicht, sondern sah zu, wie Lackmann zurück zu seinem Schreibtisch ging und telefonierte. Nach etwa zehn Minuten kam er zurück. »Okay, läuft«, erklärte er.

»Wo hast du angerufen? In Mexiko? Dir ist schon klar, dass die nicht mit uns zusammenarbeiten? Oder willst du die Bilder ins Hotel faxen, um dort nachzufragen?«

»Wäre eine Möglichkeit, aber die würden sich einen Scheiß dafür interessieren und die Bilder einfach wegwerfen. Nein. Ich habe einen Freund beim BKA. Der hat einen … ach, egal. Jedenfalls gibt es Mitarbeiter vor Ort. Ich werde ihm gleich die Bilder rüberschicken und dich morgen früh … also nachher anrufen und dir mitteilen, was sich ergeben hat, okay? Fahr nach Hause. Du kannst jetzt eh nichts machen«, sagte Lackmann und klopfte ihm auf die Schulter. »Kann auch sein, dass dich jemand anderes anruft. Dann wirst du Bescheid wissen, Junge. Schlaf gut«, sagte Lackmann noch, bevor er sich wieder an seinen eigenen Schreibtisch setzte.

Fricke fand die Idee, endlich nach Hause zu fahren und sich noch ein paar Stunden Schlaf zu gönnen, sehr vernünftig. Auch wenn er sich nichts versprach von der Aktion, die Lackmann ins Rollen brachte, stand er auf und fühlte sich genauso klug wie zuvor. Er verabschiedete sich und versicherte dem hilfsbereiten Kollegen, dass er sein Handy auf laut gestellt hätte und ganz sicher wach werden würde, wenn er anrief. Anschließend griff er sich seine Autoschlüssel und verließ das Polizeipräsidium.

Gegen halb vier öffnete er seine Wohnung, schmiss die Schlüssel in die Schale auf der Anrichte im Flur und zog sich Stück für Stück auf dem Weg ins Schlafzimmer aus. Die Kleidung ließ er dort liegen, wo er sie gerade vom Körper hatte fallen lassen, und hinterließ so eine Spur vom Flur bis zum Bett.

»Was für ein Tag«, war das Letzte, was Fricke sagte, bevor er innerhalb von Sekunden einschlief.

KAPITEL 25

Noch während sich der Kommissar in seinem verdienten Schlaf befand und darauf vertraute, dass sein Kollege Lackmann ihn telefonisch weckte, um ihm das Ergebnis aus Mexiko mitzuteilen, war Wilhelm Eggerstedt bereits in der Krogmann-Villa.

»Klappt doch alles wunderbar, oder?«, fragte Eggerstedt.

»Ja, bis jetzt schon, aber wir sind noch nicht durch«, antwortete Sabine.

»Was sollte das mit den Jabuschs? War das nötig?«

»War es. Oder meinst du, wir hätten es aus Langweile getan? Sie hatte einen Schlüssel und stand plötzlich im Garten. Sie hat uns gesehen. Ich habe ihr das Angebot gemacht, ihr eine Menge Geld zu geben, wenn sie das Maul hält. Du weißt doch, dass sie am Ende waren mit ihrer Hütte. Sie willigte ein. Na ja, abends dann hat sie die Belohnung für das Schweigen bekommen«, sagte sie verächtlich.

»Okay. Und nun?«, fragte Eggerstedt und setzte sich auf die schwere, antike Ledercouch.

»Alles gepackt. Mittwoch geht der Flug«, antwortete Sabine und setzte sich ihm gegenüber in den Sessel.

Eggerstedt beugte sich erschrocken vor: »Was heißt gepackt? Welcher Flug? Wohin?«

»Na, weg hier. Ich verkaufe die Fabrik und die Immobilien. Ich will dahin, wo es warm ist und wo es warm bleibt«, antwortete Sabine kühl.

»Alleine?«

»Natürlich nicht. Mach dir da mal keinen Kopf.«

»Nein, das darfst du nicht. Nein, nein«, schrie Eggerstedt.

Sabine Krogmann sprang auf und zischte zurück: »Du sagst mir nicht, was ich darf und was nicht. Du bekommst schon deinen Anteil. Aber dann war es das auch.«

Eggerstedt lief aufgeregt auf und ab. Sollte er ihr jetzt sagen, dass er ihr Vater war? Nein, das wollte er nicht. Es war eh zu spät dafür. Das hätte er früher machen sollen. Er war schuld an dem, was folgte, und er würde damit leben müssen. Ständig musste er daran denken. Immer und immer wieder. Aber ihr das sagen? Dazu liebte er sie zu sehr.

Er sah sie an, wurde traurig und lief schnell an ihr vorbei aus dem Haus. Er wollte nach Hause und er wusste, was er zu tun hatte, damit er sich nicht für den Rest seines Lebens Vorwürfe machen musste.

KAPITEL 26

Mürrisch suchte er sein Handy im Bett und folgte mit geschlossenen Augen seinem Gehör. Irgendwo am Fußende lag es und vibrierte vor sich hin. Er hatte es nicht auf laut gestellt, wie er Lackmann versichert hatte. Er hatte es einfach vergessen. Nachdem er gegen 4 Uhr am Morgen endlich im Bett gewesen war, war er sofort eingeschlafen.

Jetzt war es fast zwölf, als er endlich sein Handy fand und sich mit einem knurrigen »Ja« meldete.

»Herr Fricke? Hauptkommissar Fricke, aus Kiel?«, fragte der Anrufer.

»Ja, was gibt es? Ich kaufe nichts am Telefon«, knurrte er weiter.

»Oh, die Informationen sind kostenlos. Kollege Lackmann hat mich angewiesen, Sie zu informieren, wenn der Anruf aus Mexiko kommt …«, begann der Anrufer.

Fricke war sofort hellwach.

»Man hat dem Personal im Hotel das Foto vorgelegt, und dort konnte man sich nicht an den Mann erinnern. Man versicherte sogar, dass dieser Mann dort nie abgestiegen sei.«

»Wie bitte? Wie sicher ist das?« Fricke wurde nervös. Sollte sich der Fall plötzlich so einfach lösen lassen?

»Ganz sicher, Herr Fricke.«

Der Kommissar bedankte sich und beendete das Telefonat. »Eggerstedt, du hast mich verarscht.« Er sprang aus dem Bett und lief ins Badezimmer.

20 Minuten später saß er geduscht, rasiert und angezogen am Küchentisch und trank eine Tasse Kaffee. Er wählte die Mobilfunknummer der Staatsanwältin an und wartete mit einem Schmunzeln darauf, dass sie sich endlich meldete.

»Karino…«, begann sie, doch Fricke fiel ihr sofort ins Wort.

»Wir haben ihn.«

»Wen?«

»Eggerstedt. Er war nicht in Mexiko. Lackmann hat Beziehungen. Ich vermute über das BKA. Die haben doch überall ihre Informanten. Vielleicht MAD. Was weiß ich«, antwortete er freudig und erklärte ihr die Sache mit dem vorgelegten Foto.

»Dann hat er also kein Alibi. Wo war er zur Tatzeit wirklich? Fest steht, er hätte durchaus vor der Tür von Johanna Krogmann stehen können. Ich könnte mir vorstellen, dass sie geöffnet hätte, wenn der Bürgermeister dort geklingelt hätte. Gründe, sie umzubringen, hätte er auch. Das haben wir ja schon festgestellt. Fahr hin, nimm ihn fest. Ich mache mich auf den Weg ins Gericht. In 30 Minuten schicke ich einen Streifenwagen zu Eggerstedt mit dem Haftbefehl. Warte dort auf ihn. Ich fahre heute Nachmittag noch zu Sabine. Sie ist übrigens in die Krogmann-Villa gezogen«, sagte Elena und beendete das Telefonat.

Fricke trank den letzten Rest seines Kaffees aus, drückte die Lucky im Aschenbecher aus, nahm sich den Autoschlüssel und war fünf Minuten später unterwegs nach Flintbek.

Nach der Ortseinfahrt kam bereits das Anwesen der Krogmanns in Sicht. Fricke fuhr langsam daran vorbei und versuchte, durch den Zaun etwas zu sehen. Beispielsweise, ob sich Wilhelm Eggerstedt dort aufhielt. Plötzlich hörte er einen Knall und trat instinktiv auf die Bremse.

»Hey«, schrie ein Mann, der neben seinem umgefallenen Fahrrad auf der Straße saß und sich das Knie rieb.

Fricke sprang sofort aus dem Auto und eilte ihm zu Hilfe. »Was ist passiert? Ich habe Sie gar nicht gesehen. Wo kamen Sie denn her?«, fragte er aufgeregt und sah sich das Knie des Mannes an. Die Jeans war aufgerissen und Fricke konnte sehen, dass er darunter leicht blutete.

»Wenn Sie sich auf die Straße konzentriert hätten, würden Sie jetzt nicht solche dämlichen Fragen stellen«, maulte der Mann.

»Soll ich einen Krankenwagen rufen?«, fragte Fricke, ohne auf die Schimpftirade des Mannes einzugehen. Er wusste, dass der Fremde recht hatte.

»Nein«, antwortete er, kratzte sich an seinem Vollbart, setzte sich die Sonnenbrille wieder auf, die neben ihm lag und ihm beim Sturz wohl von der Nase gefallen war, und stand schließlich auf. Er versuchte zu laufen und hinkte ein wenig dabei.

»Warten Sie. Ich habe einen Verbandskasten im Kofferraum. Ich will Ihnen wenigstens das Knie verbinden und Sie zu einem Arzt fahren«, rief Fricke ihm zu, während er um das Auto herumlief und den Kofferraum öffnete. »Mist«, schimpfte er dort, denn sein Kofferraum war ein einziges Durcheinander. Leere Plastikflaschen. Die Bohrmaschine, die er vor drei Monaten im Baumarkt umtauschen wollte, die zwei Säcke, die zum Altkleidercontainer sollten. Er wühlte und zerrte. Anschließend hielt er, wie einen Pokal auf dem Siegertreppchen, den Verbandskasten in die Höhe und triumphierte: »Ich habe ihn!«

Er brauchte allerdings weder den Verbandskasten noch den Mann zum Arzt fahren, denn der war verschwunden. Fricke sah sich nach allen Seiten um, aber er war nirgends zu sehen.

»Mh … was war das denn?«, überlegte er laut, legte den Verbandskasten auf die Rückbank, setzte sich wieder ans Steuer und fuhr weiter zur Villa des Bürgermeisters.

Fricke parkte seinen Wagen in der Garageneinfahrt hinter dem Mercedes des Hauseigentümers und wartete auf den Streifenwagen, den die Staatsanwältin angekündigt hatte. Vor allem wartete er auf den Haftbefehl. Währenddessen versuchte er, eine mögliche Verbindung zu den Jabuschs zu finden. Hatte die Putzfrau Eggerstedt beobachtet, wie er Johanna Krogmann erschlug? Oder hatte sie ihn nur zur Tatzeit in der Nähe der Villa gesehen? Fricke war sich sicher, dass Eggerstedt im Verhör die notwendigen Aussagen darüber machen würde. Er überlegte, welchen Spielraum ihm die Gesetzeslage geben würde, denn er dachte daran, Eggerstedt einen Deal vorzuschlagen, den er wahrscheinlich nicht ablehnen konnte. Eggerstedt sollte plaudern, dafür würde niemand Sabine Krogmann erzählen, wer ihr eigentlicher Vater sei. Das dürfte allerdings schwierig werden, da dieser Umstand sicher Teil, wenn nicht sogar der Hauptteil des Motivs war, welches Eggerstedt hatte. Dann müsste es genannt werden. Er wollte das mit der Staatsanwältin klären. Heute Abend vielleicht? Als kleine Feier zur Lösung des Falls? Das wäre doch ein guter Grund, zusammenzufinden. Andererseits wollte er sich zuvor Gedanken darüber machen, ob es überhaupt Sinn machte, eine Beziehung mit ihr einzugehen. Und wenn man sich einfach nur traf, um Sex zu haben? Fricke war sich sicher, dass Elena lange keinen Mann gehabt hatte. War sie überhaupt der Typ für eine lockere Sache? Sex ohne irgendwelche Verpflichtungen? So ganz ausschließen wollte er es nicht.

Er sah auf die Uhr. Fast halb zwei. Er holte sein Handy aus der Hemdtasche und wählte die Mobilfunknummer der Staatsanwältin.

»Fricke? Haben Sie ihn schon festgenommen? Gab es Probleme?«, meldete sie sich, nachdem sie seinen Namen auf dem Display gesehen hatte.

»Sie? Kein Sven? Hab ich wieder was falsch gemacht?«, fragte Fricke erstaunt.

Elena entschuldigte sich damit, dass es einfach nur Routine war und sie sich erst an die – zumindest vorerst – neuen Gegebenheiten gewöhnen müsste. »Außerdem, ›Fricke‹ klingt doch nett, oder?«, fragte sie ihn leicht kokettierend.

Er lächelte aufatmend. »Nein, ich warte noch auf den Haftbefehl. Sind die Jungs unterwegs?«

»Ja, vor etwa einer halben Stunde losgefahren. Dann werden sie wohl gleich eintreffen.«

»Ich geh jetzt zu ihm.«

»Sie – Entschuldigung, du willst nicht auf die Kollegen warten?«, fragte Elena besorgt.

Fricke lachte: »Ich bitte dich. Wilhelm Eggerstedt ist etwa 80 Jahre alt. Wenn ich mit ihm nicht fertig werden würde, dann sollte ich vielleicht doch besser den Job wechseln.«

Elena machte eine Pause, dann fragte sie leise: »Hast du schon darüber nachgedacht? Ich meine, was du gesagt hast, bezüglich deines Wechsels nach Hamburg?«

»Nein, Elena. Lass uns erst diesen Fall abschließen, ja?

Dann reden wir noch einmal. Wenn es was zu reden gibt«, antwortete er ebenso leise.

»Es gibt immer was zu reden«, protestierte sie.

»Nicht, wenn etwas beschlossen ist«, argumentierte er dagegen.

»Und damit wir das ein für alle Mal klären, und zwar zusammen, schlage ich vor, du kommst heute um 20 Uhr zu mir und wir besprechen das, ja? Schließlich müssen wir die Lösung des Falls noch feiern«, schlug sie vor.

Fricke lächelte erfreut. Sie hatten beide den gleichen Gedanken gehabt. »Okay, gerne. Also, ich gehe jetzt zu Eggerstedt«, antwortete er und wollte schon auf die rote Hörertaste drücken, als Elena noch mal seinen Namen rief.

»Ja? Was denn?«, fragte er und hielt erwartungsvoll das Handy ans Ohr.

Würde sie ihm jetzt vielleicht so eine Art Liebeserklärung machen?

»Bitte bring keine Rosen mehr mit, ja? Ich musste den letzten Bund schon auf mehrere Vasen verteilen. Nun habe ich keine mehr«, lachte sie.

Das war es also. Keine Blumen. Und er dachte schon …

Fricke versicherte ihr, dass er sich daran halten würde, und wollte erneut auflegen, aber Elena führte noch einen Grund an, warum er auf Blumen verzichten sollte: »Und außerdem bekommst du mich auch ohne Rosen ins Bett, mein Lieber.«

Das Freizeichen ertönte, bevor er darauf reagieren konnte.

Er nahm das Handy vom Ohr und murmelte ihm zu: »Na, es ist zwar kein ›Ich liebe dich‹. Aber genau genommen gefällt es mir sogar noch besser.«

Erschrocken fuhr er zusammen, als es plötzlich am Fenster der Fahrertür klopfte. »Herrje, Jungs. Müsst Ihr mich so erschrecken? Ich bin auch nicht mehr der Jüngste«, maulte er die beiden Polizisten an, die davor standen.

»Sie sollten auf der Hut sein, wenn Sie einen Verdächtigen festnehmen wollen. Das hätte jetzt auch der Beschuldigte sein können, der Ihnen die Waffe vor die Scheibe hält«, antwortete einer der beiden.

Wenn Elena nicht Sekunden vorher eine gehörige Portion Glückshormone in ihm aktiviert hätte, hätte Fricke dem Beamten jetzt deutlich gemacht, dass er ihm nicht seinen Job erklären musste. Und zwar in einem Ton, der vermutlich dazu geführt hätte, dass der andere seine Hose hätte wechseln müssen.

»Du mich auch. Habt ihr den Haftbefehl?«, fragte er stattdessen.

»Darum sind wir hier«, antwortete derselbe Beamte.

»Klugscheißer, ja?«, fragte Fricke. »Dann lasst uns mal los.«

Fricke ging, gefolgt von den beiden Uniformierten, zu Eggerstedts Haustür und klingelte. Nach wenigen Minuten öffnete ihm die Haushälterin und sah die Polizisten erschrocken an: »Um Himmels willen, was ist jetzt wieder passiert?«, rief sie besorgt. Immerhin hatte die Frau bereits den Verlust des Sohnes ihres Chefs miterlebt. Nun stand wieder die Polizei vor der Tür, um, dessen war sie sich sicher, mitzuteilen, dass ein weiteres Unglück geschehen sei.

Fricke ging nicht darauf ein: »Wir möchten zu Herrn Wilhelm Eggerstedt. Ist er da?«

Die Haushälterin rieb die Hände an ihrer Schürze trocken und erklärte Fricke, dass der Bürgermeister heute

Morgen bereits aus dem Haus gegangen sei und sie ebenfalls auf ihn warte, da sie mit dem Essen fertig wäre.

»Ist Frau Eggerstedt denn anwesend?«

»Nein, die ist nach dem Unglück mit Thomas nach Hamburg zu ihrer Schwester gefahren. Sie konnte hier nicht weiter wohnen«, erklärte sie.

»Wir würden uns gerne etwas umsehen«, sagte Fricke, nickte den Polizisten zu, in Richtung Garten und Rückfront des Hauses zu gehen, und lief an der Haushälterin vorbei ins Haus.

»Ich weiß nicht. Dürfen Sie das? Haben Sie so etwas wie einen Durchsuchungsbefehl?«, empörte sich die Haushälterin, ging jedoch einen Schritt zur Seite, als Fricke Anstalten machte, das Haus ohne ihre Einwilligung zu betreten.

»Ja, so etwas Ähnliches. Ich habe einen Haftbefehl«, antwortete Fricke und machte sich daran, in jedem Zimmer der Villa nach Eggerstedt zu suchen.

Nach etwa 20 Minuten kam einer der beiden Polizisten ins Haus, fand Fricke nicht und rief stattdessen laut: »Wir haben ihn.«

Fricke erschien an der Brüstung in der oberen Etage und lief die Treppe ins Erdgeschoss hinunter. »Wo?«, wollte er von seinem Kollegen wissen.

»Vielleicht schauen Sie da mal selbst«, antwortete der und verstummte, als die Haushälterin wieder im Flur erschien. Nachdem Fricke aus der Tür war, stellte er sich der Frau in den Weg und hielt sie dadurch ab, dem Kommissar zu folgen. »An der Garage vorbei, im Gartenhaus«, rief er ihm hinterher.

Fricke folgte seinem Hinweis, bog um die Ecke der Haustür, ging an der Garage vorbei in den Garten und hatte freie Sicht auf das offen stehende, zweistöckige Gartenhaus und damit auch freie Sicht auf Wilhelm Eggerstedt, der von der Decke herab an einem Seil hing.

»Mieser Abgang. Ganz mieser Abgang, Herr Bürgermeister«, sagte Fricke und orderte mit seinem Handy die übliche Mannschaft aus Kiel zum Tatort.

KAPITEL 27

Fricke saß an seinem Schreibtisch und sah auf die große Wanduhr, die über dem Kaffeeautomaten stand.

War Eggerstedt der Mörder? Hatte ihn sein Gewissen geplagt und hatte er sich deshalb erhängt? Vielleicht war der Grund für seinen Selbstmord, dass er Sabine aufgesucht und ihr die Vaterschaft mitgeteilt hatte? Frickes Gedanken rasten hin und her und wollten sich an keinem Punkt sammeln. Es war bereits 18 Uhr und in zwei Stunden würde er bei Elena am Tisch sitzen, Oliven essen und zusehen, wie die Träger ihres Kleides langsam über ihre Schultern glitten und das Kleid danach zu Boden sank.

»Fricke, Mann, da sind Sie ja«, rief ihm Lackmann entgegen, der anscheinend zuvor einen Imbiss aufgesucht hatte, denn der Inhalt der Tüte, die er in der Hand hielt, verströmte den Duft von Knoblauch.

»Und?«, fragte Fricke, genervt davon, dass der so gut wie gelöste Fall nun doch wieder Fragen aufwarf und ihm scheinbar wie ein Fluch im Nacken saß.

»Und? Schalt dein Handy an, Junge! Dann kann man dich auch erreichen«, schimpfte Lackmann.

Fricke zog sein Mobiltelefon aus der Hosentasche und musste feststellen, dass es tatsächlich ausgeschaltet war. Er versuchte es einzuschalten und ärgerte sich: »Scheißakku. Leer. Hast du ein Aufladekabel für ein …«, begann er und drehte sein Handy um. »Samsung Gal…«, las er vor.

»Schnickschnack-Smartphone?«, unterbrach Lackmann ihn. »So einen Mist brauche ich nicht. Ich hab aber noch ein altes Handy, warte.«

Er öffnete seine Schreibtischschublade und suchte zwischen leeren Chipstüten und Schokoriegeln nach dem Gerät, fand es schließlich und brachte es samt Ladekabel zu Frickes Schreibtisch.

»Sogar aufgeladen. Schieb deine Karte hier rein und hör deine Mailbox ab«, meinte Lackmann.

Während Fricke sein eigenes Handy öffnete, um die SIM-Karte zu entnehmen, rief er über zwei Schreibtische hinweg: »Warum denn? Hast du mich angerufen, oder wie?«

»Ja, wegen deinem Verdächtigen da in Mexiko«, antwortete Lackmann und biss in ein Stück Pizza.

Fricke hielt sofort inne. »Was meinst du? Ich habe doch schon einen Anruf bekommen heute Morgen.«

Lackmann rollte mit dem Pizzakarton auf dem Schoß zu Frickes Schreibtisch und schüttelte den Kopf. »Mpmf … mpmf …«, schmatzte er.

»Mann, iss erst mal runter. Mit vollem Mund versteht dich kein Mensch. Und dann erzähl mir, was los ist«, schimpfte Fricke.

Lackmann hob entschuldigend die Hand, kaute schneller und schluckte schließlich einen großen Bissen hinunter. »Ist die lecker!«, lobte er seine Pizza und sah sehnsuchtsvoll auf den nächsten Bissen der immer noch schrecklich nach Knoblauch riechenden Pizza.

»Lackmann!«, schrie Fricke.

»Junge, wie kann man nur so nervös sein wie du. Du musst unbedingt ruhiger werden. Ich sag's dir. Achte auf dein Herz. Nimm dir ein Beispiel an dem gesund lebenden Lackmann. Ich habe aufgehört zu rauchen.«

»Ja – und isst eine fettige Pizza«, kommentierte Fricke genervt dessen Ausführungen.

Lackmann sah verdutzt auf, schüttelte dann den Kopf und überging Frickes Kommentar: »Also, der Bekannte, der im Hotel das Foto vorgelegt hat und dich anrief, sagte ja, dass man dort den Mann nicht kennt«, begann er.

»Ja, ich weiß. Der hat sich aufgehängt heute, und?«, unterbrach Fricke ihn, nahm das Foto von Wilhelm Eggerstedt vom Schreibtisch und zeigte es seinem Kollegen.

»Ja, ist sein gutes Recht, oder auch nicht. Mir ist es egal. Aber der Bekannte hat das falsche Foto vorgelegt. Es war das des Sohnes. Er war dann noch einmal dort und hat das deines Verdächtigen gezeigt. An den konnten sie sich erinnern«, erklärte Lackmann.

Fricke versuchte, das Gehörte zu verarbeiten. Ungläubig zeigte er Lackmann nun auch das Foto von Thomas Eggerstedt: »Du meinst, der hier ist dem Hotelpersonal nicht bekannt, aber der Mann hier«, jetzt deutete er auf das Foto von Wilhelm Eggerstedt, »ist dort tatsächlich abgestiegen?«

Lackmann nickte und hielt es nicht länger aus. Er nahm sich ein weiteres Stück Pizza und biss hinein.

»Also, Thomas Eggerstedt, dieser Mann hier, ist der auf dem Foto, das dein Bekannter, Informant oder wer auch immer im Hotel vorgelegt hat und an den sich niemand erinnern kann?« Fricke war aufgeregt und hielt Lackmann das Foto vor die Nase.

Der Kollege rollte ein Stück zurück und nickte schließlich, mit Hamsterbacken. Den Geräuschen, die seinem vollen Mund entwichen, entnahm Fricke, neben dem Nicken, Zustimmung.

Der Kommissar stützte seinen Kopf mit beiden Händen am Schreibtisch ab und starrte auf das Foto des angeblich verunglückten Thomas Eggerstedt. »Aber er ist doch tot. Eggerstedt hat den Kollegen eine Kopie der Sterbeurkunde gegeben. Die Flugtickets«, überlegte er laut.

»Na, Flugtickets kann ich immer kaufen, das heißt doch nicht, dass ich auch fliege«, kommentierte Lackmann, der anscheinend genug von der Pizza hatte, denn er stellte den halb vollen Karton auf Frickes Ablagestapel und wischte sich die Hände an seiner Hose ab.

»Die Tickets wurden im Check-in gescannt. Er war an Bord.«

»Und ist auch abgehoben?«, fragte Lackmann.

Fricke zuckte mit den Schultern. »Ich weiß auch nicht, ob er gelandet ist. Man hat uns keine Auskunft erteilt. Aber der Totenschein?«

Lackmann lachte und schlug sich mit beiden Händen auf die Beine: »Junge. Das ist Mexiko. Da wedelst du mit ein paar Dollarscheinen, und die bestätigen dir, was du willst. Mexiko, verstehst du?«

Frickes Gedanken waren wieder auf der Schnellstraße und fanden keinen Halt. »Die Leiche wurde nie gefunden. Eggerstedt kann es so arrangiert haben, dass sein Sohn für verunglückt gehalten wurde. Die Leiche wurde vom Strom darunter mitgerissen und man hätte ihn erst Monate später, wenn überhaupt, an irgendeinem Strand gefunden. Wenn er überhaupt verunglückt wäre«, murmelte er vor sich hin.

Lackmann klopfte ihm beipflichtend auf die Schulter und rollte schließlich mitsamt seinem Pizzakarton wieder zurück zu seinem Schreibtisch.

Fricke starrte minutenlang auf das Foto von Thomas Eggerstedt. Der junge Mann darauf lächelte leicht in die Kamera. Dann plötzlich legte der Kommissar seine Stirn in Falten, zog hastig einen Kugelschreiber aus der Stiftebox vor ihm und malte auf dem Bild herum. Anschließend sprang er von seinem Stuhl auf und schrie quer durch das Büro: »Lackmann! Ruft alles an, was Beine hat. Sie sollen zur Krogmann-Villa kommen. Sofort. Adresse ist in der Akte. Vergiss das SEK nicht!«

Lackmann war zu lange im Geschäft, um weitere Fragen zu stellen. Während Fricke bereits mit dem Autoschlüssel auf dem Weg zu seinem Dienstwagen war, eilte er zu dessen Schreibtisch und griff sich die Akte. Dabei fiel sein Blick auf das Foto von Thomas Eggerstedt, und er erkannte, was Fricke damit gemacht hatte: Er hatte dem jungen Mann einen Vollbart gemalt und über die Augen so etwas wie eine Sonnenbrille gekringelt.

Fricke startete den Wagen, stellte das Blaulicht auf das Dach und fuhr, so schnell es der Verkehr zuließ, der an einem Sonntagabend in Kiel nicht sehr stark war, zur Villa der Krogmanns.

»Elena!«, rief er laut und drückte schließlich auf der Landstraße das Gaspedal durch.

KAPITEL 28

Sie zählte die Sekunden. Irgendwie mühte er sich da ab. Das war langweilig. Das hatten sie doch wirklich schon besser gehabt. Stellungswechsel, von hinten. Mein Gott, war das einschläfernd. Hoffentlich kam er bald. Dann hatte sie ihre Ruhe. Wieder von vorn. Nahm das kein Ende? Du liebe Güte. Sollte sie sich das wirklich noch öfter antun?

Irgendwann stöhnte er auf und rollte sich von ihr herunter. Wenn er jetzt auch noch fragte: »War ich gut, Baby?«, würde sie ihn umbringen. Tat er aber nicht. Er schnarchte. Sie stand auf und duschte. Lange und heiß. Dann zog sie sich ihr Nachthemd über und ging ins Wohnzimmer. Besser aufs Sofa als zurück zu ihm in das Schlafzimmer. Ihr Blick fiel auf den riesigen schwarzen Totenschädel, der sie heute anzugrinsen schien. Hier müsste sich bald einiges ändern.

Am nächsten Tag schlief er bis 12 Uhr, ging danach in das alte Lagerhaus und kam nach einer Stunde wieder zurück, duschte und legte sich in ihr Bett.

Oh nein, nur das nicht.

»Guten Morgen.«

Sie hatte sich einen hochgeschlossenen Pulli angezogen. Nicht ohne Grund. Ganz bestimmt keinen Guten-Morgen-Fick mehr. Ihr reichte es. Unter der Bettdecke war schon wieder diese verräterische Ausbeulung. Er winkte sie zu sich heran, aber sie wehrte ab: »Schatz, ich habe dir etwas zu essen gemacht. Jetzt sieh erst mal, was ich auf dem Tisch Herrliches habe: noch warme Brötchen, einen frisch gepressten Saft aus Orangen und Blaubeeren – was glaubst du, wie viele Vitamine da drin sind.«

Er hob die Decke und winkte sie zu sich, als ob der Anblick allein genügte, um sie halb wahnsinnig zu machen. Nein, oh Gott, auf keinen Fall, kein einziges Mal mehr das unerträgliche »Rein-raus«.

»Ich bring dir das Essen ans Bett«, flötete sie, »damit du gestärkt bist für …«

Klar, zuerst trank er den Saft und wischte sich danach den Mund mit dem Handrücken ab. Ein paar blau-violette Saftfäden hingen noch in seinem Mundwinkel. Sie fütterte ihn mit einem Marmeladenbrötchen, dabei lutschte er ihre Finger ab. Sie grauste sich ein wenig.

Liebe Mama, ich danke dir für deinen wunderbar gehegten Garten; was für schöne alte Eschen, ein gelb blühender Goldrausch, die Glyzinie und der Fingerhut. Deine Scheißrosen kannst du dir allerdings sonst wohin stecken. Die hatte nur ihre Schwester gehegt. *Goldrausch, Glyzinie und Fingerhut haben alle etwas gemeinsam. Danke, geliebte Mama!* Sie beendete das Stoßgebet zum Himmel und fütterte ihn noch so lange, bis er zu husten begann. Ein paar Brötchenkrümel landeten auf ihren Armen.

Sie versuchte sich gedanklich zu einem anderen Ort zu bewegen. Der Garten heute im Morgenlicht war bezaubernd gewesen. Die Glyzinie stand in voller Blüte. Sie konnte deren berauschenden Duft immer noch riechen. Die meisten schönen Gartenblumen waren giftig: Glyzinie, Fingerhut, Goldregen. Was hatte Mama ihnen immer eingetrichtert, als sie noch klein waren: Nur keine Blüten anfassen und dann die Finger in den Mund stecken!

Um diese Jahreszeit begann der Fingerhut gerade, seine duftenden Blüten zu öffnen.

Er keuchte. »Ich muss mich verschluckt haben.«

Als er noch mehr Krümel ausspuckte, stand sie auf.

Heute früh war sie durch den Garten gelaufen, entlang der Glyzinie und der riesigen Hortensien, die ebenfalls in voller Blüte standen. Entlang des großen Teiches mit den Seerosen darin. Es war fast schon ein kleiner Park. Das erste Gartenfest, ein Traum! Sie konnte sich genau daran erinnern, wie sie als kleines Kind zwischen all den eleganten Gästen in ihrem weißen Rüschenkleid herumsprang. Der Caterer bot Hummer und Austern an. Und Mama mochte die Austern so gerne, sie erinnerten sie an ihre Heimat. Bald würde sie hier wieder große Feste feiern! Mit Caterer, mit Hummer und Austern!

Dieser Fingerhut. Man musste die Schönheiten der Natur wirklich genau betrachten. Diese grazile Pflanze, an der noch morgendliche Tautropfen glänzten. Mit diesen champagnerkelchartigen Blüten, die zu allen Seiten winkten. Am Stiel hatten die Blüten ein dunkles Violett, das sich bis zu den Blütenspitzen verdünnte, bis fast in ein Weiß hinein. Von außen ein Wunder an Schönheit! Erst wenn man hineinblickte, konnte man erahnen, was darin verborgen war. Diese dunklen Tropfen in der milchig weißen Innenseite. Wie verkrustetes Blut.

Jetzt hustete er Blut. Er sah verwundert in seine Hand und versuchte mühsam aufzustehen.

Ach nein, das muss doch wirklich nicht sein.

Er keuchte, schleppte sich durch den Flur und hustete feine Blutstropfen auf das dunkle Mahagoniparkett.

Bitte nicht an die weißen Wände.

Er schwankte und stützte sich mit den Händen an der Wand ab.

Wo will er denn hin?

Er war ein starker Mann und sportlich dazu. Er schaffte es bis in die Küche, an den Wasserhahn. Er konnte offensichtlich nicht mehr reden, die Krämpfe schüttelten ihn. Wahrscheinlich wollte er aus dem Hahn an der Spüle Wasser trinken, aber er schaffte es nicht mehr. Schließlich brach er vor der Spüle zusammen.

Nun würde sie putzen, auf allen vieren, jeden dieser ekelhaften Brötchenkrümel, jeden Blutstropfen, jedes Haar, mit Desinfektionsmittel. Und dann würde er aus ihrem Leben getilgt sein.

Für immer.

KAPITEL 29

Elena bog in den kleinen Seitenweg zur Krogmann-Villa ein und bemerkte sofort, dass das Tor offen stand.

Sie stellte den Motor ab, sah auf die Uhr und freute sich darüber, dass Fricke in wenigen Stunden an ihrem Tisch sitzen würde. Diesen Abend wollte sie nutzen, um ihn davon zu überzeugen, sich nicht nach Hamburg versetzen zu lassen.

Lächelnd stieg sie aus und wollte zur Haustür der Villa gehen, als sie das Gartentor ebenfalls offen stehen sah. Sie nahm an, Sabine Krogmann im Garten anzutreffen, und beschloss daher, nicht zu klingeln, sondern durch das offene Tor auf die Rückseite der Villa zu gehen. Als sie auf dem hübsch gepflasterten Steinplattenweg auf die Terrasse zulief, hörte sie Sabine von drinnen fluchen. Also war sie zu Hause. Elena beschleunigte ihre Schritte, blieb kurz darauf aber geschockt in der Terrassentür zur Küche stehen.

Sabine Krogmann scheuerte mit einem Schrubber neben einem am Boden liegenden Mann die Fliesen. Die Staatsanwältin sah mit Entsetzen, dass dem Mann schaumiges Blut aus dem Mund gelaufen war. Er war ohne jeden Zweifel tot.

»Was …«, setzte Elena an, konnte aber ihre Frage nicht zu Ende stellen. Sabine Krogmann hatte ihre Spiegelung in der Fensterscheibe gesehen und war blitzschnell mit dem Stiel des Schrubbers in der Hand herumgefahren.

Der Schrubber traf Elena an der Schläfe. Mit einem kurzen Aufschrei taumelte sie zurück gegen die Terrassentür. Mit aller Wucht holte Sabine noch einmal aus und traf jetzt Elenas Stirn. Vielleicht hätte dieser Schlag allein immer noch nicht genügt, aber die Staatsanwältin rutschte auf der Seifenlauge aus, die auf dem Boden verteilt war, machte im Fallen eine halbe Drehung und schlug mit dem Hinterkopf auf die Sitzkante des Stuhls, der neben ihr stand, bevor sie auf den Fliesen auftraf. Das Letzte, woran sie sich erinnern konnte, war das Gesicht Sabine Krogmanns, das grinsend über sie gebeugt war.

Sabine Krogmann vergewisserte sich, dass Elena bewusstlos war. Die würde in den nächsten paar Minuten sicher nicht aufwachen. Anschließend ging sie in den Keller und kam mit einem Rollbrett aus Holz unter dem Arm wieder zurück in die Küche.

»Wer hätte gedacht, dass man damit nicht nur Möbel transportieren kann«, lachte sie und legte das Brett auf den Boden neben Thomas. Sie drehte den Oberkörper darauf und fasste den leblosen Körper an den Füßen. So zog sie ihn über die Terrasse bis zum Rasen. Dort versanken die Rollen etwas im weichen Untergrund, sodass sie ihn ruckartig immer weiter bis zum Gartentor zum Wald ziehen musste. Von dort aus war es nicht mehr sehr weit. Sie legte ihn ab und beeilte sich schließlich, zurück ins Haus zu kommen, aus Angst, die Frau in ihrer Küche würde wach werden.

Elena öffnete die Augen. Sie versuchte, sich ein wenig zu bewegen, aber es gelang ihr nicht. In ihrem Kopf pochten unerträgliche Schmerzen. Offensichtlich war sie bewusstlos gewesen – Minuten, Stunden? Es dauerte einige Zeit, bis langsam eine dumpfe Erinnerung an die letzten Geschehnisse zurückkehrte. Sabine Krogmann.

»Ah, na? Ausgeschlafen?«

Elena drehte ihren Kopf nach rechts und sah Sabine mit einer Kaffeetasse in der Hand auf einem Stuhl sitzen. Sie wollte etwas sagen, aber sie konnte ihre Lippen nicht bewegen. Das Klebeband, das ihren Mund verschloss, war zu kräftig.

»Bemüh dich nicht, ich würde dir sowieso nicht zuhören. Ich hatte alles so weit geklärt, aber nein, da tauchst du hier auf. Frau Staatsanwältin. Was ist? Bereit? Können wir?«, fragte Sabine Krogmann höhnisch.

Elena versuchte, sich zu winden, aber je mehr sie sich gegen die Seile, die um Arme, Rücken, Hände und Fußgelenke gebunden waren, wehrte, desto mehr schnitten diese in ihr Fleisch. Ein leichtes Brennen an ihren Handgelenken verriet ihr, dass sie sich diese bereits wundgescheuert hatte. Und alles an ihr schmerzte. Vor allem ihr Kopf, vorne, an der Wange, hinten, es tat so weh.

Sabine Krogmann lachte laut auf. »Wie eine Schildkröte, die auf dem Rücken liegt. Na gut. Dann helfe ich dir mal.«

Elena sah, wie Sabine näher kam, sie an den Füßen packte und bis zur Terrasse hinter sich herzog. Ihr Rücken brannte wie Feuer.

»Wehr dich nicht, sonst schlag ich dir den Stein da auf den Kopf«, drohte ihre Peinigerin und zeigte auf einen Findling, der neben einem großen Blumentopf auf der Terrasse lag.

Elena wollte auf gar keinen Fall wieder bewusstlos werden. Was auch immer Sabine Krogmann mit ihr vorhatte, sie wollte es klaren Verstandes mitbekommen. Sie wollte sehen, wo sie hingebracht wurde, sie wollte sich den Weg merken. Also biss sie sich fest auf die Lippen und versuchte, den Schmerz zu bekämpfen. Nur nicht wieder das Bewusstsein verlieren. Einige Meter zog die Krogmann sie über den Rasen bis zum Zaun. Zum Glück war das Gras hoch stehend und somit weich. Hin und wieder machte Sabine eine kleine Pause, denn so leicht, wie sie glaubte, war es nicht, die Staatsanwältin über den Rasen zu schleifen.

Schließlich öffnete sie die kleine Eisentür im Zaun und zog Elena ein paar Meter in den angrenzenden Wald hinein.

»Wir sind angekommen. Schau dich um. Was siehst du?«, fragte Sabine.

Elena drehte sich, so weit sie konnte, nach rechts und links um, erblickte aber nur auf dem Boden liegendes Laub und Äste.

»Natürlich siehst du nichts. Zumindest nichts, was dir weiterhelfen könnte. Und bald wirst du nie wieder etwas sehen. Hier ist deine Reise nämlich zu Ende.« Sabine Krogmann hob einen schweren Stein an.

Elena schloss die Augen.

KAPITEL 30

Fricke bog in den Seitenweg ein und drückte abermals das Gaspedal durch, als er sah, dass das Tor zum Krogmann-Anwesen offen stand. Hinter Elenas Wagen bremste er so stark ab, dass die Kieselsteine, die auf dem Weg lagen, in alle Richtungen davonflogen. Er riss die Tür auf und sprang aus dem Wagen. Elenas Fahrertür war nicht abgeschlossen. Er öffnete sie, beugte sich hinein und suchte nach irgendwelchen Spuren, die auf einen Kampf hindeuten könnten, in erster Linie Blut. Erleichtert atmete er auf, als er nichts vorfand.

Mit Blick auf die Villa überlegte er, ob er alleine hineingehen sollte, und wog das Pro und Kontra ab. Er würde sich, und dessen war er sich ganz sicher, Thomas Eggerstedt und Sabine Krogmann gegenüberfinden. Was aber, wenn sie nicht zusammenstanden? Was, wenn er nur auf einen von beiden traf? Er würde Elena in größere Gefahr bringen, als sie es ohnehin schon war. Es wäre vernünftiger, auf das SEK zu warten, aber wann war er je vernünftig? Gerade wollte er einen Schritt auf den Eingang zu machen, als der Dienstwagen von Lackmann mit fünf Streifenwagen im Schlepptau durch die Toreinfahrt hoch zur Villa gefahren kam. Fricke ging in Deckung, um beim Abbremsen nicht von Kieselsteinen getroffen zu werden.

»Lackmann, sind Sie geflogen?«, fragte Fricke, nachdem der Kollege sich aus dem Auto gewuchtet hatte und auf ihn zulief.

Nun standen etwa zwölf uniformierte Beamte, Lackmann und Fricke im Kreis. Fricke beorderte ein paar Beamte zur Haustür, einige links und die anderen rechts um das Haus herum und gab Anweisung, sich leise Zugang zum Gebäude zu verschaffen, wobei er wusste, dass jetzt eigentlich keiner mehr leise sein musste, so wie die Wagen im Kies abgebremst hatten. Wenigstens hatten sie schon weit vorher ihre Sirenen und das Blaulicht ausgeschaltet.

Die Polizisten schwärmten aus, und Fricke lief, gefolgt von Lackmann, auf das Gartentor zu. Beide luden ihre Dienstwaffen durch und hielten sie mit ausgestreckten Armen vor dem Körper fest. Bereit, jederzeit zu schießen. Sie näherten sich der Terrasse und fanden die Tür zur Küche offen.

»Scheiße«, rief Lackmann erschrocken, der zur Tür vorging, während Fricke sich nach allen Seiten umsah.

Blitzschnell drehte Fricke sich um und wusste, warum Lackmann erschrocken war. An einigen Küchenschränken klebte Blut. Frickes Herz schlug immer schneller.

»Bitte nicht«, stieß er hervor und nickte Lackmann vorwärts zur Tür, um in den anderen Räumen nachzusehen.

»Lackmann«, rief er ihn kurz darauf leise zurück.

Der Kollege drehte sich um, und Fricke bat ihn um sein Handy, da das von Lackmann geliehene alte Handy die SIM-Karte seines Smartphones nicht annahm. Elenas Mobilfunknummer hatte Fricke längst im Kopf. Also wählte er die Nummer an. Es dauerte etwas, bis er hörte, dass der Anruf angenommen wurde: »Elena, wo bist du? Thomas Eggerstedt lebt«, flüsterte er.

»Oh, das glaube ich nicht«, lachte eine Stimme, und Fricke wusste, um wen es sich dabei handelte.

»Ich bring Sie um, wenn Sie …«

Noch bevor der Kommissar seinen Satz zu Ende führen konnte, wurde das Gespräch beendet. Fricke gab Lackmann das Handy zurück und verzog leicht den Mundwinkel. Dieses Handy schien ihm so alt zu sein wie Lackmann selbst.

Er nickte Lackmann wieder zu, er solle seinen Weg durch die Villa fortsetzen. Er selbst wollte zum Gartenhaus laufen. Lackmann verstand und bewegte sich langsam und so leise wie möglich weiter.

Frickes Herz pochte. Wo konnte Sabine Krogmann Elena hingebracht haben? Hing Hegewisch da mit drin? Er holte sein eigenes Handy sowie sein Notizbüchlein aus seiner Hemdtasche hervor und blätterte in dem Büchlein, bis er Hegewischs Handynummer fand. Er notierte sich stets die Telefonnummern aller an einem Fall beteiligten Personen. In Momenten wie diesen war er dankbar für diese Angewohnheit. Jetzt hoffte er nur, dass sein Smartphone vielleicht doch noch ein wenig Saft hatte, um zumindest einmal kurz zu telefonieren. Er wollte Lackmann nicht wieder nach seinem Handy fragen und ihm erklären müssen, warum es mit dem alten Handy und der SIM-Karte nicht klappte.

Zuvor jedoch rief er im Kieler Präsidium an und ordnete die Ortung der Handys der Staatsanwältin sowie von Sabine Krogmann an.

Anschließend bestellte er Hegewisch – der auf Frickes Nachfrage hin angab, an seinem Schreibtisch Papierkram zu erledigen – zur Villa und wies ihn an, so schnell wie möglich zu erscheinen. Zunächst nur, um sicherzustellen, dass er sich in der Zwischenzeit nicht bei Sabine Krogmann und somit bei Elena aufhalten konnte. Er ging zurück zum Haupttor und wartete auf den Dorfpolizisten, dessen Sirene er schon von Weitem hörte. Der Kommissar ärgerte sich und nahm sich vor, Hegewisch gleich für dieses unprofessionelle Vorgehen zusammenzufalten.

Hegewischs Streifenwagen bremste vor Fricke ab. Er stellte die Sirene aus, ließ jedoch das blaue Rundumlicht eingeschaltet. »Was ist denn los?«, rief er Fricke aus dem offenen Autofenster entgegen.

»Egal, was los ist. Jetzt weiß zumindest jeder, dass die Polizei angerückt ist. Gut gemacht, Hegewisch. Sabine Krogmann hat die Staatsanwältin entführt«, schimpfte der Kommissar.

»Sabine? Wie denn? Und wo? Ich kapier nichts. Warum Sabine?« Hegewischs Irritation klang echt.

»Sagen Sie es mir. Sie kennen sich doch hier aus. Wo kann Sabine sie hingebracht haben?«

Der Dorfpolizist dachte nach. Fricke glaubte ihm auch das. Ja, Hegewisch war zwar ein Spanner und hoffnungslos verliebt in Johanna Krogmann, aber er hatte sie nicht umgebracht, und Fricke war sich ebenfalls sicher, dass er alles dafür getan hätte, dass man ihr kein Haar krümmte.

»Was ist mit Weber? Kann er was damit zu tun haben?«, fragte Fricke.

Hegewisch lachte: »Nein. Ich habe ihm gesagt, er hat das Gasthaus nicht zu verlassen, und eine Anzeige geschrieben. Ich weiß, ich habe Scheiße gebaut, aber vielleicht kann ich so ein bisschen wiedergutmachen. Moment, ich rufe schnell an, ob Weber dort ist«, antwortete Hegewisch und nahm sein Handy aus der Tasche.

Das Gespräch dauerte nicht sehr lange. Während er das

Handy wieder wegstecke, erklärte er Fricke, dass Weber unten im Gasthaus säße und betrunken sei.

Lackmann kam mit den Polizisten zum Tor und schüttelte den Kopf: »Nichts. Niemand im Haus. Wo bleibt das SEK? Ich habe die Spurensicherung bereits angerufen. Die sind auf dem Weg. Aufgrund der geringen Menge des Blutes in der Küche gehe ich nicht davon aus, dass dort ein Mord geschehen ist.«

Lackmann hatte das SEK kaum erwähnt, da schossen schon zwei grüne Mannschaftsbusse heran. Die Sirenen waren ausgeschaltet. Die Mannschaftsbusse bremsten scharf ab, nach wenigen Sekunden flogen die Türen auf und etliche Beamte in Schutzwesten sowie Sturmhauben über den Köpfen standen im Halbkreis vor dem Tor. Sie warteten darauf, das Haus stürmen zu können. Dass dort nichts mehr zu stürmen war, wussten sie nicht. Das berichtete Fricke nun dem Einsatzleiter.

»Und nun? Können wir wieder abrücken, oder was?«, fragte der zurück.

»Die Lagerhalle«, rief Hegewisch plötzlich.

Alle drehten sich zu ihm um.

»Etwa drei bis vier Kilometer von hier steht eine alte Lagerhalle auf einem Feld, das den Krogmanns gehört. Johanna wollte dort ein Zwischenlager aufbauen, bekam aber keine Baugenehmigung. Das alte Lagerhaus vom Bauern steht noch. Sabine ist dort mal mit einem Typen nach einer Fete im Gasthaus verschwunden.«

»Ich fahre bei Ihnen mit«, rief Fricke und rannte zur Beifahrerseite des Streifenwagens.

Das SEK sowie die uniformierten Polizisten stiegen in ihre Fahrzeuge, warteten, bis Hegewisch gewendet hatte, und folgten ihm.

»Thomas Eggerstedt lebt«, sagte Fricke, während Hegewisch mit Höchstgeschwindigkeit die Schnellstraße entlangfuhr.

»Wie bitte? Ich dachte … Man hat mich doch davon unterrichtet, dass … Dann ist Thomas sicher bei Sabine!«

Das Lagerhaus war schon von Weitem zu sehen. Hegewisch fuhr in den kleinen Seitenweg hinein und bremste hinter dem großen, lang gezogenen Gebäude ab, dicht gefolgt von den anderen Polizeifahrzeugen.

Fricke winkte dem Einsatzleiter vom SEK zu, der daraufhin mit einigen Handzeichen seine Leute anwies, sich dem Eingang des Lagerhauses zu nähern. Nachdem alle in Stellung gegangen waren, genügte ein Ruf des Einsatzleiters. Zwei Beamte zogen das Tor auf, während alle anderen Vermummten mit ihren Maschinengewehren im Anschlag in das Lagerhaus rannten. Fricke hörte ihre wiederkehrenden »Polizei«-Rufe. Nach etwa zwei Minuten kamen sie wieder heraus. Angeführt vom Einsatzleiter, der auf Fricke zukam und ihm mitteilte, dass sich niemand in der Hütte befand, aber dort wohl jemand geschlafen hatte.

Fricke ging mit Hegewisch und Lackmann in das Lagerhaus und ließ sich den Schlafplatz zeigen.

»Thomas«, sagte Hegewisch und zeigte auf einige Bücher über das Drachenfliegen.

»Hier hat er sich also versteckt. Clever. Ganz schön clever, aber wir werden sie schon finden. Wahrscheinlich wollen sie sich beide absetzen, und Elena kam gerade in diesem Moment bei ihnen an«, murmelte Fricke.

»Elena?«, fragte Hegewisch.

Fricke wollte gerade antworten, als sein Handy klingelte. Das letzte Prozent des Akkus hielt noch. Es waren die Kollegen aus Kiel. Elenas Handy war nicht ausgeschaltet worden. Offenbar war Sabine Krogmann doch nicht so schlau oder aber sie hatte es einfach vergessen, nachdem die Staatsanwältin sie überrascht hatte. Man unterrichtete ihn davon, dass die Ortung Erfolg hatte und das Handy sich an dem Ort befand, von dem sie gekommen waren. Die Krogmann-Villa.

»Zurück zur Villa. Das Handy ist dort, und ich habe vorhin darüber mit ihr telefoniert. Wenn sie nicht gerade, als wir auf dem Weg hierher waren, geflüchtet sind, befinden sie sich noch dort«, schrie Fricke und rannte mit Hegewisch zu dessen Streifenwagen.

Wieder folgten die anderen Polizeifahrzeuge im Konvoi den beiden, bis diese wieder vor der Krogmann-Villa bremsten. Lackmann, Hegewisch, das SEK und die uniformierten Beamten durchsuchten das Gelände und die Villa, während Fricke wieder zur Terrasse ging und schließlich noch einmal die Blutflecken in der Küche begutachtete. Plötzlich sah er etwas auf dem Fliesenboden liegen. Das hatte er zuvor nicht wahrgenommen, verdammt. Er drehte sich um, mit Blick auf die Terrasse. Sonnenblumenkerne, geröstete Sonnenblumenkerne. Es war wie bei Hänsel und Gretel. Er folgte den Kernen, die sich auf einer Schleifspur entlangzogen. Er wusste genau, wer da über den Boden geschleift worden war. Elena. Sie konnte nicht tot sein. Zumindest nicht, als man sie über den Rasen bis zum Waldrand gezogen hatte. Das Tor stand offen. Einige Meter weiter hörten die Schleifspuren auf und er stand vor einem Berg aus Erde, Laub und Ästen. Mittendrin stand eine schwere Steintür offen. Daneben lag ein großer Findling, der offenbar auf einer Art Schaltkasten lag, den man jetzt ebenfalls sehen konnte.

Ein Knopf, um die Tür zu öffnen, die eine Person so nicht mit der Hand hätte öffnen können.

Langsam stieg Fricke die kleine und enge Steintreppe hinunter und hörte Sabine Krogmann gerade noch sagen: »So, meine kleine, neugierige Staatsanwältin. Jetzt leisten Sie dem guten Thomas Gesellschaft. Im Himmel oder in der Hölle.«

»Das glaube ich nicht!«, rief Fricke schnell.

Sabine drehte sich ruckartig um und spürte im selben Moment die Faust des Kommissars auf ihrem Nasenbein einschlagen. Es machte Knack, als es brach. Die Wucht ließ sie rückwärts zu Boden fallen, während sie das Messer, das sie in der Hand gehalten hatte, fallen ließ. Fricke stürzte sich sofort auf sie, packte sie am Arm, drehte sie auf den Bauch und rammte ihr sein Knie ins Kreuz. Sie schrie auf vor Schmerz, doch das war ihm egal. Nachdem er ihr Handschellen angelegt und gedroht hatte, ihr ein Loch in den Kopf zu schießen, wenn sie auch nur den Versuch starten würde, aufzustehen, lief er zu Elena. Fast stolperte er dabei über den toten Thomas Eggerstedt.

Er riss ihr das Klebeband vom Mund, wobei Elena nur leise aufstöhnte.

»Gott sei Dank, Elena. Ich habe Stoßgebete zum Himmel geschickt und ihm versprochen, täglich meine Hemden zu bügeln, wenn du lebst. Anscheinend legt der alte Herr dort oben ebenso viel Wert auf faltenfreie Hemden wie du«, schmunzelte er und drückte sie fest an sich.

KAPITEL 31

Es war bereits 23 Uhr, als der Arzt Elena gehen ließ. Er hatte ihre Wunden desinfiziert und versorgt. Obwohl der Mediziner es durchaus für möglich hielt, dass sie eine Gehirnerschütterung davongetragen hatte, weigerte sie sich, sich zur weiteren Beobachtung ins Krankenhaus zu begeben.

»Das sind aber gewaltige Hämatome«, gab der Arzt zu bedenken.

»Ach, das wird schon wieder. In der Klinik heilen die auch nicht schneller ab«, winkte sie mit einer für sie typischen resoluten Handbewegung ab.

»Wenn Ihnen übel wird, rufen Sie einen Krankenwagen, sofort. Versprochen?«, fragte der Arzt eindringlich und wartete, bis sie ihm ihr Wort gegeben hatte.

Als er an Fricke vorbeiging, raunte er ihm zu: »Sie überschätzt sich. Bringen Sie sie nach Hause.«

Der Kommissar nickte, das musste man ihm nicht zweimal sagen. Sanft nahm er Elena bei der Hand. »Ich fahre dich jetzt nach Hause, bevor ich mich ins Kommissariat aufmache und die Krogmann vernehme«, erklärte er.

»Oh nein, da will ich dabei sein. Das habe ich mir nach all den Strapazen verdient. Danach kannst du mich meinetwegen nach Hause fahren.«

Fricke seufzte, er wusste, dass jeder Widerspruch zwecklos war.

Wenig später öffneten sie gemeinsam die Tür zum Vernehmungszimmer zwei des Polizeireviers in der Blumenstraße, in dem Sabine Krogmann bereits mit einem großen Mullverband auf der Nase und deutlich geschwollenem Auge auf einem Stuhl saß und Fricke giftig anfunkelte. »Dafür werden Sie zur Rechenschaft gezogen, das sage ich Ihnen«, keifte sie ihm entgegen.

Fricke lachte amüsiert auf. »Ach, wissen Sie, das habe ich gerne gemacht. Und ich verrate Ihnen was: Wenn Sie meinen, Sie müssen jetzt hier Ärger machen, dann wiederhole ich das gleich noch mal. Gar kein Problem. Sie haben die Wahl.«

»Wenn Sie mein Kind auf dem Gewissen haben …«, keifte Sabine Krogmann weiter.

»Sie sind schwanger?«, fragte Elena erschrocken. Sie hatte sich hinter Fricke gestellt, der Sabine Krogmann inzwischen gegenübersaß. »Von Thomas Eggerstedt etwa?«, wollte sie wissen.

»Von wem denn sonst? Von seinem Vater vielleicht?«, gab Sabine patzig zurück.

Fricke drehte sich zu Elena um, die unauffällig den Kopf schüttelte. Der Kommissar ignorierte es. »Das, Frau Krogmann, wäre mindestens genauso schlimm. Wussten Sie, dass Wilhelm Eggerstedt sich das Leben genommen hat?«

»Nein. Ist mir aber auch egal«, antwortete sie schulterzuckend. Sie gab einen verächtlichen Laut von sich. »Bescheuert, der Alte, wenn er auch diesen genialen Plan hatte.«

»Er war sicher so außer sich, weil er kein Großvater werden wollte«, warf Elena ein. »Wo haben Sie mich da vorhin überhaupt hingebracht? War das ein Bunker?«, wurde sie gleich wieder ernst.

Sabine nickte: »Den hat mein Großvater anlegen lassen. Er traute den Deutschen nicht und sagte damals wohl zu meinem Vater, wenn sich Deutschland eines Tages wieder mal über die Welt erheben und einen Krieg anzetteln wolle, seien er und seine Familie in dem Bunker gut aufgehoben.«

Fricke ging nicht weiter darauf ein, sondern kam wieder auf den Bürgermeister zu sprechen: »Wilhelm Eggerstedt hatte also den Plan, Ihre Schwester umzubringen?«, fragte er, wobei er bewusst nicht erwähnte, dass Johanna eigentlich nur ihre Halbschwester war.

»Ja, und die Idee war verdammt gut! Thomas bestieg die Maschine als des Bürgermeisters Sohn, ging an Bord sofort auf die Toilette und verließ das Flugzeug kurz darauf wieder als Mitarbeiter des Catering, der schnell noch was nachreichen musste. Wilhelm sorgte dafür, dass sein Sohn in Mexiko für tot erklärt wurde. Danach konnte sich Thomas in aller Ruhe um Johanna kümmern – er galt ja offiziell als verunglückt. Meine Termine im Restaurant und in der Diskothek waren auch Wilhelms Idee gewesen. Alles war perfekt geplant.«

»Und die Jabusch? Wie passt die in den Plan?«, hakte Fricke nach.

»Die Alte stand plötzlich im Garten und hat mich und Thomas erwischt. Da hat Thomas sich um sie und ihren Alten gekümmert.«

Elena trat hinter Fricke hervor: »Was ich nicht verstehe, Frau Krogmann: Warum haben Sie Thomas Eggerstedt umgebracht? Sie hätten doch das Erbe antreten und eine Beteiligung an dem Mord abstreiten können. Sie hatten ein Alibi und niemand hätte Ihnen etwas nachweisen können. Selbst wenn Thomas oder Wilhelm Eggerstedt etwas anderes behauptet hätten.«

Sabine nickte: »Weil Wilhelm und Thomas nicht blöd waren. Als wir eines Abends in Wilhelms Haus – seine Frau war beim Kegeln oder so – die Tat durchgesprochen haben, ließ er eine Videokamera mitlaufen. Ich hätte also keine andere Wahl gehabt, als das Erbe aufzuteilen.«

»Frau Krogmann. Wenn Sie von Ihrem Erbe reden, dann ist das ein zweistelliger Millionenbetrag, der sogar fast ins Dreistellige geht, wenn Sie Fabrik und Immobilien hinzuzählen. Da hätte Ihnen die Hälfte nicht gereicht?«

Obwohl es Elena gewesen war, die die Frage gestellt hatte, ignorierte Sabine Krogmann die Staatsanwältin und wandte sich mit ihrer Antwort stattdessen an Fricke: »Und dann? Dann lebe ich irgendwo mit der Ungewissheit, dass es da noch einen Menschen gibt, der mich jederzeit reinreiten kann? Nein, ich wollte ganz sichergehen. Er war doch schon tot, und wenn die da«, sie zeigte auf Elena, »heute nicht erschienen wäre, wäre alles glattgegangen.«

»Und wenn Sie Thomas Eggerstedt getötet und hinterher behauptet hätten, er habe bei Ihnen einbrechen oder Sie womöglich umbringen wollen?«, konterte Elena.

»Dann wäre da immer noch Wilhelm gewesen. Was hätte der wohl gemacht, wenn ich seinen Sohn getötet hätte? Ich wusste doch nicht, dass der Idiot sich aufhängt. Und dann gibt es ja noch das Video. Was, wenn es gefunden worden wäre? Ich hätte Wilhelm heute Abend noch aufgesucht, um es an mich zu nehmen«, erklärte sie.

»Und dann hätten Sie auch ihn umgebracht?«

Sabine Krogmann lächelte boshaft: »Nein, eine Frau hat so ihre Mittel. Der mochte mich, war sogar geil auf mich. Der hätte alles für mich getan.«

Fricke stand auf und öffnete die Tür. »Sie können ganz sicher sein, dass Wilhelm Eggerstedt nicht geil auf Sie war, Sie aber nicht nur mochte, sondern sogar liebte«, erklärte er der jungen Frau. »So wie ein Vater nun mal seine Tochter liebt.«

»Abführen«, befahl er daraufhin dem Polizisten, der auf dem Flur gewartet hatte, und sah stumm zu, wie eine verdutzte Sabine Krogmann an ihm vorbeilief.

»Und nun zu uns. Du hattest recht«, wandte sich Fricke verschmitzt an Elena.

»Habe ich ganz oft. Was genau meinst du?«, lächelte sie zurück.

»Sonnenblumenkerne sind wirklich gesund, und es empfiehlt sich, immer welche dabeizuhaben. Notfalls, um sie auf dem Boden zu verteilen.«

Elena deutete lachend auf ihren Hintern: »Ich habe noch welche. Möchtest du?«

»Nur wenn ich sie mir selbst aus der Tasche holen darf.«

KAPITEL 32

Als er zärtlich versuchte, die Kerne aus ihrer Gesäßtasche zu holen, merkte er, dass sie zitterte. Und zwar nicht vor Erregung. Er sah ihr ins blasse Gesicht.

»Frau Staatsanwältin, dies ist ein polizeilicher Befehl: Es geht jetzt ab nach Hause.«

Sie nickte nur und sagte: »Ja, bitte.«

Wie ein kleines Kind ließ sie sich von ihm zu seinem Wagen führen und auf den Beifahrersitz setzen. Als er sah, dass sie immer noch zitterte, stellte er die Heizung auf 24 Grad, doch es nützte nichts. Sogar auf der Treppe musste er sie stützen, weil ihre Beine sie kaum noch trugen.

Nachdem er sie in ihrer Wohnung auf die Couch gesetzt hatte, ließ er warmes Wasser in die Badewanne laufen und vermischte es mit ein paar Tropfen von dem Rosenzusatz, der auf dem Rand stand. Als ihm die Wanne voll genug erschien, half er Elena sanft beim Entkleiden, und sie ließ es sich gefallen. Lediglich als er die Bluse über ihren zerschundenen Rücken zog, zuckte sie ein wenig zusammen.

Fricke biss sich beim Anblick der Verletzungen auf die Lippen. »Die warme Wanne wird dir guttun«, flüsterte er, wie um sich selbst zu beruhigen.

Sie nickte und ließ sich bereitwillig von ihm ins Badezimmer führen. Lautlos glitt sie ins Wasser und verschwand unter dem hohen Schaumberg.

Schade eigentlich, dachte er und lächelte sie sehnsüchtig an.

Als Elena auch noch mit dem Kopf unter Wasser verschwand, ragten nur zwei spitze Knie aus dem Schaum heraus. Sie blieb so lange unter Wasser, dass er sich fast schon Sorgen machte, und tauchte dann prustend wieder auf. »Danke, das habe ich gebraucht.«

»Soll ich dir beim Waschen helfen?«, fragte er verschmitzt und konnte nicht verhindern, dass seine Blicke suchend über die Stellen wanderten, an denen der Schaum ihren Körper verbarg.

»Heute mache ich das lieber alleine«, erklärte sie mit einem entschuldigenden Lächeln, und er verstand. Schweren Herzens zog er sich ins Wohnzimmer zurück.

Als sie nach einer halben Stunde in einem hellblauen Bademantel aus dem Badezimmer kam, hatte er aus all ihren Vorräten etwas zusammengestellt und auf dem Tisch drapiert: Brot, Schinken, Käse, ein paar Tomaten.

»Woher wusstest du, dass ich Hunger habe?«, fragte sie und schenkte ihm einen dankbaren Blick.

Bevor sie sich zu ihm an den Tisch setzte, holte sie eine Flasche Bier aus dem Kühlschrank und nahm einen tiefen Zug. Fricke konnte sich ein Schmunzeln nicht verkneifen. Sie schien langsam zu ihrer alten Form zurückzufinden.

Die nächste Viertelstunde sprachen sie gar nichts, sondern genossen einträchtig das kleine, aber feine Mahl. Elena musste tatsächlich großen Hunger gehabt haben und aß mit viel Appetit. Anschließend öffneten sie eine weitere Flasche Bier und teilten sie sich wie die erste.

»Ich glaube, es wird Zeit, dass ich gehe«, erklärte Fricke, als er sah, dass Elena müde wurde.

»Nein, bitte«, sie sah ihn eindringlich an, »ich will erst wissen, wie es mit uns weitergeht.«

Er seufzte auf. »Wie du weißt, wollte ich eigentlich nach Hamburg.«

»Aber wer rettet mich dann, wenn mich wieder jemand in einem dunklen Verlies einsperrt?«, fragte sie.

»Guter Einwand.« Er überlegte. Noch hatte er keine Entscheidung getroffen – zumindest offiziell. Es war ein schwerer Kampf, den sein Herz und sein Kopf da gerade ausfochten. Gedankenverloren ließ er den Blick über ihr Gesicht gleiten. Selbst jetzt, wie sie so dasaß in ihrem verrutschten blauen Bademantel, mit nassen Haaren und etwas verschmierter Wimperntusche, gefiel sie ihm – und wie! Aber reichte das aus, um ein echtes Pärchen aus ihnen zu machen? Würde aus ihrer gegenseitigen Zuneigung je eine funktionierende Beziehung werden? Der Blick in ihre braunen Rehaugen holte ihn in die Gegenwart zurück.

»Ein Fall«, bat Elena, »ein Versuch noch. Wir probieren es einfach ein letztes Mal. Und dann kannst du immer noch entscheiden. Ein Fall noch, damit ich mich sicher fühlen kann.«

Er sah sie lange an und wusste, dass der Bauch gewonnen hatte. »Okay.«

»Okay«, sie atmete erleichtert aus, »gut, okay.«

Er brachte sie noch ins Bett, zog ihr die Decke bis ans Kinn und küsste sie zum Abschied auf die Wange.

Seine Knie zitterten noch, als er die Treppe hinunterlief. Vielleicht hatte er die falsche Entscheidung getroffen. Aber es fühlte sich unglaublich gut an.

ENDE

NACHWORT

Stefanie Gregg:
Ich kenne Paul Schenke nicht.

Virtuell, ja, das schon. Den virtuellen Paul Schenke lernte ich via Facebook kennen, weil er ein Foto mit einem Bulli postete. – Wo ich doch gerade an meiner Bulli-Roadnovel arbeitete. Und dann schrieb eine (wohl reale) Freundin unter dieses Bild, ob er sich noch an *die* Bulli-Geschichte erinnern könne. Ich fragte sofort auch nach *der* Bulli-Geschichte – und bekam sie – holla! Bei dieser Geschichte war ich froh, diese Bekanntschaft nur virtuell gemacht zu haben …

Man plänkelte hin und her, rein virtuell, von Autor zu Autor.

Und dann fragte mich der virtuelle Paul, ob wir nicht zusammen einen Krimi schreiben sollten. NEIN, natürlich nicht!, schrie jede Faser in mir. Ich bin ein einsamer Schreibtischarbeiter. Wie kann man auch zu zweit schreiben? – Aber die Story, die er mir vorschlug, war so gut, die Charaktere gefielen mir. Also, mal probeweise darauf einlassen …

*

Paul Schenke:
Ich kenne Frau Gregg nicht. Nur virtuell. Doch eigentlich kenne ich sie. Abgeschreckt von meinem ersten Kriminal-

roman, der ihr zu grausam war, wollte ich den Versuch starten, mit ihr einen »weicheren« Krimi zu schreiben. Ich wusste sofort, auf was das hinauslaufen würde: Der Täter schoss – das Opfer war tot. Krimi kann beginnen. Keine Mordszenen, nichts. So ähnlich kam es dann ja auch. Hätte sie gewusst, was auf sie zukommt hinsichtlich meiner eigenwilligen Kommasetzung, hätte sie mich sofort auf Facebook gesperrt und jede Bekanntschaft zu mir geleugnet. Dafür war es dann zu spät, als unser Krimi sie fesselte. Ich weiß nicht, wie viele Kommaregeln sie mir im Dokument erklärt hat, ich habe nicht mitgezählt. Ich habe gelächelt, eine Lucky Strike geraucht und weitergelächelt. Wer auf der Schnellstraße unterwegs ist, und das ist nun mal mein Schreibtempo, kann nicht an jeder Kreuzung haltmachen und nach verlorenen Kommas suchen. Sie gab nicht auf und wusste doch stets, sie hätte die Kommaregeln auch einer Scheibe Toast erzählen können. Wir haben es geschafft. Binnen nur zehn Tagen haben wir, so finde ich, einen spannenden Kriminalroman geschrieben und dank Stefanie Gregg bekamen die weiblichen Charaktere auch ihren typisch weiblichen Charme. In meinen Krimis haben Frauen übrigens nie gezickt. Ich freue mich, diesen Versuch für mich erfolgreich gestartet zu haben, und bin sicher, es werden noch weitere Bücher folgen.

*

Stefanie Gregg:
Früher wollte ich immer wissen, wie so etwas überhaupt funktionieren kann, zusammen zu schreiben. Der Plot kam von Paul, die Figuren ebenso. Manche Detailzeichnung war mir überlassen. Paul ist schreibmäßig eher ein

Rennpferd, ich eher eine Schildkröte. Doch dann zog das Rennpferd die Schildkröte einfach mit und – wir machten gemeinsam das Rennen! Dazu fügte ich noch eine Menge kleinkariertes Rumgemäkel an seinen Seiten hinzu, so eine bin ich. Auf diese Weise arbeiteten wir und schrieben immer abwechselnd (manchmal allerdings auch parallel oder verquer, was die Sache ab und an ziemlich kompliziert machte). Dazu: Frauen – ich, Männer – er. Er eher für die Dialoge, ich für die Erzählungen dazwischen, die die Stimmungslagen, die Charaktere und die Beziehungen klären. Also, ganz ehrlich, unter uns, ich brauchte auch viel Zeit, um die Kommas bei Paul zu setzen und die falsch gesetzten rauszustreichen. Geschenkt! Weil er nämlich plotten kann, und wie! Anscheinend im Schlaf – ich brauche zum Plotten Monate. So sah also unsere Arbeitsteilung aus. Und, siehe da, sie war fruchtbar, es war mit Abstand das am schnellsten geschriebene Buch, das ich je hervorgebracht habe. – Und das Vergnüglichste, denn wir sparten beide nicht an zynischen Kommentaren dem Text des anderen gegenüber. Das machte Spaß! Schon lange nicht mehr so gelacht wie bei dieser Arbeit!

Damit unsere Leser auch ein bisschen lachen können, gibt es im »Making-Of« ein paar unserer kommentierten Stellen. – So sieht es aus, wenn zwei Autoren zusammenarbeiten.

*

Paul Schenke:
Der Plot hat sich einfach entwickelt während des Schreibens. Die Charaktere wurden erst zu dem, was sie sind, nachdem Stefanie sich ihrer angenommen hatte (bei mir

wäre Fricke nie zum Weichei geworden – der wäre immer cool. Bei mir hätte er die Bedienung vernascht, nachdem die Staatsanwältin zickig wurde.)

Es ist, was es ist. Ein Machwerk von Stefanie und mir. Ein gutes Buch. Ein spannendes Buch.

*

Stefanie Gregg:
Virtueller Paul, es war mir ein Vergnügen! Wiederholung ist nicht auszuschließen. Es sei denn, wir träfen uns real, dann wäre wahrscheinlich Schluss mit dem Zauber!

*

Paul Schenke:
Ja, weil ich Angst vor eventuellen Gewalttaten habe. Ich bin sicher, du würdest mich, aufgrund der Kommas, schlagen.

*

Stefanie Gregg:
…, *aufgrund der Kommas,* – ohne Komma! – Ja, das könnte durchaus im Bereich des Möglichen liegen.

MAKING-OF

Liebe Leser, bei der Entstehung des Buches haben sich Diskussionen und Kommentare ergeben, die wir Ihnen nicht vorenthalten möchten. Es folgt ein kleiner Auszug, nur ein kleiner aus vielen, vielen Kommentaren.

*

#1
Text: Stefanie Gregg
Sabine fuhr das Cabriodach zurück und stieg in ihren silbernen Fiat Barchetta. Sie würde wirklich in ihren (…)

Kommentar Paul Schenke: *Eine Frau, die 20.000 € im Monat hat, fährt einen Fiat? Okay. Das heißt, Stefanie ist eine sehr sparsame Frau.* ☺

Anmerkung Paul Schenke: Da ging es schon los mit der Charakterdiskussion. Frau Gregg gibt ihr einen Fiat. Mal ehrlich … wer sollte das denn glauben?

Anmerkung Stefanie Gregg: Natürlich alle, die wissen, wie schön so ein Barchetta ist!

*

#2
Text: Stefanie Gregg
Thomas, der schöne Thomas, sexy Thomas, Super-Thomas!

Kommentar Paul Schenke: *So schwärmen Frauen von Männern?*

Anmerkung Paul Schenke: Ich kann das immer noch nicht glauben.

Anmerkung Stefanie Gregg: So isses.

*

#3
Text: Paul Schenke
»Lassen Sie den Scheiß! Und wehe, Sie …«

Kommentar Stefanie Gregg: *»Lassen Sie den Scheiß« – so redet Elena nicht … Das musste ich ändern in »Lassen Sie den Unsinn.« – Elena ist eine Dame!*

*

#4
Text: Paul Schenke
Ihr ist mehrmals mit einer Eisenstange, die der Täter am Tatort zurückgelassen hat, gegen den Kopf geschlagen worden.

Kommentar Stefanie Gregg: *Endlich, da ist sie, unsere Leiche! Eine schöne Leiche! Jetzt kann's losgehen!*

*

#5
Text: Paul Schenke
(...) zur Krogmann-Villa ein und sah dort schon die Staatsanwältin vor ihrem Opel stehen. Gedankenversunken starrte sie auf den Boden vor ihren Füßen.

Kommentar Stefanie Gregg: *NEIN, das kannst du nicht mit mir machen. Vergiss es! Die hat Stil. Auf keinen Fall einen Opel. Wie wäre es mit einem Volvo?*

Anmerkung Paul Schenke: Und hier ging es nur um ein Auto.

*

#6
Text: Stefanie Gregg
Er war derjenige, der bestimmte, wie es weiterging, und sie würde sich fügen müssen.

Kommentar Paul Schenke: *Eine wunderbare Aussage!!!! Eine Frau, die sich fügt. Paradiesische Gegebenheiten.*

Antwort Stefanie Gregg: *Ich wusste, dass du das sagen würdest, genau bei diesem Wort! Macho!*

*

#7
Text: Paul Schenke
Gegen 12 Uhr saß Fricke, im Büro der Staatsanwältin.

Kommentar Stefanie Gregg: *Warum, warum, warum hier nur ein Komma???? Was machst du da – warum? Nur noch bei Nebensatz!!!!*

Antwort Paul Schenke: *Okay, das mit dem Komma habe ich mich jetzt gerade auch gefragt. Stimmt. Kann ich auch nicht erklären. Wenn ich aber fünf Minuten Zeit habe, find ich sicher ne Erklärung.*

*

#8
Text: Paul Schenke
»Wohl wahr. Mann, ist das alles verworren. Ich dachte nur daran, dass es auch irgendwie erklärlich (…)«

Kommentar Stefanie Gregg: *Neeeee, nicht wahr – Fricke sagt »wohl wahr« – im Leben nicht! Vielleicht »auch wieder wahr« – na ja, dein Mann!*

Anmerkung Paul Schenke: Frau Gregg nimmt es ganz genau mit den Charakteren.

*

#9

Text: Paul Schenke

Er war versucht, sie zu fragen, ob sie auch genau hingesehen hätte, sein Hemd sei nicht gebügelt, zumindest nicht so, wie sie sich ein gebügeltes Hemd vorstellte, (…). Aber er entschied sich dafür, besser nichts zu sagen.

Kommentar Stefanie Gregg: *Als ob ich's nicht geahnt hätte – ein Glück, dass ich vorher schon die Kommentare mit dem Hemd und die weiteren Gedanken eingebaut habe – ansonsten wäre das hier ja völlig unvermittelt gekommen! Ach, wir ergänzen uns schon gut …*

Anmerkung Paul Schenke: Da hat sie recht.

*

#10

Text: Stefanie Gregg

Stellungswechsel, von hinten. Rauf, runter.

Kommentar Paul Schenke: *Aber wenn er sie von hinten … na ja … wie geht denn da rauf – runter? Rein – raus okay … vor – zurück vielleicht. Das schafft ja nicht mal das Kamasutra.*

Anmerkung Paul Schenke: Sie wollte mich die Szene nicht schreiben lassen. Mit der Bemerkung: Das artet sonst aus. Tztztz

Anmerkung Stefanie Gregg: Er hat mir dann noch – das hat er jetzt hier unterschlagen – empfohlen, ich solle mal »Sex« googeln! Frechheit, Herr Schenke!

*

#11

Text: Stefanie Gregg

Und nun schaltete sie sich zum Salat den »Tatort« an, (…)

Kommentar Paul Schenke: *Für mich ist ein Tatort ja ein Seniorenkrimi. Aber gut.* ☺

Antwort Stefanie Gregg: *Siehste mal, … und Fernsehunterhaltung für die gehobene, nicht mehr ganz junge Frau. So ist das. Lernst nicht nur was darüber, was Frauen an Männern lieben, sondern auch noch, was sie gerne ansehen (und nur mal nebenbei: Scheidungsgründe sind James Bond und andere hirnlose, technikgetriebene Actionthriller mit vollbusigen Superweibern). Wir können aber gerne mal unsere zwei darüber diskutieren lassen …*

*

#12

Text: Paul Schenke

(…) auch weil er gerade daran dachte, dass dieser Arsch wahrscheinlich die Bedienung aus dem Frühstücksraum im Bett gehabt hatte, während er sich an Elena die Zähne ausbiss.

Kommentar Stefanie Gregg: *Oh, Enttäuschung, die Bedienung ist ihm echt noch einen Gedanken wert. Ob er die Einladung der Staatsanwältin wirklich verdient hat? Ob das was werden wird? Ob er nicht immer jedem Hintern hinterhersehen wird und auch mehr, wenn's geht …? *Tränchen**

Antwort Paul Schenke: *Er sieht doch nur den ganzen Hintern nach, um schätzen zu lernen, welchen Hintern er zu Hause hat. Klasse Erklärung, oder?*

Antwort Stefanie Gregg: *Und überhaupt, er beißt gar nicht, er steht kurz davor, alles zu bekommen – ob er das wert ist?*

Antwort Paul Schenke: *Bis dahin hat er gelitten. Jawohl. Die Sehnsucht fraß ihn auf. Aber das kann Elena ja nicht verstehen, weil sie so ein Trotzkopf ist.*

Anmerkung Paul Schenke: Wenn Mann und Frau eine Liebesgeschichte schreiben wollen, *seufz*.

Anmerkung Stefanie Gregg: Wir wollten ja auch nen Krimi schreiben!

*

#13
Text: Paul Schenke
»(…) Ich bin sicher, sie hat nichts dagegen, wenn Sie heute Nacht an unserer Zimmertür klopfen. Die nimmt auch zwei.«

Kommentar Stefanie Gregg: *Ach pfui, Männerfantasien, puh.*

Antwort Paul Schenke: *Pfffffff. Ich verrate dir mal, dass 80% der Frauen diese Fantasie haben. Jipp. Da guckste. Und 15%, würden es nie zugeben. (Ist nur meine Meinung … zu den 15%.)*

Anmerkung Stefanie Gregg: Den Kommafehler in obiger Antwort habe ich jetzt einfach mal stehen gelassen – so zur Demonstration … Und überhaupt: Die Statistik hat er sich mit Sicherheit selbst ausgedacht!

*

#14
Text: Paul Schenke
(…) unter der sie sich bereits nach dem zweiten Läuten meldete. Ohne zu grüßen, redete er gleich los: (…)

Kommentar Stefanie Gregg: *Das mag Elena gar nicht!*

Antwort Paul Schenke: *Jesses. Nun ist es beruflich und da darf man auch mal nicht durch die Blume reden. Kurz und knapp. Nicht so sensibel sein. Elena braucht echt etwas Abhärtung. Außerdem sagt er ja BITTE. Manchmal muss das einfach reichen.*

Anmerkung Paul Schenke: Wenn Mann und Frau eine Liebesgeschichte schreiben wollen, *seufz*. Erwähnte ich bereits.

*

#15
Text: Paul Schenke
Elena versprach ihm, sich um alles zu kümmern, und fragte nach dem Fortschritt (…)

Kommentar Stefanie Gregg: *Also, ich hätte ihm jetzt erst mal gesagt, dass er Hallo sagen könnte, und ihn dann gefragt, ob er mich mit seiner Sekretärin verwechselt.*

Wenn sie das alles so auf Befehl (kein Bitte, kein Nichts) macht, oje , oje.

***Antwort Paul Schenke:** Typisch Frau. Verstehen nur, was sie verstehen wollen. Er fing an mit »Überprüfen Sie BITTE …«. Dieses Bitte bezieht sich natürlich auf jeden einzelnen Punkt. Manchmal muss auch ein Apfel satt machen, da braucht es kein Kotelett.*

Anmerkung Paul Schenke: Ich freue mich, mit Frau Gregg einen Liebesroman zu schreiben. Das dürfte amüsant werden.

Anmerkung Stefanie Gregg: Ne, ne, ne, wir bleiben mal besser beim Krimi!

*

#16
Text: Paul Schenke
Sie verneinte, fragte, ob es heute Abend beim Essen bleiben würde, ließ es sich bestätigen und wünschte viel Erfolg.

***Kommentar Stefanie Gregg:** Boah, ist die glatt – das missfällt mir hier. Willst du sie wirklich sooo haben?*

***Antwort Paul Schenke:** Er hat nen Fall. Und jetzt kann er nicht auf Romantik machen.*

Anmerkung Paul Schenke: *Seufz*, Frauen, *seufz*.

*

#17
Text: Stefanie Gregg
Aber immer wieder kam irgendwo eine neue Falte hinzu, wenn er es umdrehte. Scheißbügeln, dass das so schwer war!

Kommentar Paul Schenke: *Uuuuuuuuuuuuuuuuuuuund laaaaaaaaaaaaaaaaaaangweilig. Frauenkram.*

Antwort Stefanie Gregg: *Macho, sag ich ja. Orang-Utan-Brustgetrommel. Primatenverhalten.*

*

#18
Text: Stefanie Gregg
Er hatte ein bisschen Angst davor, zu ihr zu gehen. Unsinn, schimpfte er stumm mit sich selbst, wovor sollte er denn Angst haben! Sein Versuch, sich selbst zu beruhigen, änderte nichts – die Unsicherheit blieb.

Kommentar Paul Schenke: *Sooooooooooo ein Weichei.*

*

#19
Text: Stefanie Gregg
Darunter erschienen braun gebrannte Waden und schmale Füße, die in mittelhohen Pumps steckten.

Kommentar Paul Schenke: *Wenn die Füße in mittelhohen Schuhen steckten, wie konnte er sehen, dass sie braun waren?*

Antwort Stefanie Gregg: Oh – Männer, Pumps sind immer kurz, die Absätze waren mittelhoch – das weiß jede Frau!

Anmerkung Paul Schenke: Pffff … muss Mann das wissen? Hauptsache, es sieht gut aus. Das reicht.

*

#20
Text: Stefanie Gregg
Es war ihm tatsächlich völlig egal, selbst einen Tee hätte er mit ihr geschlürft.

Kommentar Paul Schenke: Selbst einen Tee? Das klingt so nach … Puh, was für eine Plörre. Du Genuss-Banausin!

Anmerkung Paul Schenke: Ich bin Tee-Trinker.

Anmerkung Stefanie Gregg: Das weiß ich. *Grins*.

*

#21
Text: Stefanie Gregg
Er stützte sein Kinn auf die Hände, seinen Teller hatte er noch nicht angerührt.

Kommentar Paul Schenke: Das machen nur Frauen.

Anmerkung Stefanie Gregg: Das beobachte ich seitdem – es tun auch Männer, jedenfalls solche, die ab und an nachdenken. Na ja, das kann halt nicht jeder wissen.

Anmerkung Paul Schenke: Nur in der Fantasie einer Autorin. Oder im Wunschdenken. Oder bei Jorge González. Zur Erinnerung: Es geht um Männer.

*

#22
Text: Stefanie Gregg
Sie hatte wunderschöne Brüste, nicht zu groß und nicht zu klein.

Kommentar Paul Schenke: *Es gibt NIEMALS ein »zu groß«. ☺*

Antwort Stefanie Gregg: *Siehe oben: Macho, Orang-Utan-Brustgetrommel, Primatenverhalten.*

*

#23
Text: Paul Schenke
»Neeeein. Hauen Sie ab. Sehen Sie nicht, dass ich nicht alleine bin und ein Date mit meinem Käsebrötchen habe?«

Kommentar Stefanie Gregg: *Elena würde jetzt sagen: Genau, das einzige »Date«, das du hast, ist eines mit einem Käsebrötchen! – Hah!*

Antwort Paul Schenke: *Würde sie … und warum? Weil sie die Worte »Sensibilität« und »Mitgefühl« erst googeln muss. Kein Herz, soll es ja geben, solche Frauen.* ☺

*

#24

Hier noch einige verzweifelte Kommentare von Frau Gregg zu Paul Schenkes Kommasetzung – oder Nichtsetzung:

Ne komm, Lektion 1 der Kommasetzung immer noch nicht gelernt, obwohl ich noch gar keine Lektion 2 drangehängt habe.

Also: Zeitangaben, Ortsangaben, Satzglieder aller Art werden NICHT mit Komma getrennt – für dich (die Ausnahmen kommen erst, wenn wir die Basis verstehen) nur Nebensätze!!!

Ich weiß, du hasst mich. Macht mir gaaaar nichts!

Erster Absatz, erster Kommafehler – du konzentrierst dich zu wenig auf deine Komma-Lektionen; ja, auf was konzentrierst du dich eigentlich?

Paul: Für dich vor »oder« NIE ein Komma (es sei denn, da endet gerade ein Nebensatz o. a. – aber in der Regel – NEIN!)

Nur das mit den Kommas, grrrr, wie wäre es, du lässt mal alle weg und ich füg die richtigen ein – das wäre weniger Arbeit für mich.

Auf weitere, unzählige Kommentare bezüglich der Kommasetzung wollen wir verzichten, da diese die Seitenzahl des Buches verdreifachen würden.

DANKE

Bedanken möchten wir uns für das so hilfreiche Korrekturlesen bei Alexandra Dusel, Bettina Kaczmarek und Sylvia Walbrun.

Unsere Lektorin Susanne Tachlinski hat in unglaublicher Detailarbeit und Exaktheit unseren manchmal differierenden Schreibstil geglättet und korrigiert. Danke dafür! Und sie hat Fricke »das permanente Grinsen« ausgetrieben, was ihn noch sympathischer machte! (Nebenbei bemerkt, hat sie beim Lektorat einen kleinen Einblick in die lapidaren Kommentare von Paul erhalten und diese mit Gleichmut ertragen. *Anmerkung S. G.*)

Ein besonderer Dank geht an unsere wunderbare Agentur Lianne Kolf!

Weitere Krimis finden Sie auf den folgenden Seiten und im Internet:

WWW.GMEINER-SPANNUNG.DE

SANDRA DÜNSCHEDE
Kilometer 151

978-3-8392-2108-2 (Paperback)
978-3-8392-5459-2 (pdf)
978-3-8392-5458-5 (epub)

TÖDLICHER BAUABSCHNITT Harry Neumann wird ermordet auf einer Baustelle zum Ausbau der A?7 in Hamburg-Stellingen aufgefunden. Doch wer hat den Mann ins Jenseits befördert und warum? Der Bauleiter zumindest hatte ein Motiv, denn Neumann ging aktiv gegen die Baumaßnahmen vor. Oder haben die Bewohner des benachbarten Flüchtlingscamps etwas mit dem Mord zu tun? Vielleicht sogar einer der anliegenden Kleingärtner? Kommissar Nielsen und sein Team folgen jedem Hinweis und stoßen bei ihren Ermittlungen oftmals auf Hass und Gegenwind …

KAY JACOBS
Kieler Helden

978-3-8392-2129-7 (Paperback)
978-3-8392-5501-8 (pdf)
978-3-8392-5500-1 (epub)

KIEL 1916 An einem Fähranleger wird die Leiche von Dr. Althoff, Oberarzt an der Akademischen Nervenklinik, im Wasser treibend gefunden. Mittels einer Vorrichtung mit einem Eisblock wurde Althoff einige Zeit über Wasser gehalten, bis das Eis geschmolzen ist. Kriminalkommissar Rosenbaum und seine Assistentin Hedi nehmen die Ermittlungen auf, können sich aber zunächst nicht erklären, warum man einen Menschen derart quält. Dann geschieht ein weiterer Mord.

GMEINER SPANNUNG

WWW.GMEINER-VERLAG.DE
Wir machen's spannend

PETRA MATTFELDT
Blutschmuck

978-3-8392-2143-3 (Paperback)
978-3-8392-5527-8 (pdf)
978-3-8392-5526-1 (epub)

OHNE GEWISSEN Die Kommissarin Sarah Bischof lernt auf der Beerdigung ihrer Mutter Lisa Schönfeld kennen, die sich als eine Freundin aus Jugendtagen vorstellt. Nachdem Lisa eine Halskette an Sarah bemerkt, verschwindet sie sichtlich verstört von der Trauerfeier. Sarah Bischof beginnt daraufhin mit ihrem Freund, dem Profiler Falko Cornelsen, hinter das Geheimnis des Schmuckstücks zu kommen und öffnet damit die Tür zu einem dunklen Kapitel, in dem auch ihre eigene Familie eine bedeutende Rolle zu spielen scheint.

Das Neueste aus der Gmeiner-Bibliothek

Unser Lesermagazin

Bestellen Sie das kostenlose Krimi-Journal in Ihrer Buchhandlung oder unter www.gmeiner-verlag.de

Informieren Sie sich ...

www ... auf unserer Homepage: www.gmeiner-verlag.de

@ ... über unseren Newsletter: Melden Sie sich für unseren Newsletter an unter www.gmeiner-verlag.de/newsletter

f ... werden Sie Fan auf Facebook: www.facebook.com/gmeiner.verlag

Mitmachen und gewinnen!

Schicken Sie uns Ihre Meinung zu unseren Büchern per Mail an gewinnspiel@gmeiner-verlag.de und nehmen Sie automatisch an unserem Jahresgewinnspiel mit »mörderisch guten« Preisen teil!

GMEINER SPANNUNG

WWW.GMEINER-VERLAG.D
Wir machen's spannen